绞刑架下的福尔摩斯

（英）唐纳德·托马斯　著
张赤坚　译

群众出版社
·北京·

目　录

绞刑架下的福尔摩斯

引子：华生医生的回忆

在讲述这个故事之前，我必须首先提及在汉普斯特德的艾波多一案中死去的查尔斯·奥古斯特斯·米尔弗顿。听说过那个案子的人可能还记得后来发生的事。虽然米尔弗顿已经死去三年了，但这个恶棍阴魂不散，他对歇洛克·福尔摩斯的伤害甚至超过了摩里亚迪教授。

查尔斯·奥古斯特斯·米尔弗顿被我的朋友称为伦敦市的头号恶棍，此人比曾和我们打过交道的五十个杀人犯加在一起还令人可憎。福尔摩斯形容他是一条滑溜溜的毒蛇，眼睛里露着凶光，扁平的脑袋透着邪恶。他精于敲诈勒索，专门收买社会名流家里的那些靠不住的贴身佣人，并以此过着穷奢极欲的生活。哪怕你多么纯洁无瑕，只要稍有不慎，就会沾上污点。一封用词轻率的书信，即便只是短短的两行字，一旦落到米尔弗顿手里，足以使一个清白无辜的家庭彻底毁灭。

米尔弗顿破坏别人声誉的恶名曾见诸报端。记得福尔摩斯有一次指着《伦敦赛马报》上的一首两行诗给我看：

毒蛇攻击了米尔弗顿——结果如何？

被咬死的不是米尔弗顿，反倒是毒蛇。

我们的对手就是如此。正如福尔摩斯所形容的，在那张圆圆的笑脸下面，包藏着一颗最最冷酷的祸心。米尔弗顿善于采取威逼利诱的手段，将他的猎物一点点榨干。那些可怜的牺牲品总以为再破费上一两回，自己就可平安无事，然而他们却从此被这个恶棍死死缠住，永远不得安宁，直到最后被搞得倾家荡产。在他的敲诈对象中，有两人被逼得走投无路，在家中饮弹自尽。

米尔弗顿最后的一次恶行，是向伊娃·布莱克维尔小姐勒索八千英镑。那是在布莱克维尔小姐准备和多弗尔考特伯爵结婚前不久的事。一年前，这位年轻小姐曾经写过几封用词欠谨慎的信，这些信成了米尔弗顿敲诈勒索的筹码。信是写给一位乡绅的，记述了两人之间两小无猜的一段罗曼史。对布莱克维尔小姐来说，事情坏就坏在其中有些信件很容易被人打开，或将日期篡改，这样一来，那段“昔日温情”变成了她和多弗尔考特伯爵订婚之后仍在延续着的秘密恋情。信件是那位乡绅的一个品行不端的仆人，在金钱的诱惑之下，交到米尔弗顿手里的。米尔弗顿扬言，除非布莱克维尔小姐照他开出的数目拿出钱来，否则，多弗尔考特伯爵将会在他们结婚的一周前收到那些信件。他还大言不惭地说，自己从不食言，心慈手软只会毁掉他的声誉和事业。

如此恶劣的行径在常人看来几乎难以置信，但这的确是我亲眼所见。1899 年 1 月，我目睹了米尔弗顿一边用他那只肥胖的小手系着脖子上的领带，一边嬉皮笑脸地对福尔摩斯说：“请你听明白了，亲爱的先生，如果那笔钱在 14 号之前没能付给我的话，

18 号的那场婚礼肯定将会泡汤。”

好一个大言不惭的无赖！他对自己选择的对象又是如此地了解！福尔摩斯想让他明白，不少新郎会对自己未婚妻的过去采取宽容的态度。可是，米尔弗顿在选择猎物时却总是独具慧眼，而且，他还十分善于把自己手里的那些不实之词和上流社会的绯闻联系起来，破坏男女之间的婚约。一年前，米尔弗顿用手上的几张珠宝收据和旅馆账单对亚历山大·多尔金上尉进行敲诈，遭到了上尉的拒绝。那些收据和账单表明，多尔金上尉很久以前曾和一名放荡的女人有过交往。结果，在上尉和尊贵的克莱门提娜·迈尔斯小姐婚礼的两天前，《晨报》上登出一则消息，公开声明婚礼取消。那些单据极具破坏性，从而使新娘无法宽恕新郎的行为。米尔弗顿还设法在波尔摩尔的一些上层俱乐部放出流言，让迈尔斯小姐的家人和社交圈子都知道，多尔金上尉十年前在大学里由于行为不检点而染上了一种令人难以启齿的疾病。在 1899 年的 1 月，伊娃·布莱克维尔小姐深知，如果她对米尔弗顿的要挟置若罔闻，社会上将会出现怎样的风言风语，从此再也不会有男人愿意娶她了。

当时，歇洛克·福尔摩斯很不情愿地出面，代表年轻的布莱克维尔小姐和那个恶棍打交道，答应将小姐的两千英镑积蓄全都给他。然而，米尔弗顿对此却嗤之以鼻，说他提出的数目是七千英镑，一分钱不能少，并且说，布莱克维尔小姐只需将她祖母传给她的首饰用假货换掉，便可轻而易举地把剩下的那五千英镑补上。福尔摩斯警告小姐，这样做只会使那个卑劣的家伙变本加厉，将来，只要她钱包里还有一个便士，敲诈勒索就不会终止。这一次，我和福尔摩斯做出了一项艰难的决定：为了维护正义，有必要采取非法的手段。妥协是没有出路的，要想摘掉这颗毒瘤，只有一个办法。

一星期之后，在一个寒风凛冽的冬夜，我们动身前往汉普斯特德，随身携带了一套福尔摩斯称之为“最最顶尖的”撬锁工具。我们摸着黑，穿过花园里的一大片月桂树丛。此刻，夜已深沉，估计米尔弗顿早就上床睡觉了。我们没用多长时间就找到了一处容易进入的地方。福尔摩斯用一把金刚钻玻璃刀轻轻划开花房门的一扇玻璃，从里面打开锁后，同我进入了客厅。我们头上戴着黑面罩，活像两个贫民区里的抢劫犯。里面的书房里炉火很旺，为福尔摩斯提供了足够的光线去对付那个高大的绿色保险箱，完全不需要开灯。

福尔摩斯在撬锁时通常不会留下任何痕迹。他拿出工具，开始对那个旧式的保险箱动手，像一名外科医生一样，动作娴熟、精准。他的手虽然纤细，但却十分有力，堪比一名训练有素的工匠。二十分钟之后，锁“咔”的一声开了。福尔摩斯将保险箱的门打开，见里面放着十几个袋子，像律师的文件夹一样，每个外面都贴着标签，并用粉红色的带子捆扎起来。就在这时，房子后面传来开门声，接着，有脚步声朝这个方向来了。福尔摩斯赶紧将保险箱的门掩上，随后，我们两人躲到了长长的丝绒窗帘后面。里面的房门开了，随着电灯开关“啪”的一声，房间里顿时一片刺眼的灯光。

我们可以透过窗帘的缝隙看到米尔弗顿！他穿着那件深红色的夹克，坐在红皮椅上，一只手夹着雪茄烟，另一只手拿着一份文件。他眼睛盯在文件上，丝毫没有察觉到我们的存在。他那宽大的后脑勺刚好对着我们，头发灰白，脑袋顶上已经秃了。

我心想，这时只需用福尔摩斯的那只铁棍，照他的脑壳轻轻一击，就可以毫不费力地除掉这个装腔作势的无赖。可是，我们此行的初衷并不是想要干掉他。我不知道还要在窗帘后面站多久，但我注意到，米尔弗顿开始不停地看手表，显得有些不耐烦了。

显然，他是在期待着什么，或是在等什么人。

又过了一会儿，走廊里传来了脚步声，随后，外面有人轻轻地叩门。

米尔弗顿站起身，走过去把门打开。

由于距离较远，他们的谈话我听不大清，只听出这位深夜访客是个女人。

他们俩进来之后，我听到米尔弗顿的声音："你迟到了半个小时！把我的好梦搅和了！"接下来的话听起来更清楚些："伯爵夫人如此无情无义，你可要抓住这个机会好好报复她一下。你手里真的有五封足以使艾尔波特伯爵夫人名誉扫地的信吗？只要你肯卖，我就肯买，我们只需把价钱谈妥就行了。"

说话间，两个人都进了书房。

女人身材苗条，棕色皮肤，脸上戴着面罩，颈上围着披巾。

米尔弗顿又说："当然啦，我要验证一下那几封信。"

女人这时背对着我们，我见她撩起面罩，摘下披肩。

米尔弗顿看着她，先是吃了一惊，然后又像是要笑出来的样子。

"天哪！原来是你！"米尔弗顿显然并不害怕。

"是我！你毁了我的一生！"她的声音十分平静，"我的丈夫的心碎了，他自杀了！"

"是你太固执了。"米尔弗顿说话时语气轻柔，像是在哄孩子。"我出的价钱你付得起，可你就是不听我的。"紧接着，他的脸色一下子变了，仿佛看到了某种意外情况。"我警告你，我只要一喊，我的手下人马上就会把你抓起来！”

那个女人略微侧了侧身，我似乎在她薄薄的嘴唇上看到了淡淡的一笑。

接下来，“啪”的一声，声音不大，就像断裂的干树枝。米尔弗顿目光呆滞，身体僵直，仿佛变成了一具石像，但却仍未倒下。

接着又是一下清脆的声响，女人伸直了手臂，露出一支银色袖珍手枪，枪口离米尔弗顿的衬衫前襟只有不到两寸的距离。女人又连续开了两枪。

米尔弗顿呆立了片刻，仿佛枪弹对他没起任何作用，但随即便一头扑倒在桌子上，喉咙里发出几声干咳，两手颤抖着抓着桌上的文件。“你要了我的命！”他吃力地喘息了几下，然后颓然倒下，一动不动了。

女人把手枪丢在地上，急速跑进漆黑的走廊。

福尔摩斯立刻从窗帘后面出来，用钥匙把里面的房门打开。

这时，外面传来一阵嘈杂声。

福尔摩斯一言不发，迅速打开保险箱的门，把里面的几包文件抱起来，分两三批丢进了壁炉里。顿时，火苗蹿得老高，很快便将那些文件吞噬了。

接着，福尔摩斯拾起地上的那把银色的左轮手枪，说：“这东西也许有用，华生。但愿里面还剩下两发子弹。”

我们忙朝院子的围墙跑过去。当我俩在草坪上奔跑时，房子里许多房间的灯开了，一道道亮光从玻璃窗中射出来，把我们照得一清二楚。

后面追赶的人越来越近，就在我跳上围墙时，有人拽住了我的脚踝，差一点儿把我拉下去，幸亏福尔摩斯及时用那支小手枪朝那些人头顶上放了两枪，使他们不得不卧倒在地，我才得以脱身。

翻过围墙后，我们又摸黑在汉普斯特德的荒野中跑了两里地，这才终于摆脱了追兵。

此时，我仍不知道那名漂亮的杀手究竟是谁，不过，几天之后，福尔摩斯在牛津街的一个摄影家作品展的一张照片里认出了她。那次展览的照片都是上一年伦敦的名媛佳丽。至于那支银色左轮手枪，我再也没有见到过。当我问福尔摩斯时，他说："那天我翻过墙头之后就把它扔了。枪里面已经没有子弹了。"

"也许枪会被人发现呢！"我不以为然地说。

"那倒好了，我的老伙计。你难道不明白吗？那位夫人为社会除去了这条毒蛇，自己也因此身处险境。她慌乱之中把枪丢在地上，这是一大失误。那把枪无疑是凶器，如果追到她身上，很可能使她终身难逃法律的制裁或黑社会的追杀。不过现在她就可以高枕无忧了。她吃了那么多苦头，理应得到这份安宁。人们很难想象她会是那两个翻过六英尺的围墙后，从荒野中跑掉的人当中的一个。"

"这样一来，歹徒也许会通过那支手枪找到你的头上呢。"我说。

"我倒希望如此呢。"福尔摩斯边说边用一根长长的纸捻儿点燃了烟斗。"我正等着他们来呢！"

福尔摩斯向来都是这样无所畏惧，不过，我们将会看到，这一次他将为此付出极大的代价。

福尔摩斯的失踪

转眼之间，汉普斯特德的那个寒风凛冽的冬夜已经过去三年，我也早就以为有关查尔斯·奥古斯特斯·米尔弗顿的事将永远被人遗忘。然而，我却大错特错了！

生活中最可怕的事莫过于你最亲密的人——同伴、丈夫、妻子、孩子——像往常一样走出家门，却从此一去不返。而且最最糟糕的是，你再也听不到有关此人的任何消息。他是死是伤？是精神恍惚，还是主动出走？你完全不得而知。1902年的那个春天的早晨，我甚至都没有看到福尔摩斯从我们贝克街的家中出去，我只是听到了他下台阶时的脚步声，还听到了他向哈德森夫人道别。

那天晚上，福尔摩斯没有回家。他办理要案时，常常会神秘地失踪几天，对此，我早就习以为常了。那些日子，我们正忙着调查“骑车的裸者”一案，这是发生在莫特场的一件离奇古怪的凶杀案。不过，那件案子并没有理由使福尔摩斯如此神秘地离家出走。

我像往常一样，耐心等待着。几天之后，我开始每天早晨查看《晨报》上的个人广告栏。在此类特殊情况下，我们通常采用这样的方式取得联系。广告的意思只有我们两个人能读懂，其他的人看到同样的内容，却不知所云。这些广告都是由“注意”这两个字开始的，表面上看，似乎登广告的人故弄玄虚，想让他的产品或服务与众不同。“注意”这两个字使我们的广告有别于其他广告。

我们的联络信号都是以“罗兰斯椅罩布”开始的。举例来说，福尔摩斯突然去了伦敦的某个隐秘地点，想通知我前去见他，那么，在这条椅罩布的广告之后，第二条标有“注意”的广告将会登出某个城市或国家的名字，比如说，“伦敦上等烟草，每盎司三便士”。当天的广告栏传达的消息到此为止，我从中知道他在伦敦。第二天，在“注意”的后面，也许会加上这样一条广告：“西秀波迈尔亚特兰大酒店提供优惠价格。”我已经知道了他在伦敦，接下来要做的只是把第二条广告字母的数目加起来，一共是六十个。然后，我从我们那本伦敦地图册中找出首都分区地图的第六十页。使用过这本地图册的人都知道，第六十页地图涵盖的地区南起派丁顿的海德公园，北到里金斯公园河道；由西向东是从贝斯瓦特的切普斯特区到玛丽勒邦的赛摩区。广告栏的下面也许会有另一条带“注意”标志的广告：“比斯特公司制作的汤罐头味道鲜美!”就这样，我们的联络到此结束。最后这条广告中共有四个单词，每个单词由五个字母组成，于是，我便得出了 5 +5 +5 +5 这样的一组数据。

我和福尔摩斯早就在每张地图上画了相同的一百条线，刚才的那个 5 +5 +5 +5 代表着 55 ×55。有了这个信息，我就可以在那张第六十页分区地图上沿着横向和纵向分别画出两条线，然后，借助一把直尺，我会发现这两条线相交的地方刚好是在斯普林街的西侧，靠近派丁顿火车站的位置。在这份宝贵的地图册上，你可以找到每一栋房子的位置，尽管它们还不到一毫米。总而言之，根据以上信息，我会得知福尔摩斯是在派丁顿区斯普林街 8 号。这样，我就可以马上去找他了。

这种秘密联系方式是外人根本无法破获的，它不仅能找到某个特定的地点，还可以提供各种有用的信息。不过，说实在的，我们极少用到这种方式。当时，我已经和福尔摩斯搭档了十多年，读者肯定会觉得，我们对各种意外情况早已有了应对计划。可是，在那个毁灭性的春天里，这场从天而降的灾难，使人完全无法预料。时间一天天过去了，但《晨报》的个人广告栏里并没有登出任何信息。

一个星期、十天、两个星期……我各处打探消息，查遍了因溺水、车祸、凶杀、自杀等不同原因死亡者的名单，并且寻访了拉姆贝斯、圣·潘克拉斯、切尔西亚等地的停尸所，但没能打听到任何结果。福尔摩斯有吸食鸦片的毛病，对此我以前颇不以为然，但这次我却硬着头皮跑到莱姆豪斯和沙德维尔码头边，到那些瘾君子时常光顾的阁楼或地窖里去找寻。此外，我还向我们在苏格兰场的朋友透露了自己的担忧，说福尔摩斯不知道跑到哪里去了。然而，拉斯特雷德和格里格森却是一笑置之，他们怀疑福尔摩斯又在“玩儿那套老把戏”。毕竟，仅凭我的一句话，他们又能做些什么呢？不过，我却并不认为他这次是在“玩儿那套老把戏”。

如果各位读者看过我有关福尔摩斯和摩利亚迪教授 1891 年的那次最后的交手的叙述，知道他们在雷肯巴赫瀑布边上的打斗，以及最后两人一起跌入滚滚漩涡中的故事，你们也许会记得，在那件事发生的几个星期甚至几个月之前，就已经先有预兆了。那些日子里，福尔摩斯进屋之后总要把百叶窗关上，似乎是在防备杀手的子弹。他还说：“当危险降临时，如果你漠视它的存在，这与其说是勇敢，不如说是愚蠢。”他一反常态，完全失去了通常的那种自信，甚至使我当时怀疑他是否生病了。在那段时间里，他的脸色更加苍白，身体愈发消瘦。

后来，福尔摩斯曾在同一天里三次遇险。早晨，他从家里走到本庭克街和维尔贝克街的拐角处，就在这短短的一段路上，一辆两匹马拉的货车向他全速驶来，幸亏他在最后的瞬间跳上了人行道，否则就没命了。出事后还不到一个小时，他又遇到了一件更险的事：一块巨大的砖石从房顶直落下来，刚好砸在他的脚前。我们找来了警察，但他们却认为，那位马车夫只不过是过于莽撞而已，至于那块砖石，他们说原本是堆在上面准备修房顶用的，结果被风吹了下来。就在当天晚上，在一条漆黑的街道里，有人直接出来向福尔摩斯索命。一名暴徒手持大棒向他头顶袭来，结果反倒被福尔摩斯打晕之后交给了警察。

相比之下，此类事件这一次却完全没有发生。当时，我这位朋友仍在忙着调查莫特场的那起谋杀案，而这件事并没有理由使他成为谋杀对象。不过此前，当福尔摩斯受到威胁时，他曾说过，在一些表面看来似乎毫不相干的罪案后面，隐藏着更加险恶的犯罪集团。他把它称做“一股专门跟法律作对、包庇坏人的隐秘而有组织的邪恶势力”。这股邪恶势力的头子定然会不顾一切地置福尔摩斯于死地。福尔摩斯曾说，在一些已经被他破获的案件中（包括一些他并未亲自参与的案件），他都能感觉到这股势力的存在。当摩利亚迪教授的真面目被揭穿时，福尔摩斯最初以为他终于把这股势力的魔头斩断了，然而，就像神话中的九头蛇一样，蛇头被砍断之后，还会再长出来。

摩利亚迪已经死了，这是毫无疑问的。我现在怀疑的是其他一些同样希望置福尔摩斯于死地的人。此外，还有不少人，他们虽然已经为自己的罪恶付出了性命的代价，但这些人的同伙还在，他们也同样乐于看到福尔摩斯遭殃。就在最近，由于福尔摩斯的努力，布鲁斯·巴庭顿潜艇计划一案中的国际间谍雨果·奥博斯坦被判了十五年徒刑。福尔摩斯还保护了一些人，并为他们澄清了罪名。这些人除掉了红圈党的头目、素有意大利南部杀人魔王之称的乔吉亚尼。现在，虽然奥博斯坦仍在狱中，乔吉亚尼也已经不在人世，但他们俩一个有外国势力的支持，另一个有黑帮团伙扬言要为他复仇。在这种情况下，我当时脑子里确实没有想到查尔斯·奥古斯特斯·米尔弗顿这个人。

三个星期过去了。有一个人我尚未找过，但是现在，我不得不去把我所担心的事向他讲明。此人就是帕摩尔和迪奥根尼斯俱乐部的麦克劳夫特·福尔摩斯，英国政府的首席部门协调顾问。我必须把福尔摩斯失踪的事告诉他。“他不仅仅是英国政府的顾问，”歇洛克·福尔摩斯有一次对我说，“在某些时候，他本人就代表英国政府。”不过即便如此，我很难想象麦克劳夫特这个当哥哥的此刻能够有何作为。虽然我内心不愿承认，但经过了几个星期的等待，我的直觉告诉我，我将再也见不到福尔摩斯，这位我心目中绝顶聪明、正直的好人了。

如果各位耐心地把下面的故事读完的话，你们将会发现我的直觉并不准确。至于我是在何种情形下与他重逢的，则另当别论。总之，那时的福尔摩斯真可谓是劫后余生。读者还将明白，这个故事为何没有早些公布于众。即便是现在，我有时仍在怀疑，自己是否应该把那些笔记和证据全部销毁，使此事永不为世人所知。但在我耳边常常响起福尔摩斯说过的话：“如果你诚实守信的话，华生，你一定要把这件事作为我失败的例子记录下来。”

然而我却认为，这件事情在后人的眼中，很可能会成为福尔摩斯整个侦探生涯中最最成功的案例。

秘密法庭

“威廉·歇洛克·福尔摩斯！你被指控于1899年1月6日，

在米德尔·赛克斯郡的汉普斯特德，伙同其他几名在逃犯，蓄意谋杀了查尔斯·奥古斯特斯·米尔弗顿。对此你有何话说？对于这项指控你认不认罪？”

福尔摩斯从一开始就知道，这些人无论如何是要置自己于死地的。虽然他们设立了法庭，连续审了自己三天，但这一切都是在走过场，目的只是为了让他们更好地享受杀害自己的乐趣。在最后处决之前的那些日子里，每天，当例行的审判结束之后，法庭上的情形还会缠绕着他的睡梦。每个夜晚，在福尔摩斯精准的头脑中，挥之不去的噩梦开始显形。

根据他后来的回忆，那噩梦总是在他们给他注射了一针麻醉剂之后出现，它像一个凶兆，把他从昏迷中带入了一种麻醉状态下的梦境。接下来，他会听到那些人在呼叫着他的名字，历数着他的罪状。

福尔摩斯在梦中奋力驳斥那两名坐在刺眼的弧光灯后面的所谓的法官。除了他们进来坐下或起身离开的短暂片刻，福尔摩斯只能透过炫目的强光看到他们，就像舞台上的演员看下面的观众一样。在那无法摆脱的灯光下，他的喉咙几乎无法发声，在第一个星期里，他只是简单明确地回答：“查尔斯·奥古斯特斯·米尔弗顿的确是我杀死的，我这样做是为民除害，这件事是我一个人干的。我对自己的行为并不后悔，为此哪怕是搭上我自己的性命也值得。”

“为了保护你的朋友华生医生，你能够如此仗义，对此我们很欣赏。”那个声音中带着嘲讽，“不过，你这样做是徒劳的，丝毫不能使他摆脱和你同样的下场。你那天是和他一起逃跑的，我们有目击者。另外，我们还在调查当时在场的一名年轻女子。”

“你们搞错了。查尔斯·奥古斯特斯·米尔弗顿是我杀死的，我不需要别人帮忙。”

“你认不认罪?”那个声音在逼问，“你可以为你的罪行辩解!”

“在强盗和骗子面前不需要辩解。”

“那你就是故意保持缄默，拒不认罪。”弧光灯后面的那个声音说，“审判将继续进行。”

福尔摩斯几乎可以肯定，自己听出了这个“法官”是谁。然而，此人早在三年前已经在汉普斯特德被击毙了，杀死他的是一位年轻女人，她用的是一把银色的左轮手枪。此事绝不会错。我们后来还读了《泰晤士报》上有关查尔斯·奥古斯特斯·米尔弗顿一案的调查报告，警方确认他是被“某个或某些不知名的枪手杀害的”。

现在，福尔摩斯隐约可以看到，在他前面的一张宽大的橡木桌后，坐着两个男人。他们身后还站着一名身穿某种狱警制服的男子，他们管他叫卫队长。此人的职责是看守囚犯，如果这名戴着手铐的囚犯有任何越轨行为，他就会随时上来将他制服。福尔摩斯坐在一把直背的木椅上，在被强行灌入麻醉药物，昏迷了数小时后，他的身体极度虚弱。他只知道，自己或许是这所不为人知的监狱中唯一的囚犯。

灯光后面的声音仍在继续，福尔摩斯对这个所谓的法庭审判嗤之以鼻。他竭力想弄清楚自己被药物麻醉之后，昏迷了多长时间。“开庭”的那天，他头一次清醒过来，即使是在那种情况下，在那双朦朦胧胧的眼睛后面，他那冷静而理性的大脑已经开始飞快地运转了。福尔摩斯记不得他是怎么来到这个地方的，他只知道自己的嘴巴里有一种味道，当时，这对他至关重要。那味道甜甜的，仿佛掩盖住了某种苦涩，这为他提供了第一个线索。他知道，那种甜味不过是糖衣，通常用来使药物易于服用。它下面掩饰的苦涩味肯定是天仙子碱溴氢酸盐，这种天仙子碱一旦服用下去，将使人对自己所听到、看到、感觉到的一切失去记忆。

福尔摩斯是化学分析师，在我们贝克街的公寓里，他曾借助各种化学仪器对天仙子碱做过试验和品尝。因此，有关这种药物的记忆，肯定早已牢牢地印在了他那无人可及的大脑中，这就如同在圣·玛丽医院或莱德克里夫实验室注了册一样。福尔摩斯最清楚，这种麻醉品一旦被犯罪分子使用，将会造成何等的危害。显然，那些给他服药的人只知道，这种药物能够使他无法记住后来发生的事，他们料想不到的是，福尔摩斯对这种药物味道的记忆并没有丧失。此刻，面对着隐藏在灯光后面的那几个人，福尔摩斯首先必须搞清楚：这些对手究竟是什么人？自己现在何处？他们又是如何把自己带到这里来的？

随着“审判”的进行，福尔摩斯明白了，他们并不想马上杀死他。他们还邀请了另外一些和他有仇的人前来亲眼看着他被处决。现在，这些“法官”一心想从精神上将他击溃，好让人们看到他在绞刑架下屈膝求饶。对这伙臭味相投的罪犯来说，没有什么能比看到歇洛克·福尔摩斯在临死前变成了一个可怜的懦夫更刺激、更开心的了。

每天晚上，福尔摩斯躺在囚牢中的木板床上，这时，他们会给他提供两种选择：要么自己喝下玻璃杯里的麻醉药，从而导致他昏睡到第二天早晨，要么强行给他注射麻醉剂。福尔摩斯总是选择自己服药，这样，他至少还能对药物加以验证。他只需稍稍品尝一下就足以知道那是什么了。

监狱的看守丝毫不敢松懈。他们用脚镣和一根五英尺长的铁链把他禁锢在一个铁环和一块钢板上，四只铆钉牢牢地将钢板嵌在牢房的石墙上。铁链的长度刚刚可以让他走到木床后面的小小的凹处，里面是水池和排水沟。有了这条铁链，他根本无法接近看守他的狱卒。那副脚镣勒得甚紧，稍一走动便会擦伤皮肉。

牢房的外面防范得更加严密。通向走廊和院子的两道门不但上了锁，而且还用门闩顶住。走廊上另有两名看守，一旦听到里面的同伙出了问题，他们会立刻进去帮忙。外面的两名看守每隔十到十五分钟透过一个玻璃探视孔向牢房里面窥探一次。为了防备万一，看守身边还设了警铃，只要轻轻一按，外面的人马上就会进来增援。

晚上，一个人被天仙子碱麻醉了之后，怎么挣扎都是徒劳的。对此，福尔摩斯十分清楚。不过，在第二次服用这种药物时，他又有了一个新发现：他的舌尖上留下了一丝甜甜的草药味儿。这说明他们减少了天仙子碱的剂量，却增添了另外一种麻醉药。原来，为了加强药力，他们在里面加了鸦片。他们这样做的目的，原本是想使福尔摩斯更加驯服，没想到恰恰是这个举措，为福尔摩斯提供了一线生机。

我想，在这个世界上，只有我知道我这位朋友在闲极无聊时有吸食毒品的恶习。虽然这个毛病现在对许多读者来说已经是公开的秘密了，但此事在福尔摩斯生前却一直不为人知。后来，人们主要对他吸食可卡因和注射针剂说三道四，但却忽略了他服用鸦片的习惯。正是为了鸦片他才光顾了怀平和沙德维尔的那些大烟馆，有关这些地方的事此前我已经在别的故事中有所讲述。凡是做医生的都知道，吸食鸦片会使人上瘾，服用得越多，药性就变得越弱。当然，福尔摩斯当时绝不可能使他们每天晚上逼他服下的药物失去作用，但是，在“审判”结束之前，他就已经下意识地使自己在后半夜处于一种“半清醒状态”了，因为这时只有天仙子碱仍在对他起作用。

福尔摩斯对我讲过，在这种半清醒状态下挣扎是极其痛苦的。每当他试图从昏迷中醒来时，头脑中总会先出现一种幻觉，仿佛自己被捆绑在了一架庞大的引擎上，不得不十分吃力地将机器的巨轮或活塞杆转动起来，直到最后，他才终于驾驭了这个庞然大物，使自己轻松下来。接着，随着一阵急速的心跳，梦又一次出现了。

如同一部一再重播的电影，或一出反复排演的戏剧，那些指控他的人在他的梦中一一就座了。奇怪的是，在这黎明前的梦境里，福尔摩斯竟然可以发现一些自己在法庭上察觉不到的细节。那些麻醉剂似乎使他的头脑在法庭上变得有些迟钝，只有在这种天仙子碱药物影响下的睡梦中，他才可以认出躲在刺眼的弧光灯后面阴影中的“法官”。看到这些起诉他的人一一入座，福尔摩斯记起当时自己认出的一张刮得净净的、圆圆的脸，脸上的五官由于光线太强看不清楚。而此刻，在朦胧的梦境中，福尔摩斯在这张圆面孔中看到了邪恶、冷酷的笑容，此外，还有一双灰色、严峻的眼睛和一副金丝眼镜。他还记起了此人平和的声音中隐藏着的险恶的用心。在半梦半醒之间，福尔摩斯听到这个人对他说着什么。最初，他无法判定这些话究竟是出自于自己的想象，还是当时在法庭上确实听到过。

“福尔摩斯先生，虽然你认为我们是非法的，可是，我们比任何人更有权力宣判你的死刑。被你杀害的查尔斯·奥古斯特斯·米尔弗顿是我的哥哥。我是亨利·凯尤斯·米尔弗顿，你当初要是调查过就会知道我是谁了。我请你不要推卸罪责，我们找到了那把点 22 口径的银色左轮手枪。将上面的指纹和你以前不慎动过的几样物品上面的指纹相比较，是件轻而易举的事。”

福尔摩斯竭力分辨这声音的真伪。他只是单纯在梦里发现了亨利·凯尤斯·米尔弗顿的身份吗？他本能地意识到，自己的确曾听到过那些话，但当时由于麻药的作用没能被大脑所接受。现在，他想象着让自己避开刺眼的灯光，尽量从侧面看到强光后面的一端。那个声音仍在继续，将第二名审判者介绍给了福尔摩斯。

"这位是我的同事詹姆斯·卡尔洪恩，此人曾被你视为佐治亚凶杀团伙的头目。不过，他并没有像你所想的那样葬身海底。你仅凭那次大风过后漂在海上的船艉柱，就认定他淹死了，可是，如果你真像人们想象的那么聪明的话，当时就应该知道，那些漂浮物都是故意安排在那里出现的，而你手下的人在塞凡纳等着的'孤星号'，却在三个星期之后变成了'艾尔坎泰拉'号，神不知鬼不觉地在巴西亚靠了岸。福尔摩斯先生，这些不过是雕虫小技，可是对付你却是绰绰有余。"

"你自以为高人一筹，福尔摩斯，"这个拖着长腔的声音来自卡尔洪恩，"可是，你刚一接手那件案子，我就派人盯上了你，就连你在伦敦劳埃得那里查找船只的注册和保险记录时也不例外。"

卡尔洪恩上校这番话引来亨利·米尔弗顿轻轻一笑。

"在这些围墙外面，"米尔弗顿把话接了过去，"还有一位詹姆斯·摩利亚迪上校，他现在有些家事要处理，暂时还来不了。耐人寻味的是，他的姓氏和你十一年前在雷肯巴赫瀑布害死的那个人一样。这并不奇怪，因为那是他的弟弟。那件事已经过了很久了，对吧？不过，福尔摩斯先生，你肯定熟悉这条意大利的格言：复仇这盘菜，晾凉了吃才更有味道。在你的末日到来之前，摩利亚迪上校将会前来为他的弟弟讨个公道，对此，你无权拒绝。”

随即是一阵开心的笑声，似乎说话的人对自己幽默的言辞颇为得意。接着，那个声音又在继续：

“再想想希腊的那件案子吧。你根据一条报纸上的消息就认定，被你定为杀人犯的哈罗德·拉提梅尔和威尔逊·坎普在快到布达佩斯的一节列车上持械格斗，结果同归于尽了。福尔摩斯先生，报纸上的消息是不能完全听信的。这两位先生也将会和别人一起，前来观赏你在绞刑架下最后的表演。”

“拉提梅尔作恶多端，”福尔摩斯平静地说，“他曾折磨并杀害了自己要娶的女孩儿的弟弟，旨在把他从遗产继承人的名单上除去。”

“那只是你的说法，福尔摩斯先生。”

在梦境中，福尔摩斯忍受着对方的奚落和嘲讽，把注意力集中在其他地方。他挣扎着迫使自己仔细观察这间“法庭”的格局，尽可能地将细节印在脑子里。尽管有中间的那盏刺眼的强光灯，他还是能够看出，这里其实并不是一个房间，而是一个圆拱顶的四条石砌通道的汇合处，这些通道各自通向一座哥特式的拱门。四周一片昏暗，使他无法辨别自己究竟是在英国还是在欧洲其他地方，是在某个荒僻的处所还是在一座闹市的中心。在梦境中，福尔摩斯把眼前的景象一点点重新组合起来，第二天一早醒来时，梦的大致轮廓在他的头脑中再现了。这个梦的关键是一个名叫亨利·凯尤斯·米尔弗顿的人，福尔摩斯默默地在心里重复着这个名字，仿佛生怕它会随着下一场梦从记忆中消失。

有几天，“法庭”没有开庭，福尔摩斯整天被关在牢房中，这里是他赴刑场之前最后的栖身之地。房间四周是光秃秃的白墙，上面的拱形砖顶由铁架支撑着。房间形状窄长，在床头后面的一端有一个凹进的小室，里面是水槽、阴沟和自来水管。无论白天黑夜，都有一名米尔弗顿派来的“看守”监视着他。

牢房里有一张结实的木床，床板离地面大约九英寸，上面是一个薄薄的床垫和一条毯子。床边有一张桌子和一把直背椅子。牢房的另一头还有一套桌椅，那是给看守准备的。到了夜间，他们会把床边的桌椅拿走，似乎是害怕福尔摩斯会借助它们逃跑。牢房的光线来自墙上的两扇铁窗，铁窗上嵌着小片凹形磨砂玻璃。地面铺着红色的光面地砖。福尔摩斯的饭菜总是被切成小块之后，放在一个白色铁盘里送进来。他们不给他刀叉，显然是怕他借助餐刀逃跑，或者怕他在他们计划好的日子之前自杀。

福尔摩斯用精准的目光测量了这间牢房的尺寸。房间长十九英尺，宽八英尺，最低高度（墙壁和屋顶连接的部位）为七英尺。连接着外面走廊的一面长长的墙壁上光溜溜的，只有那块用来固定脚镣和铁链的金属板和一个夜晚放灯的壁架。在那面长长的墙壁的尽头，正对着床的地方，有一扇门，出了门右边是一条走廊，另一面墙上是两扇窄小的铁窗和一扇通往外面院子的门，墙上还有一个放灯的壁架。窄窄的木床摆放在离门最远的靠走廊的那个墙角，床上是一条犯人用的劣质线毯和一个粗布枕头。

由于被脚镣上的链子拴着，福尔摩斯最远只能走到后面那个凹室的水池边，如果朝另一个方向走，他可以达到大约牢房长度一半的地方，无法靠近通往院子的门或看守用的桌椅跟前。除了走廊里有人看守之外，牢房里面还有两个人轮流值班，就算是将他们制服就可以跑掉的话，有了那条铁链的束缚，他也根本无法靠近他们。每次送饭的时候，看守只把盘子放在他可以够到的地方，然后就走开了。福尔摩斯知道，除了“出庭”之外，自己绝对不会有任何机会离开这间牢房，直到最后他被带到院中的绞刑架下的那一天。囚禁他的人也知道，没有人能救得了他，更别提他自己了。福尔摩斯认为，这种自以为万无一失的想法是他们最大的弱点。

晚上，即使在福尔摩斯服过麻醉药睡去之后，牢房里还是会留下一名看守，另外，外面的走廊里还有其他人招之即来。尽管如此，夜晚的睡眠时间给福尔摩斯带来了希望。虽然他们每天都让他喝麻醉剂，但对那几名看守来说，这种防范措施似乎显得有些多余。毕竟他连下床都很困难，更无法接近那两扇门，尽管他伸出胳膊或许可以触及那扇最近的铁窗，但那样一来马上就会被看守发现。

有了如此严密的防范措施，他喝不喝麻醉剂对看守来说就意义不大了，不过，他们还是照样遵从米尔弗顿的旨意，每天让他喝下那杯药物。福尔摩斯知道，他们给他服药的目的只不过是防止他晚上闹事，所以，他尽量不去惹麻烦。这样过了两天后，看守的警惕性有所放松，给他送药来的人有时听到外面有声音，会将目光转向别处，这时，盘腿而坐的福尔摩斯就有机会把杯子里的一些药倒在自己的毛袜上。看守将空杯子拿走时，总要凑过来闻闻福尔摩斯嘴里的气味，闻到有药物的甜味，他们就满足了，以为犯人已被驯服。没有米尔弗顿的指示，他们是不敢加大剂量的，而米尔弗顿又似乎总是不在。

经过几个晚上对药效有意识的抵制之后，福尔摩斯可以比较容易地进入他所形容的那种“朦胧状态”了。在这种状态下，他能听出身边的人发出的鼾声。看守以为囚犯不可能醒来，所以通常都会在椅子上呼呼大睡，这使福尔摩斯开始看到了逃生的希望。又过了一两个晚上，在半梦半醒之中，他又听到了一种声音。这声音对别人来说可能毫无意义，但它却使福尔摩斯大体上破解了自己被绑架的谜团。

最初，在药物作用下的朦胧中，他很难判定那个声音的真伪。但他知道，如果它是真的，就肯定还会出现。在他挣扎着要使自己清醒过来时，那声音听上去仿佛是从他依附着的那架庞大的引擎上发出来的隆隆声。过了一会儿，那个声音又出现了，这次是连续的四声。他知道那不是引擎，而是一座大钟。假如它刚刚报的是4点，那么，福尔摩斯只需等到它敲响5点，便可以判断出它的方位了。可是，没想到过了不到一分钟，钟声又响了四下，这一次的音色比较浑厚，而且，几乎就在同时，他又听到了四声比前两次更加高昂的钟声。福尔摩斯不仅对音乐和作曲造诣颇深，还是位音乐评论家。他对音调有一种天才的辨别力，只要听到一个音，他马上就能在琴键上找出它的位置。

那天晚上，他先是听到了四声E调，接着是低八度的降B调，然后又是高八度的G调。没有人比福尔摩斯更熟悉伦敦的街道和那些高大的建筑了，从钟声学的角度来讲，根据这三种不同的钟声以及它们间隔的时间来分析，钟响的地方只可能是圣·赛普罗克里斯教堂、圣·保罗教堂和大圣·马丁区教堂。这天早晨，福尔摩斯醒来时像过节的孩子一样兴奋，此前，他在里面的“法庭”上或是当外面的大街上繁忙的时候听不到的钟声，在夜深人静的时候听到了。他知道自己现在就在被废弃了的纽盖特监狱的牢房中，对此，他深信不疑。那间拱顶的“法庭”，其实是四条主要走廊的交汇处，这些走廊如同一座教堂主建筑下面的交叉通道。

读者们也许还记得，在那之前的几个月，纽盖特监狱还是英国有史以来最令人毛骨悚然的地方，那里充斥着各种各样的人渣，这些家伙在接受审判的过程中被关押在这里。被判死刑的囚犯在这里等待执行，其他罪犯也在这里听候发落。在监狱的一条走廊上，有十五间专关死囚的牢房，行刑处就在外面的院子里。这里的走廊上写着醒目的警句：“一旦进入此处，勿存任何幻想！”福尔摩斯深信，此刻自己就被羁押在其中的一间牢房中，外面谁也不可能想到来这个废弃的旧城堡里找他。

为了这次的复仇，他的对手们真可谓是机关算尽。议会和伦敦市政府已经决定拆除纽盖特街上的这座古老的监狱，在它的原址上为老贝利区建一个法院。在这些死囚牢中，最后被绞死的一名男犯是在 1901 年，此外，还有一名女囚，就是残杀婴儿的艾达·查尔德，她也是在同一年被处决的。其他监狱里的犯人后来都被转到了附近的监狱，而这里的一切都被移交给了市政府。在监狱被拆除之前的这几个月，这个地方已被承包人接手，一直空着。照明用的瓦斯还没断，那些废弃的绞刑架也都还在，随时可以使用。

如果这里的承包商想在最后这几个星期里把此处转租给别人简直易如反掌。亨利·米尔弗顿和他的同伙为歇洛克·福尔摩斯设计了一个寓意深刻的结局，这个结局将对其他那些想要和强大的犯罪团伙作对的人起到一个警示的作用。但福尔摩斯也没有那么简单，他并不认为他们所做的这一切仅仅是想要除掉他，如果真是那样的话，他们可以轻易地在大街上用车子撞死他，或者简单地从楼上丢下块石头把他砸死。他知道，这些人的确乐于见到他被绞死，但这只是某种更加庞大的计划中的一个插曲而已。在这个荒谬的法庭和狱中的行刑后面，隐藏着一个犯罪集团，他们的行动很有可能会震动整个世界，对此，也许只有福尔摩斯才能与之抗衡。在这几个星期或几个月，歹徒们把纽盖特监狱控制在他们的手里，以便实施他们的计划。福尔摩斯现在还不知道他们的最终目的究竟是什么，但他暗下决心一定要搞清楚。

第二天早晨，当他们向他宣布死刑判决时，福尔摩斯出人意料地感到了一种自打这场噩梦开始以来从未有过的轻松。亨利·米尔弗顿那油腔滑调的宣判在他听来丝毫不觉得意外。“你将回到那间牢房，等待着被带往刑场接受绞刑。”若是换了任何一个人，当他被铁链拴在死囚牢里，孤助无援，四周都是警卫，绞刑架就在外面的院中等待着，这种局面肯定会使他彻底绝望。可是，福尔摩斯却信心十足，他的信心来源于他顽强的毅力、出色的判断力和精确的观察和分析力，这种能力，使他比囚禁他的那些人更具优势。

最后一次庭审之后，一个被他们称做看守长的头发斑白的壮汉，把戴着手铐的福尔摩斯带出了法庭。这一次，他没有被直接带回牢房，而是朝着相反的方向走。不一会儿，看守和犯人来到一扇顶部装着尖尖的铁条的铁门跟前。看守长取出一把沉甸甸的钥匙，将门上的大锁打开，接着又“咣当”一声，把铜门闩拉开。两个人先是经过一间高屋顶的门房（从这里可以听到外面街上的声音），又穿过一扇门，到了另一个房间。这里显然是从前监狱长的办公室，墙上还贴着市法院禁止将酒精带进监狱的通知，以及探访犯人的职员和律师应遵守的各项规定。

在一间为新入狱的犯人办理手续的明亮的前厅里，有一个敞开的橱柜，橱柜上展示着杰克·谢泼德一个世纪前戴过的镣铐。这位大名鼎鼎的江洋大盗曾屡次越狱，他的那套手铐有一英寸半粗、十五英寸长。福尔摩斯还注意到他的脚镣直径约有一英寸，上面密布着粗粗的铆钉。这间办公室的墙上还挂着两张从前波塔尼湾流放地的旧图，但更加吸引福尔摩斯眼球的却是在一张较矮的橱柜上陈列的三排人脸，那是过去的一百年中在这个监狱被吊死的男女犯人的面部模型。

这时，亨利·米尔弗顿也来了，他指着那些人脸模型中的一个说："福尔摩斯先生，这是库佛西尔，他在六十年前因谋杀威廉·罗谢尔勋爵被处以绞刑。你看，他的眉毛低垂，脸的下半部表情生动；像大多数被绞死的犯人一样，他的上嘴唇出奇地厚。你的上嘴唇也将会是这样的，福尔摩斯先生。这是人被吊死或被勒死时骤然充血所导致的。你还会看到，有些犯人，比如库佛西尔，死的时候眼睛是睁开着的，而另一些犯人则双眼紧闭。那些坠落时脖颈断掉的人眼睛会闭上，那些由于坠落时高度较低，因窒息而死的人眼睛会睁着，就像你一样，福尔摩斯先生。"

福尔摩斯没说什么。他注意到，房间的一角摆着一只磅秤。

"现在请你站到磅秤上去。"米尔弗顿说，"你的体重对看守长来说十分重要，它能保证在最后的时刻一切都将按照我们的意愿行事。福尔摩斯先生，有很多人对这一幕充满了期待，他们不愿意看到你最后的表演匆匆收场。在你给我们制造了这么多麻烦之后，我们自然不能轻易放过你。福尔摩斯先生，恐怕我们会让你从较低的高度坠落，好让你表演得更久些。"

福尔摩斯一言不发，站到了磅秤上。

那位他们称之为看守长的花白头发的壮汉在一旁拨弄着秤砣，他先放上了一个秤砣，接着又换上了一个轻一点儿的，直到秤杆微微晃动了几下，最后停住了。

米尔弗顿假装站在一旁看文件，等看守长把福尔摩斯的体重称好之后，他抬起头，说：

"再见了，福尔摩斯先生！你我在最后的那个大日子之前不会再见面了。按照惯例，在处决一个犯人之前，好像应该再让他多活三个星期吧？可惜我们办不到。不过，我们的一些朋友还要一个多星期才能赶到这里，所以，你尽可以去祈求神灵给你一份安宁吧。但不管怎样，你会发现，自己随时都可能告别人世，当你的生命只剩下最后一天的时候，你才会懂得它的宝贵。想一想吧，福尔摩斯先生！到了那个时候，当绝望使你无法承受，你将会把我们当成救命恩人，祈求我们让你多活一天！你别不信，到时候我们两个会相处得很好呢！”

福尔摩斯用犀利的目光死死地盯着他。

米尔弗顿和福尔摩斯对视了一会儿，然后阴险地一笑，又低头去看他的文件。

回去时，他们走的是另一条路，经过一段昏暗的走廊，又穿过了一个有顶棚的桥。在一个大玻璃屋顶的下面，隐约可以看到四个走廊，走廊两边是一间间牢房，静悄悄、空荡荡的。福尔摩斯和看押他的人穿过了一扇铁门，又经过一个小过道，过道上铺着石板，旁边是一片供犯人放风的空地。根据福尔摩斯的测算，这片空地的外面应该就是纽盖特街了。福尔摩斯把这段短短的路程分毫不差地印在了脑子里，我敢说，就连一路上经过了几块石板，其中哪里有缺口、哪里有裂纹，他都能够分毫不差地说出来。

他注意到，在那座桥和玻璃屋顶过去不远的地方有一个通道，那儿的墙壁上挂着几套衣服，旁边还有一间小屋，里面有一个水池、三个刮胡刀、几把牙刷，此外还有一把镜子倒扣在水池边上。每到这种时刻，福尔摩斯都会变成一台没有任何感情色彩的思维机器，也许这正是他所需要的。当他们从一个带顶棚的拱形通道里走出来时，福尔摩斯第一次看到了自己那间死囚牢房外面的世界。那是一个院子，它的一头被牢房遮挡，终日见不到阳光，院子的四壁光溜溜的，一直伸向狱中诗人怀尔德曾经形容过的“那一小片被犯人们称之为天空的蓝色”。

“一旦进入此处，勿存任何幻想。”这话用在这里十分恰当。就算犯人能够挣脱镣铐，躲过牢房看守的视线，打开监狱外面的铁锁，从死囚牢房中跑出来，也难逃被绞死的下场。那些光秃秃的高墙上几乎看不到裂缝。在西北角，从地面到顶端的中间，有一个早已废弃不用的旧水箱，水箱的上面接近围墙顶部的地方，有一个结实的木棍，上面绑着尖尖的铁丝网。若想伸手抓住它而不被扎伤是根本不可能的。

福尔摩斯在看守的押解下缓慢地走着，似乎每走一步都十分吃力。他们也并没催他，反倒乐于让他见识一下眼前这种毫无希望的处境。福尔摩斯心里明白，这些人在受雇于米尔弗顿之前肯定都有犯罪前科。

院子一头的围墙跟前，地上的砖由于地面的凹陷错了位。隔不远便有一块石头上刻着单个的英文字母，其中的一块上面刻的是“G”，另一块是“L”，还有一块是“M”，然后又是一个“G”。福尔摩斯心里很清楚，此刻，他的脚下埋的是那些曾在这所监狱中被吊死的男女犯人的尸体，尸体经过生石灰处理后变形、腐烂，因此导致了地面的凹陷。

押解他的看守脸上露出了笑容，此时此刻，看到大名鼎鼎的福尔摩斯正行走在自己的墓地上，难免会使他们忍俊不禁。

福尔摩斯看到，院子的一头有间小棚子，看上去像个马厩。棚子的门没关，福尔摩斯可以隐约看到里面有个下面带轮子的黑色的台子，旁边有十三级台阶，上去之后便到了它的顶部，那里可以同时站几个人。尽管在房梁上没有看到绳索，但显而易见，他们将会在这里绞死他。福尔摩斯不需多看便早已心知肚明。

回到牢房之后，一名看守将他的脚镣拴在墙上的铁链上，又解下他的手铐，然后便出去了，留下他独自一人陷入了沉思。

牢房里虽然没有镜子，但福尔摩斯用手一摸就知道，自己的胡须已经长得老长，头发也没有梳理。不过，这些现在对他来说都无足轻重。坐在那张窄窄的木板床上，福尔摩斯的大脑在飞速地运转，为了战胜对手，他集中了自己超人的智慧。不知不觉地，他渐渐看到了一条生路，虽然这条路并非万无一失，但这毕竟是唯一的出路。但在实施这个计划之前，他必须先要攻破一个障碍。

他像通常一样，盘着腿默默地坐在床头，眼睛盯着坐在牢房另一头那张桌子旁的看守。虽然福尔摩斯那双无所不能的手无法触及远在房间另一边的看守，但他那双犀利的、洞察一切的眼睛却始终在观察着他。

退役骑兵

两名看守昼夜值班，轮流监视着福尔摩斯。他们分了工，每人值两个白班，再值两个夜班。晚上，他们就睡在福尔摩斯脚镣上的铁链达不到的那张木椅上。

福尔摩斯知道，第一位看守叫克莱林，他高高的个子，突出的下巴，黑黑的头发像旧日的宫廷命官一样堆在脑袋顶上。此人看上去一脸的凶残奸诈，嘴角的颤动乍看上去像是在微笑，其实不过是他嘴巴有毛病。克莱林可以哈哈大笑，但却从来不会微笑。

另外那名看守身材比较瘦小，皮肤被太阳晒得通红，脸上的表皮紧绷绷的，还泛着亮光，像是被煮熟了的样子。福尔摩斯曾听别人叫他麦克。这位小个子看守看上去还比较随和，所以，福尔摩斯决定从他这里下手。他没有必要制服所有的看守，一个就足够了。

福尔摩斯曾经说过，一个善于推理的人，仅凭一滴水，就可以推断出尼亚加拉大瀑布或大西洋的存在。现在，仅仅凭着一个狱卒的名字，福尔摩斯似乎就想从这座全世界防范措施最严密的监牢中找到一条逃生之路！这实在是太不可思议了，就连亨利·米尔弗顿对这种可能性也不屑一顾。

从白班的看守进入牢房的那一刻一直到他晚上离开，福尔摩斯始终沉着脸，盘着腿坐在床上，犀利的目光犹如一把利刃，深深刺入对方的心里，将他彻底击垮。此前，我曾亲眼目睹过，即使是那些最不要脸的无赖和铁石心肠的恶棍，在他这种目光的逼视下，顶多只能忍受三十秒钟，没有人能坚持更长的时间。其中有些人，像摩利亚迪教授，曾试图对此一笑置之，但他终究还是被那炯炯的目光烧得败下阵来。在这种炽热的烈焰下，像一只小虫子一样被烤上一整天，这种煎熬简直无法用言语形容！最初，面对福尔摩斯咄咄逼人的目光，克莱林还试图和他对视，但不久他就忍受不了了，威吓地骂了一句什么，好像这样就解决问题了，可是那双眼睛还是让他无法安宁。尽管镣铐缠身，但福尔摩斯仍能对他那颗邪恶的心灵形成一种无声的震慑。

不过这毕竟是白费工夫。克莱林有可能会良心发现，但他绝不会背叛主子。他拿了米尔弗顿的钱，对他的话自然唯命是从。在被逼视了一个钟头之后，他叫嚷着要让福尔摩斯尝尝他拳头的厉害，但他始终不敢接近他的囚犯。

麦克的情况就不同了。虽然他的表情显得更加阴郁，但在其后面却隐藏着一种孩子般的惊恐，也许，当他从米尔弗顿那儿拿钱的时候，他并没想到自己会成为滥杀无辜的帮凶。这并不是说麦克会舍身帮助福尔摩斯，但至少他比克莱林要脆弱得多。盘腿坐在床上的囚犯福尔摩斯始终紧盯着他，使他片刻不得安宁。最初，麦克假装看不到，但在这狭小的空间里，他实在无法回避那双眼睛，于是，他时而起身走到窗前，隔着毛玻璃假装欣赏外面的风景，时而把椅子转过来，以躲开犯人的视线，时而假装看书，时而又低着头，背着手，在狭小的牢房里一边来回踱着步，一边故作沉思状。最后，他实在忍受不了了，转过身来，对福尔摩斯吼叫起来：

“别总盯着我好不好？看看别的地方！”

然而，福尔摩斯却一言不发。从麦克一早进入牢房到他晚上出去，福尔摩斯始终死死地盯着他。就这样过了两天之后，麦克一走进这间牢房心里就发憷。福尔摩斯在他们的整套计划中发现了一个薄弱环节，它既不是镣铐，也不是铁锁，更不是麻醉剂，而是这名叫麦克的看守。这个可怜的家伙心肠太软，同时，又很怕自己这个弱点被别人看出来，对此，福尔摩斯十分清楚。每次进监牢之前，麦克总是抬高嗓门，和同伴们有说有笑，故意让福尔摩斯听到，让人觉得他好像无所谓似的。可是，进了牢房，他一看到福尔摩斯那双眼睛，情况就截然不同了。

尽管福尔摩斯名声遐迩，但他毕竟是个凡人。在那段漫长的时光里，他的内心深处究竟忍受着怎样的煎熬，是令人无法想象的。然而，别人却根本不会从他的言谈话语或面部表情中看出这些来。也许有人会对这一点嗤之以鼻，说这不过是在装腔作势地逞能罢了，但事情并非如此。福尔摩斯把他那水晶一般清晰的思路和钻石一般坚硬的毅力完完全全地投入到了自己的计划中，他深知，自己必须十分准确地把握好开口说话的时机，因为对他来说，机会只有一次。第四天下午，这个时刻终于来到了。福尔摩斯说话时声音很清晰，但语调又不是太高，像抽打皮鞭时发出的声响，十分犀利。麦克听到之后，一下子竟从椅子上跳了起来。

“听我说，麦克伊维尔！”

看守大惊失色，这也许是因为，自己的真名居然被一个从来不可能听到过它的人叫了出来。

歇洛克·福尔摩斯纹丝不动，盘腿坐在床上，又一次开口了。他的声音很轻，牢房外面的人根本无法听到，仿佛是在和这个看守拉家常。

“第二十一骑兵旅的麦克伊维尔先生，我想，现在你我该谈谈了。”

看守吓得呆若木鸡，脸色通红，直愣愣地盯着福尔摩斯，活像一只小老鼠遇到了狰狞可怕的蛇王。

“我很清楚，”福尔摩斯接着说，“你心里首先想到的是，如果米尔弗顿先生，或者你的这位主子使用了其他名字，知道了你把自己的真实身份告诉了我，他肯定会割断你的喉咙。你是——或者说曾经是，第二十一骑兵旅的麦克伊维尔下士，曾参加过镇压苏丹叛军的奥姆度尔曼战役，不久前因病退役。你现在一心想要娶那位和你一起长大的心上人，不过，这件事情并不是那么简单，对吧？”

这些天来，福尔摩斯已经使这位看守战战兢兢了，现在，麦克伊维尔脸上那种难以置信的表情变成了极度的恐惧。

“你到这里之前绝不可能见过我。”他压低了嗓门，生怕门外的人听到，“我也不认识你。你不可能知道我是谁！”

“你说得一点儿不错。”福尔摩斯语气平和地说，“不过，就算我对你的事情不是全都知道，但仅凭我知道的，就已经足够了。第二十一骑兵旅，奥姆度尔曼战役，因病退役，你想要的那个女人……我完全可以把我知道的这些写下来并设法藏在墙缝里。这座监狱很快就会被拆除，到那时，警察会根据那张写着你的名字的字条找到你。以前，就在这座监牢里，有个名叫本森的犯人，就曾经把一张浸湿的纸条丢在地上，后来被一名看守无意间踩在鞋底上带出了监狱。你可以不必紧张，我知道他们肯定已经告诉过你要提防这种把戏了。不过，请你相信，比这高明得多的办法还有的是呢！"

"你这些诡计米尔弗顿先生都知道。"麦克伊维尔急忙说。

"未必如此。"福尔摩斯仍然和颜悦色，"不过，有一点米尔弗顿先生倒是心知肚明，那就是，你一旦落到警察手里，肯定会把他和他的阴谋活动统统出卖。麦克伊维尔下士，你很清楚，如果我把刚才这些话告诉他，你是活不过今天晚上的！"

"你能告诉他什么呢？"

"我只要稍一张口，就足以让你死在我前头。假如你的主子知道我已经查明了你的身份，并已经把这个信息透露了出去，你必死无疑！他是绝不可能允许这种事情发生的。至于我告不告诉他，那要取决于你了。"

一直不敢正视福尔摩斯的麦克伊维尔现在死死地盯着他，惊恐万分。这正应验了福尔摩斯那句格言："你能做什么并不重要，重要的是你能使别人相信你做了什么。"眼下，福尔摩斯的话还没说完，可怜的麦克伊维尔就已经乱了方寸，他怎么也搞不明白这个陌生人怎么会对自己如此了解。

"你在埃及生了病回来，"福尔摩斯继续说，"从军队里退了役，生活一下子没了着落。假如你当初当上了队长的话，还可以拿到一笔退休金，可是，队长的职位却不是轻易就能捞到的。如果我说得不错的话，一支骑兵队包括大约六十名普通骑兵，外加六名下士和一名队长。你没当上队长，因此，你退役之后总找不到固定的工作也就不足为奇了。显然，你的眼疾使你深受其害。”

福尔摩斯的这番话，让麦克伊维尔觉得自己的处境愈发绝望，但他仍心存侥幸，希望能从这种逆境中摆脱出来。

“你尽可以胡乱猜测，福尔摩斯先生。”他紧张得直发抖，却又故意摆出一副不屑的样子。“可你证明不了什么。米尔弗顿先生肯定不会相信你这套鬼话。”

“这可不是猜测。”福尔摩斯的语气十分平和。“我从不胡乱猜测，这一点米尔弗顿先生早已领教过了。不要忘了，在过去的这几天里，就在你观察我的同时，我也在观察你。虽然你不过是个普通的狱卒，可是观察别人是我的职业。知道你的名字并不难，事实上，我来到这里的第一天，就清楚地听到你的同事叫你麦克。”

麦克伊维尔一下子从椅子上站了起来，虚张声势地说：“这没什么了不起的！”

“仅凭这个——”福尔摩斯的声音里有一种震慑力，使看守又重新坐了下来。“仅凭这个的确没什么了不起。但是，我有充分的机会观察你，虽然有时我听不到你们在说些什么。第二天，在被带回牢房的走廊里，我又有了进一步的发现。那个你管他叫克莱林的人在你身后说了一句什么，使你转过身去。根据我的判断，他说的那个字应该是你的名字。干我们这一行的自然对唇语十分熟悉，我还专门写过一篇有关嘴唇的变化和发声之间的关系的文章，里面对笑声和尖叫声都有描述。”

麦克伊维尔直盯盯地瞧着他，仿佛生怕漏掉一个字。

“当时，”福尔摩斯继续说，“我断定克莱林说的那个词第一个音节是‘Mack’，这也是我意料之中的，因为我曾听到别人这样叫你。你可以自己试一下，在发这个音时，嘴唇收缩之后有一个向两边咧开的动作。克莱林随后发的那个音显然是‘i’，发这个音时嘴巴的形状比其他音都窄，所以很容易判断。接着，他的上牙触到了下嘴唇，力度比发‘f’的音要重些，因此，只能是‘v’。最后，他的嘴唇像吹笛子似的动了一下，喉咙稍稍发紧，在一个训练有素的人眼里，这只能是‘er’的音。简单得很，他说的那个名字是‘麦克伊维尔’。”

“看不出你还挺聪明。”看守听得傻了眼，却硬装出一副不屑的样子。

“还有你的靴子。”福尔摩斯说。

“我的靴子怎么啦？”

“那是军队的靴子，”福尔摩斯说，“退役之后你还穿着呢。”

“谁都可以买到这样的靴子。与其说这是军队的靴子，倒不如说是做工的人穿的靴子。”

“的确如此，”福尔摩斯没有刻意反驳他，“不过，普通做工的人穿的是那种带麻点儿的黑皮靴。每一个当过兵的人都知道，可怜的新兵接到的第一个命令就是拿烙铁把靴子前脸熨平，擦亮，这样才好穿出去训练。还记得那句老话吧，‘可怜的新兵在靴头上看到了自己的脸’。你的靴子不是普通做工的穿的，而是不久前刚刚退役又买不起新靴子的士兵穿的。”

不知为何，福尔摩斯有关靴子的这番发现比知道了他的名字更让麦克伊维尔感到不安。

“你为什么不害怕呢？”他突然问福尔摩斯，“我搞不懂。”

福尔摩斯轻轻一笑，嘴角的线条显得很冷峻。

“就算我害怕，你们也不可能看出来。恐惧只能导致更大的恐惧，那是丝毫解决不了问题的。请允许我说下去：穿你这种靴子的人不可能是骑兵队的队长，他们的皮靴前后都是亮的，而且质地比较柔软。由此看来，你只能是一名下士或普通骑兵。对了，你不必问我怎么知道你是骑兵的，下次当你经过一面镜子的时候，观察一下自己走路的样子就知道了。不久前，你曾在国外服过役，这一点只要看看你的脸色便可一目了然了。据我看，你是在六年前跟随基切纳勋爵率领的远征军去苏丹剿平叛乱的，这个推论像你这样患有埃及眼疾的军士是很难否认的，那支军队的士兵除了你们之外都是埃及本地的土著。每一个看报纸的人都知道，第二十一骑兵旅是奥姆度尔曼战役的主力，他们是唯一的一支从英国派去参加那次战役的军队。”

看守低下头，眼睛盯着地面，以掩饰自己的困惑。

见此情形，福尔摩斯心里更有底了。

“在犯罪学专家的眼里，阳光对一个人皮肤的产生的作用是十分重要的线索。”福尔摩斯慢条斯理地向他解释，“埃及的阳光对你皮肤的影响不是一时半会儿就能消除的。你手腕内侧的皮肤还没晒黑，前额紧挨着头发的地方由于被头盔遮挡的缘故，也留下了一道白印儿，但其他地方则明显地呈现出长期暴晒过的迹象。根据我的判断，没有五六年的时间，你是不可能被晒成这样的，这和第二十一骑兵旅开赴苏丹战场的时间大致吻合。你看上去很能干，像你这种人在同一个地方干上六年之后一般不可能升不到下士。何况，在六年的时间里，一支驻扎海外的部队肯定会大大减员，其中因病调离的人数比在战争中死伤的人更多，这样一来，造就了许多提升的机会。因此，你现在无论如何也应该是麦克伊维尔下士了。你并没有飞黄腾达，这说明你的性格适于做一名士兵。此外，我认为，你之所以参与了这起犯罪活动，完全是另有隐情，而不是出于邪恶的本性。”

垂头丧气的看守又一次抬起头，竭力想反驳福尔摩斯的话，他以为，只要能在福尔摩斯的推论中挑出一点儿错处，其余的话也就都不算数了。

“你不可能知道我是因为什么回来的，你又不是医生。”

“我的确不是医生。”福尔摩斯的语气还是那么和缓，“可是，你的眼睑和眼圈儿一看就有毛病。这种病被称为埃及眼病，许多年来，一些在埃及服役的士兵由于不慎和当地的一些不讲卫生的人接触，把这种传染病带了回来。我还注意到，值班的时候，你每天早晚都要从两个药瓶里各取出一片药服下，这其实是两种不同的药粉，为了方便服用做成了药片。我的视力并不差，扫一眼就能看到药瓶上的标签上写的是什么了。”

此刻的麦克伊维尔活像一只泄了气的皮球。

“这两种药，”福尔摩斯继续说，“分别可用于多种病症，但却很少同时使用。正如可敬的鲁道克医生在他那本医学手册中所说的，它们只有在治疗眼疾或喉咙发炎时才可同时使用。显然，你并没有喉咙发炎，所以毫无疑问你是属于前者，因为眼睛的毛病不得不退役回家。”

福尔摩斯停了一下，见麦克伊维尔没说什么，才又接着往下讲。

“由于某种原因，你不得不走上了犯罪的道路，而干上这一行对你来说似乎显得有些不合逻辑。这不可能是因为贫困所逼，因为你曾是个不错的军人，眼下这点儿小毛病并不影响你找工作。以你这个年纪、这种条件，会为了得到一笔酬金而违心地做这种事，这究竟是为了什么呢？不言而喻，最大的可能就是，你想拿了钱去和自己心爱的女人过安定的日子。你刚刚退役不久，不可能在很短的时间内找到一个意中人，这说明你和那个女人早在你去埃及之前就认识了，她一直在忠贞不渝地等着你回来。请你想一想，假如你遭到了米尔弗顿的清算，她的安全还能有保障吗？”

最后这句话正中要害。接下来的整整一分钟里，麦克伊维尔一声不吭。至此，福尔摩斯已经按事先准备好的，把该说的话通盘说出。

最后，麦克伊维尔终于抬起了头。

“你想要干什么？”他声音颤抖地问。此刻，他已经不再怀疑福尔摩斯会对克莱林或米尔弗顿讲自己的事，他认为自己大概活不过今天了。也许，这是他应得的报应。

然而，福尔摩斯却并没有马上回答，他只是盘着腿，一动不动地坐在床头，和他在贝克街自己家里的姿势一模一样，只差手里的那只弯弯的烟斗了。

“不，”福尔摩斯终于开口了，“我想，这个问题应该是：麦克伊维尔下士，你想要干什么？”

看守大吃一惊，手足无措。

“我没办法救你，福尔摩斯先生。这怎么可能呢？我每次进出这里都要被搜身检查，他们连续好几天都不让我出去。”

“我没打算让你救我。对我来说，死并不可怕，但我理应死得有尊严，死得舒服一点儿。即便是一个被判有罪的人，这点儿要求也不算过分吧？”

福尔摩斯后来告诉我，麦克伊维尔听到这番话时，脸上的表情明显地放松了。那个狱卒人并不坏，只是过于懦弱，他首先看到的是自己有可能幸免于难，至于这位囚犯的命运如何，则另当别论。

“怎么舒服一点儿？”看守突然急于知道对方有哪些要求。

“水，”福尔摩斯说，“一杯不掺麻醉剂的水。你把一杯这样的水放在你的桌子上，我要的时候给我就行了。”

“这没问题。其实，只要你提出来，我本来也会给你的。”

“还有，”福尔摩斯的话经过了慎重的考虑，“我这样被镣铐锁着，整天不能动弹，这对我的身体很不利。”

“我可不能打开你的镣铐，福尔摩斯先生！”

“我不会要求你这样做的。既然你我是朋友，我自然不会让我的朋友去冒险。”

听到这话，麦克伊维尔感激涕零，恨不得跪下去向福尔摩斯道谢。

“我整天昏昏沉沉的，”福尔摩斯接着说，“吃的东西无法消化，一点儿胃口也没有，总是提不起精神来。”

麦克伊维尔呆呆地瞧着福尔摩斯，不明白他想说什么。

“你到底想要什么呀，先生？”

“我最想要的，”福尔摩斯缓缓地说，“是一种世上最普通的助消化药。我是无法从这里逃走的，你也不可能放我出去。但是，在我还活着的日子里，我每天都想有一包炭烤饼干，这东西你在任何一家药房或杂货店都能买到，我想它将会对我很有益处。”

“就这些吗？”麦克伊维尔有些迟疑地问。

“眼下就这些，”福尔摩斯说，“也许以后还会有一些小要求。不过你大可不必惊慌，我是不会让你去冒险的。那样对我会有什么好处呢？”

麦克伊维尔如释重负，几乎笑出声来。

“我当然可以给你带些炭烤饼干来，足够你吃一两个星期的！这不成问题，我可以假装我自己要吃。水我也可以随时给你。”

说到这儿，他的脸色突然一沉。

“我怎么会知道你没把你发现的事情说出去呢?”

“我已经向你保证过了。”福尔摩斯冷冷地说，“我这个人从不食言，无论是对好人还是坏人，即便是对摩利亚迪教授那样的人也是一样。何况，就算我出卖了你，也还是救不了我自己。所以，只要你在这些小事情上满足我，你就不会有任何危险。”

那天晚上，麦克伊维尔在下班前趁人不注意给了福尔摩斯一杯水。几分钟之后进来的克莱林对此事浑然不知，他照例带来了一杯麻醉药。福尔摩斯把杯子接过去后，看守将床边的桌椅挪到一边，然后转过身来，看着福尔摩斯喝掉麻醉药。凡是曾见识过福尔摩斯那双无所不能的巧手的人都明白，此时福尔摩斯喝下去的肯定是清水，那小半杯药早已被他用毯子遮挡着倒掉了。

夜深人静，牢房里的油灯若明若暗，即将熄灭。值班的克莱林先趴在桌子上睡着了。福尔摩斯在黑暗中悄悄地在那个廉价的床垫上摸索着，黎明之前，他已经用牙齿和手指甲在帆布的缝隙间弄出了一个几英寸的破口。即便这条裂口被发现，他们也会以为那是长期磨损造成的，不过，福尔摩斯确信，他们是绝对不会检查这张床垫的，因为他是一名身缠镣铐、被锁在双重铁门里的犯人，他的一举一动都在狱卒的眼皮底下，晚上还被灌了麻醉剂。况且，除了食物和水，他什么也拿不到，即便是食物，也要先被切成小块才送进来，为的是不让他使用刀叉。像这样的犯人还有什么值得搜查的呢?

这件事情办完之后，福尔摩斯躺在床上，思索着自己如何才能逾越眼前这个障碍。逃出这间牢房只是成功的第一步，囚牢外面几步远的地方就有第一道岗哨，再往外走还有更多的看守，所以，他把唯一的希望寄托在了那约六十英尺高的光溜溜的围墙上。福尔摩斯的敌人对他公开的一面了解甚详，但是，他一向很注意尽量不让别人知道自己的私事，所以，他的对手对歇洛克·福尔摩斯在化学领域的研究鲜有所闻，他对帕格尼尼的崇拜以及他在音乐方面的造诣，则更是无人知晓了。他们同样不知道，福尔摩斯还是一名出色的登山者，他曾试图攀登过陡角山峰的“丧夫冰川”。尽管没能爬到顶端，但他却是仅有的几个生还者之一。

然而这一次，福尔摩斯并没有寄希望于以上的任何技能，他知道，自己在另一方面的知识将会派上用场。世上没有人比福尔摩斯对各种案例的微小细节了解得更加清楚了。在我们贝克街的那套公寓里，整墙的书架上摆满了这方面的专著。这类书籍大都枯燥乏味，足以使任何一个人望而却步，然而，福尔摩斯却对它们非常熟悉，其中许多内容他都熟记于心。

在这些文献中，有几页说的是，一个名叫亨利·威廉姆斯的人，小时候是个扫烟囱的穷孩子，六十年前曾是赫赫有名的盗贼。福尔摩斯读过有关他的报道，并且在他临死前专门去访问过他。亨利·威廉姆斯的神奇经历曾在《纽盖特要闻》第二十期里有过记载，福尔摩斯对他在偷盗方面的高超技艺很感兴趣。这名大盗曾长期被关在这所监狱的死囚牢里，但他如何作的案却始终是个未解之谜。亨利·威廉姆斯最后从绞刑架下奇迹般地逃生，成了世上唯一征服了纽盖特监狱那堵可怕的高墙的人。

深夜静悄悄

米尔弗顿和他的同党头脑发热，想让更多的人前来见证歇洛克·福尔摩斯被处决的场面，这样一来，反倒给福尔摩斯赢得了时间。尽管时间紧迫，刻不容缓，但他深知，自己必须等待适当的时机下手。和上回一样，他只有一次机会，万一错过，就将前功尽弃。福尔摩斯要等克莱林替换麦克伊维尔值夜班之后才能行动，因为他不想伤害那位退役的骑兵。麦克伊维尔是福尔摩斯在这里唯一能够利用的人，此人对他至关重要。无论麦克伊维尔心里怎么想，他都不会把自己怀疑的事报告给克莱林或米尔弗顿，因为他怕福尔摩斯会把自己的事说出来。就这样，看守和犯人的命运被牢牢地拴在了一起。

两天之后，从一名穿着偷来的狱警制服的看守嘴里，福尔摩斯隐约听到，亨利·米尔弗顿这天晚上到纽盖特监狱来了。假如这是真的，那么，他们恐怕已经准备好第二天一早动手了。福尔摩斯知道，今晚是自己唯一的机会，成败在此一举，即便自己难免一死，也要尽量和米尔弗顿和他的帮凶同归于尽。九年前，他在雷肯巴赫瀑布与摩利亚迪教授最后交手时也是同样的情形。那一次他曾说过，为了换取这样一个恶魔的彻底毁灭，自己个人的性命毫不足惜。

麦克伊维尔白天守在牢房里，晚上将要和另外一名看守在外面的走廊上值班，他们可以轮流睡觉，但里面的克莱林一有需要，他们必须随时准备进去帮忙。换班之前，这位退役骑兵给福尔摩斯拿来了一杯甜丝丝的麻醉剂。

“请给我拿一杯清水来，”福尔摩斯轻声说，“这种东西的味道和它的功能一样令我讨厌。”

看守战战兢兢，不敢直视福尔摩斯的眼睛，也许，他已经知道了行刑时间就定在次日凌晨。就在他转身去倒水的时候，福尔摩斯为了避人耳目，将那杯麻醉药送到嘴边，仰起脖子，假装将里面的药一饮而尽，然后，在麦克伊维尔转过身来之前，手臂一甩，把杯中的药洒在墙壁和床之间的缝隙里。那黏稠的药剂仅仅沾湿了他的嘴唇，留下了一股酸溜溜的糖浆味。这时，麦克伊维尔拿着一杯清水回来了。至于他是否意识到自己的犯人已将麻醉药倒掉，福尔摩斯无从知晓，但是，他此刻身缠镣铐，被锁在死囚牢里，喝不喝麻醉药又有什么区别呢？那药物的初衷是为了防止死刑犯制造麻烦的，而福尔摩斯从来没有惹过什么麻烦。

“我的时间不多了。我想，这是你我之间最后的一次谈话了。”福尔摩斯一边把杯子递还给麦克伊维尔，一边轻声说，“你虽然懦弱、愚钝，但我觉得你并不是坏人。从此以后，你要凭良心做事。就目前的情况来看，我肯定帮不了你什么，可是，如有可能的话，我一定会尽量救你。”

麦克伊维尔一副茫然无助的表情，说话时声音比以前更低了。

“先生，请不要跟我说话了。如果你想救我，就请不要再跟我说话。”

福尔摩斯微微一笑。这已经是麦克伊维尔第二次称呼他“先生”了。这位退役军人无意间对他的犯人表示出相当的尊敬，看来，再有几天的时间，福尔摩斯或许能够把他完全争取过来。

“还有一件事，”福尔摩斯压低了嗓门说，“明天早晨，你绝对不要在别人前面走进这间牢房。千万要记住！”

对这名胆小怕事的退伍骑兵，福尔摩斯所能做的也只有这些了。这天晚上，或许是听说了行刑的时间，其余的看守对他防范得更松了，想必是他们以为，只需再让这名昏睡的犯人在牢房里待上七八个小时，一切就将结束了。明天一大早，在米尔弗顿和他那些同伙的注视之下，看守长和另外三名狱警将会把这个仍处于半昏迷状态的犯人拉到院子另一边的绞刑架上去。

克莱林进来的时候，看到福尔摩斯已经蒙着毯子躺下了。他取出一串钥匙，将牢门锁好，再把钥匙拴在腰间的皮带上，然后例行公事地将犯人检查了一下。牢房里空气不流通，有一股麻醉剂的甜丝丝的味道，克莱林很容易就可以闻到。看守和犯人谁都没讲话，福尔摩斯从这名歹徒的呼吸中照例嗅出了一股酒气。克莱林检查了一下拴在犯人左脚踝上的镣铐，又用力拽了拽墙上的钩子，看看是否牢固，然后走到牢房另一头，坐在自己每次值夜班时坐的那把木椅上，背靠着墙，右手搭在身边的那张光溜溜的桌子上。

歇洛克·福尔摩斯曾用简单的数学方法计算过自己所能到达的距离，知道他不可能够到克莱林。脚上的铁链只有五英尺长，这使他可以走到后面的那间装有水池和下水道的凹室；如果朝另一个方向，身体平躺下来的话，可以增加六英尺，伸出胳膊之后至少还能再加长两英尺。福尔摩斯用手指测量过地砖的长度，进而得出了房间的宽度，结果发现自己所能到达的地方离克莱林坐的椅子几乎还差两英尺。看来，亨利·米尔弗顿对这位犯人的确不敢轻视，他让手下的人始终处于福尔摩斯所能触及的范围之外。

克莱林点亮了看守用的提灯。福尔摩斯一眼就认出这盏灯是伯明翰的琼斯威利斯灯具厂生产的“金星牌”提灯，这种灯在点亮或熄灭时都不必摘下外面的玻璃灯罩，灯油装满后可连续燃烧几个小时。不过，福尔摩斯注意到，昨天晚上，刚刚点了不到两小时，灯就开始忽闪忽闪地暗了下来。这时，克莱林像往常一样，走过来，用灯照了照床上睡着的囚犯，见一切正常，自己可以放心睡觉了，于是走回去，把灯放在椅子旁边的地上。在最后坐下之前，他照例又走过去拽了拽固定在对面墙上的那盏煤气灯旁边的铁链。煤气灯的两个火苗，在鱼尾形灯罩里面变得越来越微弱。克莱林没有再看毯子下面的囚犯一眼，径直走到自己的椅子跟前，将头顶上的另一盏煤气灯熄灭，然后把那盏“金星牌”提灯的灯芯儿捻小，把提灯放在桌子上离他坐的椅子大约有七八英寸远的地方。此时的囚牢里一片昏暗，光线比医院病房里夜间的照明灯强不了多少。

歇洛克·福尔摩斯一动不动地躺在床上，对于即将开始的行动，他没有畏惧，只有期待。他知道，除非自己能让那盏油灯的火苗熄灭，否则一切希望将会化为泡影。接下来的一个小时里，外面的一个看守两次过来用提灯照着，从窥视孔中往牢房里看。提灯照不到在椅子上打瞌睡的克莱林，但可以照见床上的犯人和他身后那个小凹室的上半部。随后，走廊里鸦雀无声，半小时内没有光亮，在这死一般的沉寂中，仿佛只有歇洛克·福尔摩斯一个人还是清醒的。监狱的围墙外面，圣·赛普罗克里斯教堂的钟声又敲响了两次，紧随其后的是大圣·马丁区教堂的钟声。

福尔摩斯对下一步行动的每一个细节都有周密的考虑。像所有醉鬼一样，克莱林在前半夜肯定沉睡不醒，然后，他会变得躁动不安，最终在没有任何预兆的情况下猛醒过来。因此，计划必须要在第一个阶段实施。这名看守趴在桌子上，用胳膊当枕头，渐渐地，他的呼吸声变得十分微弱，直到最后几乎无法听到了。

第一次进入这间牢房时，福尔摩斯就对它进行了测量，得出房间的长度是十九英尺，宽八英尺，高七英尺，容积为一千零六十四立方英尺。其中，被家具和其他设备占去了一些空间，主要是一个三英尺见方的石桌和那张木床。如果将这些减去，剩下的容积还有大约一千零五十立方英尺。福尔摩斯甚至把那把木椅子都计算了进去。每天晚上，看守都会将椅子挪到犯人够不到的地方。这把椅子似乎是专门为死囚牢设计的，接缝的地方用的都是榫头，没有一根钉子可以被犯人用来充当钥匙或自杀工具。

其他设备包括四盏鱼尾形罩煤气灯，两面长墙上各两盏。灯的款式很普通，里面装的是萨格莱塞比的一号燃烧器，每盏灯一次可装十立方英尺的煤气。福尔摩斯从煤气灯点燃时散发出的淡淡的酒精味中得知，它们里面装的是公共场所常用的那种廉价的燃气，一旦气体泄漏，里面所含的大量一氧化碳会在六十分钟之内将这间牢房的空气完全污染。吸入了这种空气的人，即便没有生命危险，也不可能在未经救助的情况下自己醒来。不过，就算福尔摩斯的对手想到了他有可能够到那些燃烧器，他们也知道，最先受害的肯定是他自己。

福尔摩斯在贝克街的家中经常翻阅的书籍里面，有许多是爱丁堡的丹尼尔·哈尔戴恩医生的专著，其中包括他写的《毒气之研究》。像大多数同类监狱一样，纽盖特监狱里装的也是最廉价的燃料供应系统，它通过牢房里的一根旧式的管子将燃料输送进来。燃料最初是分解水，后来大都被汽油取代了，因此，灯点燃时才有了那种类似酒精的气味。这种灯的亮度是经高压过的一氧化碳产生的，它主要用于老式的通风较差的公共建筑，并要求有一定的安全措施。此类系统一般私人家庭很少采用，因为一旦使用不当，比较容易引发爆炸。

走廊里那两名看守的任务是每隔一段时间借助提灯从窥视口向囚牢中观望，确保里面一切正常。通过前两夜的观察，福尔摩斯发现，他们开始时大约每半小时来一次，后来由于贪睡而渐渐懒惰，每隔一小时或更长时间才来看一次。等其中的一名看守过来用提灯从窥视孔中看过之后，时间已经过了午夜，据福尔摩斯的判断，他们下一次过来之前应该还有将近一个小时。

没有人行动起来比歇洛克·福尔摩斯更加轻盈敏捷了。他悄无声息地脱掉衬衫，将其握在手中，另一只手提起脚上的铁链，不让它发出声响。接着，他走到铁链能达到的最远的地方，离克莱林还有几尺远的地方，见这位看守喝得脸色苍白，额头上淌着汗，嘴角歪斜，在椅子上睡得不省人事。福尔摩斯慢慢跪下，然后让自己的身体贴着冰凉的地砖，把胳膊伸向克莱林坐的椅子旁边的那盏“金星牌”提灯。这一切进行得悄无声息，如同一只鸟儿轻轻飞过，没有惊动任何看守。

福尔摩斯的计算精确无误，那盏提灯离他的手指还有一英尺的距离。他用衬衣袖口的纽扣把两只袖子系起来，做成一个套索，攥着衬衣的下摆将其甩了过去。套索虽然碰到了提灯的玻璃罩，但却没有套住提灯，从旁边轻轻滑落到了地上。福尔摩斯那一向很有节奏的心跳这时也开始加快了，他重新将套索抛了出去，这一次，衬衫的袖子套住了玻璃灯罩。他屏住气息，轻轻抖动着衬衫，生怕惊醒了看守，最后终于使那个套索滑落到了提灯的底座。

福尔摩斯的听力非凡人可及。此刻，他全神贯注，竭力倾听着克莱林呼吸声中任何微小的变化。他知道，自己必须在不吵醒这名看守的情况下把提灯拉过来。这种“金星牌”提灯下面有一个金属底座，里面是灯油和灯芯儿。底座虽然很光滑，但从砖地上拖过来时发出的摩擦声有可能会把熟睡的看守吵醒。

克莱林的喉咙噎了一下。福尔摩斯赶紧停了下来，等看守的呼吸恢复正常之后，才用衬衫做的套索将提灯倾斜过来，然后再往身边轻拽，只让提灯底座光滑的金属圈接触地面的石砖，像一只车轮，在地上划了三个半圆形，这样发出来的声音最多就像外面院子里夜间匆匆跑过的老鼠一样。在接下来的十分钟内，克莱林的呼吸只有一次稍显异常，身体靠着桌子略微挪动了一下。

福尔摩斯慢慢将提灯移近。看守还是没有更多的动静。过了一会儿，他的手指终于触到了热热的金属灯座。福尔摩斯如同拿到了世上最最珍贵的宝物一般，捧着提灯回到了自己床边的黑暗角落里。

他丝毫不敢耽搁，蹑手蹑脚地把提灯拿到后面的小凹室里，将灯芯儿尽可能捻到最小的程度。这时，从牢房铁门窥视孔的地方传来了一阵响动。他急忙趁外面看守的灯光照进来之前溜回床上，用毯子将身体蒙了起来。接下来，福尔摩斯对外面看守的定期巡视比较放心了。那天晚上，走廊里共有两名看守值班，一个是麦克伊维尔，另一个是凶狠的看守长或是他的副手。到了这个钟点，每小时巡查的差事一般总是会落到较弱的一名看守身上，好让另一名看守睡觉。福尔摩斯确信，今天晚上巡查的人一定是麦克伊维尔。

借着凹室里传出来的微弱的灯光，福尔摩斯悄悄来到离克莱林的椅子不远的地方，那儿有一个可调节的拉杆，为墙上的几盏鱼尾灯提供燃气。福尔摩斯离拉杆比离刚才那盏提灯的距离要近，但它装在墙上较高的地方，再加上脚镣的限制，使福尔摩斯无法触及。福尔摩斯侧过身来，可以到达离墙壁和那个金属拉手只有一英尺远的地方。他屏住呼吸，轻轻甩动那个衬衫做成的套索，使其碰到拉杆的链条，并带动着它像钟摆似的晃动起来。接着，福尔摩斯更加用力地甩动衬衫，让链条的摆动幅度越来越大，越来越靠近自己。

那条铁链离他的手指只有八英寸远了，然后是六英寸、四英寸，但这四英寸的距离对他来说简直像四英里那么遥远！接下来，他的指尖突然碰到了那条铁链，但却没能抓住，等到下一次铁链摆过来时，福尔摩斯使出全身的力气，一把将其抓在手里。

现在，他只需轻轻拉动这条铁链就行了。过了一会儿，他听到熟睡的克莱林头顶上的那盏灯的喷嘴开始发出“嘶嘶”的漏气声。

虽然离福尔摩斯较近的这面墙上的两盏鱼尾灯更容易够到，但他需要首先把距离远的那盏灯搞定。现在，他又拿起那个衬衫做的套索，仅仅甩了一次，就将铁链抓在了手里，然后，他轻轻扯动那条控制着鱼尾灯后面的灯头的铁链，让煤气泄露出来。此时，尽管前途未卜，但无论如何，他已经没有任何退路了。他把犯人的枕头外面的粗帆布枕套拽下来，又将被单和枕头整理了一下，弄得像下面有人睡觉的样子，这样至少可以把麦克伊维尔蒙混过去，然后，从床垫下面把麦克伊维尔带给他的炭烧饼干找了出来。

从壁灯上泄露出来的煤气比空气轻，这些气体渐渐充斥了牢房的上层空间。对福尔摩斯来说，时间已经不多了。戴着镣铐，他最远可以走到后面的那间装有水池和下水道的凹室，那盏提灯仍在里面闪动着微弱的火苗。他跪在通向地沟的排水管旁，排水管连接着外面的下水道的格栅，这里的空气虽然十分稀薄和污浊，但它却是唯一通风的地方。福尔摩斯迅速将那个粗布枕套做成了一个类似外科医生用的那种面罩，用上面的胶带从脑后将枕套粘在一起。他曾亲手做过实验，知道炭烧饼干可以吸收煤气中的有毒成分，是最有效的空气滤化器。但它究竟可以吸收多少毒气？效果到底如何？这还需一小时之后才能见分晓。就在他紧张地进行以上的准备工作时，圣·赛普罗克里斯教堂的钟声敲响了三下，仿佛迫不及待地想让黎明快一点儿到来。

在这里，我必须向各位透露一个秘密，这个秘密现在已经无关紧要了。歇洛克·福尔摩斯在化学和其他自然科学领域颇有建树，但他不愿用真名发表自己的研究成果，以免让他的对手知道他对这些方面的兴趣。没有人知道，福尔摩斯曾在1897年的《化学期刊》上，以化学家亨特尔的身份发表过一篇名为《压力在炭烧饼干吸收毒气时所产生的影响》的论文，这篇文章直到今天仍被人们广为阅读。在研究历史时，他对1812年卡克莱恩勋爵提出的用“硫黄船”攻击法国的设想很感兴趣，这个建议若被采用，将比滑铁卢战役提早三年打败拿破仑。然而，想要使这个方法付诸实施，攻击的部队必须戴上某种面罩来保护自己，这在那时是没有的。不过，福尔摩斯曾在1878年和已故的庭德尔博士通过信，当时此人刚刚发明了一种防毒面具，它可以使救火队员在浓烟中呼吸三十分钟以上，也为本来会被瓦斯熏死的煤矿工人提供了生存的可能。

庭德尔博士发明的防毒面具的结构是这样的：在一个面罩上接一根金属管，里面塞满木炭，外面用经甘油浸湿的棉线缠上，再将管子的另一头封起来。此刻，福尔摩斯将那盏“金星牌”提灯的灯芯儿捻灭，把灯拿起来，将玻璃灯罩摘掉，用他那灵巧的手指找出将灯头固定在底座上的两个螺丝母。接着，他把螺丝拧开，小心翼翼地将外面那层铁罩拿下来。铁罩的顶部有个圆孔，大小可容纳两个手指，这就足够了。铁罩的下面是一条缝，空气可通过这里进入到灯芯儿的下面。

尽管时间紧迫，但福尔摩斯工作时仍像以往一样忙而不乱。他把从床垫中撕下来的棉絮填在灯座的铁筒里，尽管没有甘油，但他可以用湿肥皂代替。他在铁筒的上下两端抹上肥皂，然后倒上清水，这样足以阻止空气中大部分一氧化碳的进入，然后，将那些炭烧饼干像填石子儿似的填在铁筒里。他要借助这个铁筒来呼吸。

接下来，他再次用水壶里的水将那只粗布枕套浸湿，做成一个面罩蒙在头上，嘴巴和鼻孔对着圆锥形灯罩较粗的一头，围在头上的那块湿布将毒气阻隔在外面。然后，他卧倒在冰凉的砖地上，将灯罩的细头对准了水池下地沟的排水孔。这样一来，无论是从外面进来的污浊的空气，还是牢房中散发出的毒气，在经过那只他临时做成的防毒面罩时，都会受到过滤。他希望这间小小凹室的地面将是一氧化碳这个无声杀手最后到达的地方。

假如我想把福尔摩斯着力美化成一位英雄的话，我也许会说他是如何躺在冰冷的地板上，屏气敛息，默默祈祷。然而，凡是接触过福尔摩斯的人都知道，此人简直就是一台分析和观察的机器，从来不会受到任何情绪上的干扰。这并不是说他为人冷漠，可是，在当时的情况下，他只能依靠沉着冷静的判断和细致入微的观察。

他曾经对我说过，逻辑本身会使人找到宗教的真谛。不过，他又说，人们一生所经历的种种苦难、暴力、恐惧，究竟是为了什么呢？这一切必须有个归宿，否则，这个世界未免太茫然无序、太不可思议了。但这个归宿又是什么呢？他认为这个问题始终是一个未解之谜，仅凭我们大脑的思维是远远不能找到答案的。

我不知道那天晚上福尔摩斯在冰冷刺骨的砖地上究竟躺了多久。据他说，他至少又听到圣·赛普罗克里斯教堂浑厚的钟声以及随之而来的大教堂的钟声响过两次。这期间，他从墙上的倒影中隐约看到，凹室外面的牢房的窥视孔中有灯光在闪动，不过，对这个情况他早已胸有成竹了。那个从窥视孔中查看的人一定会看到毯子下面有个人形，既然他知道克莱林就在牢房里守卫，床上的那个人自然是囚犯。假如牢房里面没人值班，他们或许还会时不时地进来仔细检查。

福尔摩斯在严寒中等待着再一次从凹室旁边的墙壁上看到灯影的出现，但外面的看守并没有再来查看。福尔摩斯一边静静等候，一边侧耳倾听。据他讲，为了使自己放松下来，他当时默默背诵着一本书中的章节。他第一次读这本书时还只有十岁，此书对他后来性格的形成颇具影响。这本书并不是什么关于天使或魔鬼的神话故事，而是古希腊大哲学家亚里士多德的《此前分析》。“演绎法是一种通过语言表达的形式。当人们做出某种推测时，这种推测的事实依据必须由另一种……”

经过冷静的计算和推理，他知道自己的计划是切实可行的，但是，那这个漫长的夜晚，任何推理都有可能遇到不测而化为泡影，即便是空气中难以察觉的一股气流，也有可能把毒气从克莱林那里吹向后面的凹室。像一名准备行刑的刽子手一样，福尔摩斯准确地判断出了克莱林的身体倒地时的位置。一旦肌肉失去了生命力，无法支撑住身体，克莱林肯定会从椅子上滑落下来。他不可能向右边倒，因为有桌子挡着，如果他倒向左边，摔倒之后腰间的钥匙肯定将会在福尔摩斯所能触及的范围之内。然而，最大的可能是，克莱林既不向左倒，也不向右倒，而是直接向前倒。这样的话，假如他倒地时身体稍稍偏左，福尔摩斯就有可能得救；假如他的身体略微偏右，那么，福尔摩斯的希望就将彻底破灭，到那时，他只能被自己放出的毒气熏死在这间牢房里。由此可见，事情成败的关键还得靠运气，而不是单凭冷静的判断和推理所能决定的。

如果换了任何普通人，当他流着冷汗，躺在冰凉的砖地上，随时担心自己会嗅到毒气从那层湿木炭中渗进来的味道，在这种情况之下，要想保持如此清晰的思维，简直是不可理喻的。万一到时候克莱林的身体没有倒下来，福尔摩斯注定将难逃一死。然而，福尔摩斯毕竟不是普通人；毫无疑问，他是当今世上唯一能从这所监狱中逃出去的人。圣·赛普罗克里斯教堂的钟声又一次敲响了，接着，他听见“砰”的一声，这声音在凹室里听得很清楚，但在外面的走廊上却听不到，因为隔着厚厚的墙壁和紧闭的铁门。在过去的几个小时里，福尔摩斯一直在竭力控制着自己呼吸的节奏，此时，他更是屏住气息，等待着那把椅子倒下来时发出更大的声响。然而，这个声音并没有出现，倒下来的只是克莱林自己。在地上躺了很长时间之后，福尔摩斯开始闪电般地行动起来。

外面的夜色隔着窗户渗进这间牢房，只留下了少许微弱的光影。福尔摩斯先深吸了一口气，然后屏住呼吸走上前去。在弥漫着毒气的牢房中，他隐约看到了躺在地上的克莱林的身体，但看不出他目前是死是活。如果他刚才倒向桌子那边的话，福尔摩斯将无法触及那串钥匙，那样，福尔摩斯将和看守在即将发生的震动纽盖特街的瓦斯爆炸中同归于尽。上天眷顾了我们这位勇敢的求生者。克莱林的身体是朝桌子的左边倒下来的，戴着脚镣的福尔摩斯伸出胳膊可以够得到他的头部和肩膀。

福尔摩斯吃力地憋住气，将克莱林沉重的身体拖过来，伸手取下他腰间的那串钥匙。通向走廊和外面院子的钥匙肯定会在这串钥匙里面，其中还应该有打开犯人脚镣的钥匙，否则，这场博弈仍将会以福尔摩斯的失败而告终。

福尔摩斯此刻已被憋得青筋绽出，但他竭力克制住恐慌，在黑暗中沉着地摸索着那串钥匙。他发现其中有三把太大，不可能插进脚镣的锁眼。这时，在他脑海里浮现出了这样的画面：一只被猎人的锁套拴住的狐狸，挣扎着想咬断脚上的绳索。钥匙链上还有另外三把钥匙。福尔摩斯先试了第一把，结果钥匙卡在了锁眼里。他强忍着剧烈的头痛和胸闷，沉着冷静，一点一点地将钥匙拔了出来。第二把钥匙插进之后太松。现在只剩下最后一把了。

最后的这把钥匙终于把锁打开了！这是福尔摩斯被关进这座监牢后脚镣头一次被除掉。那三把大钥匙中的头一把没能拧动门上的锁，第二把将门打开了。福尔摩斯攥着门把手用力一拉，不料门却纹丝没动，他自己无意中还吸了一口毒气。尽管他已经被憋得几近窒息，但他的意识仍然很清醒，知道自己还没把门闩打开。福尔摩斯摸索着找到门闩，轻轻将它拉开，然后把牢门打开，踉踉跄跄地跌倒在院中。这时，黑夜依然深沉，外面凉风拂面。福尔摩斯使劲地喘了几口气。然而，此时此刻，他尚未逃出险境，他只不过刚刚迈出了第一步，而这一步对大多数人来说，却又是如此地可望而不可即。

亨利·威廉姆斯的传奇

福尔摩斯不知道自己在门外躺了多久，也不知道从椅子上跌倒的看守是死是活。当他再次睁开双眼时，牢门已经自动关上了。福尔摩斯支撑着爬起来，试了试门把手，发现牢门并没有锁住。于是，他用那个湿枕套蒙住嘴巴和鼻孔，重新走进黑黑的牢房。门开了之后，里面的毒气开始渐渐散去。借着破晓前的晨曦，福尔摩斯可以勉强看到房间里的家具和其他物品。

克莱林仍然脸朝下趴在刚才那张椅子旁边。借着外面的月光，可以看到这位看守的脑袋怪异地耷拉在一边，眼睛半睁半闭，想必是已经不行了。歇洛克·福尔摩斯对迪克森·曼的那本《法医毒物学》和普通人对英文字典一样熟悉，他看出克莱林的面颊呈粉红色，嘴唇湿润，这显然是最后停止呼吸时喷出的泡沫。他扒开死者的眼皮，见其瞳孔扩散，眼球呆滞，用不着摸脉他就可断定，这名看守早在自己逃到院外之前就已经一命呜呼了。

尽管靠近门口的地方的毒气开始散去，但里面的走廊还有毒气泄漏，浑浊的气体令人窒息。福尔摩斯退到院中，深吸了一口气，然后屏住呼吸，再次回到牢房，将看守的尸体拖到床跟前，又使尽全身的力气把尸体搬到床上，再用毯子蒙起来。接着，他重新回到院子里，从外面把房门锁好。这时，牢房里那四盏未点燃的煤气灯还在嘶嘶地向外漏气。福尔摩斯已经警告过麦克伊维尔，让他不要最先进入牢房，至于其他人，只能靠他们自己的运气了。每天早晨天亮之前，他们都要拎着提灯来查房。由于监狱院子四周是高高的围墙，外面的阳光很难照进来，所以，即便是日出之后牢房里也需要灯光照明。提灯的火苗将会引发强烈的瓦斯爆炸，床上的尸体和进来的看守很可能会被炸得面目全非，这样一来，福尔摩斯的对手将无法确定他是否在死者当中，而福尔摩斯自己一时也将无从知道有谁会被炸死。在离开死囚牢之前，他把那副脚镣套在了克莱林的脚脖子上，如果有人打着灯从房门的窥视孔查看的话，将会看到一个人躺在毯子下面，只有头发和脚镣露在外面。

福尔摩斯站在牢房门外，被寒气袭人的晨雾所包围。如果他就此止步的话，那么，无论他前面的事情做得多高明，也还是难免在太阳照到半里之外的大教堂的尖顶之前被他们抓住并处死。此刻，福尔摩斯身着白衬衫、黑裤子，脚上穿着袜子，鞋子用鞋带绑在一起挂在脖子上。他已做好了准备，再现当年亨利·威廉姆斯的传奇经历。

黎明之前，天色朦胧，再过半小时，东方的天边将会现出一抹金色的曙光。在庭院的一角，福尔摩斯隐约可以看到那个装有绞刑架的高高的木屋。在他的身边，三面是纽盖特监狱高高的围墙，这些围墙光溜溜的，令人望而生畏；在他的头顶上，借着即将逝去的月光，依稀可见一片淡淡的白云。院子的另一面便是关押囚犯的牢房，牢房上方有三排窗户，外面都用铁栅栏封着。这一面的屋顶比其他那三面高墙要低十几英尺，但福尔摩斯决定不从这里攀登，因为屋顶上被一层铁皮所覆盖，它又轻又薄，根本承受不住人体的重量，是专门用来捕获逃犯的陷阱。正如亨利·威廉姆斯所证明过的，那光滑的高墙是唯一的逃生之路。

福尔摩斯抬头看了看那空无一物的高墙，又伸手摸了摸那冰凉光滑的墙面。若想在墙上找到可以伸进手脚的缝隙是绝不可能的。一块块沉重的石头紧紧挤压在一起，就算中间的砂浆处有缝隙，人的手指也不可能插进去。

福尔摩斯对这所监狱的传闻十分熟悉，在他那本《纽盖特要闻》里，记述了许多死刑犯的故事。他们曾在临近受刑前，借助鞋带或鞋钉，试图翻越这座高墙，其中的一两名犯人一开始还真爬上去了，但最后仍难免跌到院中，被下面的人用网子接住后，照原计划将他们处决。

在高墙的顶部，有一个架子被固定在两堵墙之间，架子上是一个旧水箱，从它下面石壁上的斑斑锈迹中可以看出水箱里的水不时会溢出来。水箱的铁盖子上方是一个粗大的木棍，上面缠绕着铁丝网，铁丝网十分尖利，它们将环抱着牢房的三面高墙围了起来。正是这些铁丝网使攀墙者无从下手，最终跌回到院中。

福尔摩斯上次受审回来经过这里时，曾暗中仔细观察了这些设施。监狱的看守料定犯人爬不上去，即使真能爬那么高，他也无法逾越那些缠满了铁丝网的木棍，最后，顶多是悬在半空中，既上不去又下不来。所以，米尔弗顿手下的那些人当时并没有阻止福尔摩斯察看这些设施，他们巴不得看到歇洛克·福尔摩斯在希望破灭之后俯首乞怜时的样子。

如果说福尔摩斯有时对别人有些苛求的话，现在，他对自己就更是如此了。他已经做好了吃苦的准备。他走到那个旧水箱下面的墙角，再次伸手摸了摸墙壁的石砖。当初安装那只水箱的时候，他们如果不用脚手架，要想把如此沉重庞大的铁家伙抬到那样的高度是不可能的；若是用了脚手架，必然会对墙面上的砖石造成磨损。虽然墙上找不到现成的可容下手脚的缝隙，但是，亨利·威廉姆斯曾向福尔摩斯说过，如果攀登者能将身体紧贴在墙壁上，那些磨损过的砖石可以防止手脚的滑脱。此刻，歇洛克·福尔摩斯赤着双脚站在寒冷的院中，像一个扫烟囱的孩子或是一名杂技演员，准备向这高高耸立的墙壁宣战。当年的威廉姆斯对攀墙越狱这一套，远不如他最后的这位学生这样有把握。

老威廉姆斯曾经告诉他，攀登的诀窍是：将身体挤在墙角，手背在身后，像只螃蟹一样，用脚在两堵墙的交接处支撑。老人临死前吹嘘，自己从前给人扫烟囱的时候，有一次曾从一个工厂的大烟囱里面一直爬到了顶部。“一定要把鞋袜都脱掉，”他说，“一般爬烟囱的人都是这么干的。”福尔摩斯和老人聊过之后十分兴奋，他曾依照此法亲身试验，并发现切实可行。如果没有那次的尝试，我怀疑就连福尔摩斯也很难征服这堵高墙。现在，他摸到背后墙角的石头有些粗糙不平，这是安装水箱时剐蹭的结果。福尔摩斯把背部紧贴在冰凉的墙角里，准备最后验证老威廉姆斯所传授的技艺。

这时，阴暗的监狱里依然寂静无声。前去检查的看守从窥视孔中看到毯子下面有人在睡觉，就没必要再进去了。克莱林坐的那把椅子从窥视孔中看不到，他们会以为他还在那里。否则，他还能去哪儿呢?

歇洛克·福尔摩斯暂时不用担心自己会被人发现，他要集中精力对付那面高墙。若想爬上去，他必须把双手背在身后，紧贴着墙面，一只脚顶在墙角里，身体蜷缩成一团，这是许许多多扫烟囱的孩子从小就掌握了的本领。接着，福尔摩斯的另一只脚斜着蹬住墙角，让它起到一个杠杆的作用。他的脚底触到粗糙的石砖的那一刻，他的身体也随之脱离了地面。

正如老威廉姆斯所说的，攀墙的诀窍在于双手的移动，它们要像螃蟹的两只爪子一样。福尔摩斯以脚做支撑，身体挤在墙角里，两只手开始交替着向上移动。一个孩子大概顶多可以爬几英尺高，但一个像亨利·威廉姆斯这样的成年人，如果有足够胆量的话，或许可以爬到六十英尺的高度。福尔摩斯抬头仰望，一缕浮云飘过，破晓的天空又被黑暗笼罩了。

随着晨雾渐渐散去，福尔摩斯以极大的耐心，十分谨慎地、一英寸一英寸地移动着。他把身体贴在墙角，双手熟练地摸索、寻找着被剐蹭过的石头。尽管院墙外面已经初现曙光，尽管时间紧迫，尽管他的心跳加快，但他仿佛有一种直觉，总能使手脚移动得恰到好处。他的手被破裂的石头磨破了，但他的呼吸却始终是那样沉稳，如同一台没有任何感觉的机器。

有时，想在身后找到一块表面有沟纹的石头并不那么容易。一次，他手一滑，脱离了墙面，幸好下面一两寸的地方有一块缺了角的石头被他扒住了。他停在原处，调整好呼吸，不让自己向下看。他知道，若是从现在的高度摔下去将必死无疑。每隔一会儿，他都要把手稍微移动一下，为的是能用衬衫或裤子擦去脸上的汗水或血水。

就这样，他终于渐渐接近了那只水箱生锈的底部。福尔摩斯有一次曾说过，他比大多数男人都要强壮，这样讲绝不是夸大其词。事实上，他的强壮之处一般人很难看得出来，尤其是他那强劲有力的两臂和腿部更非常人所及。我曾亲眼见到过，他不仅能将一根拨火用的铁棒撅成一个半圆形，而且，当一名来访者为了震慑我们先把铁棒撅弯之后，福尔摩斯还能把它再扳直。我敢说，就算干不了别的，他去马戏团扮个大力士也是绰绰有余。他这种超人的体力在这种场合下正好能派上用场。

监狱围墙的外面是一些销售地图、蜡烛等的小商店，此刻，福尔摩斯正在离这些店铺两百英尺远的围墙上为生存而战。在支撑水箱的铁架子周围，墙壁磨损得比较厉害，他在这里找到了一个容易扒住的地方，伸出一只手抓住了那个支架。接着，他借着顶在墙上的两脚的力量，又伸出另一只手，同时心里默默祈祷，但愿那铁架子没有锈得不堪重负。最后，他用双手抓住了铁架，两脚悬空。

此刻，福尔摩斯长长的手臂和双腿成了他的救星。他的身体在空中晃荡了一会儿之后，两只脚又一次在墙角找到了支点。他一只手攥紧铁架，另一只手来回摸索着，抓到一根一英尺来长的铁条，借助臂力把自己拉上了水箱的盖子。至此，最艰难的一段攀登结束了，接下来他要面对的将是那些尖利的铁丝网的挑战。

到达屋顶之前的长长的一段墙壁是他通向自由的障碍。然而，此刻的歇洛克·福尔摩斯信心十足，他相信自己可以重演刚刚创造的奇迹。正是他的这种自信曾经使诸多对手嫉恨不已。此刻，他只需站起来，身体偏向一边，伸手够到墙上的那个缠着铁丝网的木棍就可以了，这是到达临街的那个屋顶的唯一出路。

福尔摩斯将衬衫缠在手上，用来防护尖利的铁丝网，这样一来，手的握力将难免受到一些影响。“那些铁丝肯定会扎伤你，”亨利·威廉姆斯曾对他说过，“但它们不会要你的命，除非你自己忍受不了疼痛。你必须先坚定一个信念，告诉自己一定要走完这一百英尺，尽管实际上可能没有那么远。然后，你坚持着向前走，同时心里默数着行进的距离。十英尺之后就只剩下九十英尺了，四十英尺之后就只剩下六十英尺了。当你走完了三十英尺，你就已经完成了五十英尺的一多半，如果这样想，你就不可能放弃。当你走到了五十一英尺时，你已经完成了全程的一多半，此刻的你距终点比起点还要近，这样一想就更不能放弃了，对吧？你不能让自己前功尽弃呀！这是最起码的道理。”

福尔摩斯站在水箱盖子上，俯视着下面的庭院，想着威廉姆斯说的那些充满智慧的话语，脸上不禁露出一丝微笑。他又一次暗暗地对自己说：“狭路相逢勇者胜！”他知道，假如这次的行动失败，无论是我，还是那位手持银色左轮手枪为民除害的年轻女子，都会惨遭亨利·米尔弗顿的毒手。

每换一次手都使他离目标靠近了六英寸，但换手的时候，由于身体的重量必须依附在木棍上，手上难免会被铁丝网扎出血来。福尔摩斯知道，疼痛是暂时的，也许几分钟就可以过去，他尽量不去想它，仿佛这疼痛属于另外一个人、另外一个世界，而他自己则一心只想着已经换了几次手，想着前面还有多远，想着自己离终点越来越近。当他移动了五十英尺时，威廉姆斯的声音又在他耳边响起：“都到了这一步，你总不能让自己前功尽弃摔下去吧？这是最起码的道理。”

福尔摩斯的两只手在缠满铁丝网的木棍上不停地变换着位置，他的脑子里只有前面的那个屋顶。他全然不顾手上的疼痛，默默计算着已经走过的和即将完成的距离。最后，他终于到达了这所旧监狱的上方！平平的屋顶就在他身下十几英尺处，现在，他只需把握着木棍的手松开就行了。凡是接触过福尔摩斯的人，大都觉得他懒懒的，不好动，然而，一旦情况需要，他那矫健、敏捷的动作简直令人叹为观止。他可以变得像一只猫一样柔软轻盈。如果没有这点儿本事，要想准确地跳下去，同时还不伤及屋顶，是绝对不可能的事。福尔摩斯平稳地落在了铅板屋顶上，这是监狱的第一栋房子，屋顶通着外面的大街。

他跪在那里停留了片刻，才直起身来侧耳倾听。下面的院子里没有亮光。远处传来一些声音，那显然是街边的摊贩们在准备开张做生意，他们头上顶着篮子，一边走动着，一边彼此交谈上几句。

福尔摩斯把身体隐在屋顶的矮墙后面，以免让街上的人看到他。若是费了这么大努力之后，再让人把他当小偷抓住，送到监狱去领赏，那可就太不值得了。福尔摩斯面前是监狱的平屋顶，再往前就是那条街道，街道两旁有几条小巷。此刻，他必须十分谨慎。老威廉姆斯曾对他讲过，附近有一堵不高的砖墙，墙是属于一家装订书籍的店铺的，那里是监狱外面的第一个屋顶。从前，两名企图逃避绞刑的囚犯曾效仿威廉姆斯的做法越狱，但最后都犯了同样的错误，在尚未到达这堵砖墙之前就跳了下去，结果发现自己被困在了监狱围墙内的一个小院里，这所院子从前曾被用来对一些犯人进行逼供，方法是将沉重的铁块一块一块地压在犯人的胸口上，直到他们窒息而死。

刚才下面传来的那些声音现在又消失了。福尔摩斯低着头，身体贴着护墙，以它的阴影为掩护，匍匐行进。对他来说，时间十分紧迫。不过，他那超强的听力并没有捕捉到监狱中有任何异常的动静。几分钟之后，他抬起头，看到屋顶前面有一道矮墙，墙的高度未及腰间，墙上刷着几个白色的字体："书籍装订"。

福尔摩斯来到屋顶边墙的缺口处，穿上鞋子，神不知鬼不觉地从这家装订书籍的店铺溜了出来，然后，像一名赶路的行人一样，穿过前面的一条马路，消失在灰蒙蒙的街巷中。就在这时，他的身后火光一闪，映红了朦胧的晨曦，骤然间，周围清冷的空气连同脚下的马路都颤动起来，震得店铺的玻璃窗咔咔直响。紧接着，两旁的屋顶上传来一阵沉闷的回响，这声音仿佛比刚才的爆炸晚了一两秒钟似的，随后，碎石从天而降，像是下了一场冰雹，不知什么地方的玻璃也被爆炸震得碎片横飞。街上运货的车夫和路边的小贩都仰起了头，大约是在等着接踵而来的风暴和乌云。然而，刚刚那一声巨响却转瞬消失，一切又重归平静，只剩下一股焦煳的气味，再就是熊熊燃烧着的火光。

此刻，我们这位衣衫褴褛的逃亡者正弯着腰在市场的人流当中缓缓而行。他知道，那些想要绞死他的人带进牢房的油灯引燃了上千立方英尺的燃气，其效果相当于一颗重磅炸弹。

麦克劳夫特兄长

以上这些都是歇洛克·福尔摩斯事后亲口讲给我听的。现在，请允许我回来接着讲述我本人在他神奇失踪的那段日子里的事。

凡是经历了 1902 年春天的人，大都应该记得，那是一段充满喜庆的日子。一年多前，在位六十四年的大英帝国女皇辞世，国人当中大多都不记得女皇登基之前的事。经过了年初举国上下的沉痛哀悼之后，现在，春意盎然，彩旗飘扬，人们都对女皇的长子爱德华七世 8 月份的登基大典翘首以盼。

如此举国欢腾的气氛只能使我的心境更加沮丧。《晨报》的广告栏里没有任何消息，在这种情况下，尽管周围彩旗飘扬，焰火燃放，人头攒动，我却提不起任何兴致。

我向苏格兰场的朋友讲了有关福尔摩斯神秘失踪的事之后，又过了一个多星期，还是没有任何消息。就算我再去找拉斯特雷德或格里格森求助，他们又能做些什么呢？更让我为难的是，我现在必须硬着头皮去找麦克劳夫特·福尔摩斯，告诉他，他的弟弟肯定出事了。到了4月中旬，此事不能再拖下去了，我们俩约好在位于波尔路的迪奥根尼斯俱乐部见面，他是那家俱乐部的会员。届时，我将把自己所知道的（或者说自己不知道的）全盘托出。至于下一步，这位老兄或者政府方面将会采取怎样的行动，我就不得而知了。

这段时间里，我没有发现自己被人跟踪的迹象，但我确信，这种可能性在所难免。如果事情果然像福尔摩斯所说，在伦敦有一个规模庞大的犯罪团伙的话，那么，我们的对手完全可以在我毫无察觉的情况下派人监视我，他们可以每隔一英里或者每隔一小时换不同的人来盯我的梢。基于这个原因，我放弃了坐出租车，而是改乘新近建成的地铁出行。乘坐出租车的人很容易被跟踪，可是，坐火车就不同了。我已经掌握了一个技巧，在火车到站的时候先上去，然后，在火车开动前的最后一刻跳下车厢，看是否有其他乘客也跟着下来，这样，往往能够迫使跟踪者暴露自己的身份。有时，我的动作十分迅速，还可以趁列车滑行的时候重新上去；有时，我会留在站台上等待下一趟车的到来。尽管如此，我也很难做到万无一失，因为另一名跟踪者可能会在下一站等着我。

有时，我从地铁口出来时，会看到一名靠在电线杆上读报的男子突然把报纸叠起来，朝着我要走的方向走去。当然，他很可能不是在盯我的梢，而是在那里研究股票的行情或查看2点半那场赛马的赔率。再怎么说，盯我梢的家伙总不可能知道我要在这一站下车吧？不过，地铁从贝克街到滑铁卢总共只有六站，如果我的对手真想跟踪我，他们完全可以派出十几个人，分别在每个站口等着。假如这个犯罪团伙的确像福尔摩斯说的那么猖獗，而我在他们眼里又的确那么重要的话，他们可以始终把我置于他们的掌控之中，甚至还可以在贝克街我们的公寓周围租下一套房子，专门用来监视我的行踪。

就这样，好几个星期里，我一直处处谨慎，对周围的任何人都心存戒备。最初，我想当然地认为，跟踪我的人一定是男性，但后来有一天，我突然想，万一他们中间有女的呢？这可让我防不胜防了。有时，当附近刚好有警察出现，我很想和想象中的跟踪者来个正面接触。一次，我从贝克街的公寓出来，见一个家伙从后面跟过来了，我当时一下子火了，转过身，想和他当面把事情挑明，而且，我隐约还记得这张脸我以前见过。直到最后的一刻，我才突然想起来这名男子叫法德基尔，是剑桥大学和巴茨医院的学生。当年我在布莱克赫斯医学院的橄榄球队打球时，他是哈里金斯队的球员，我们在一起打过几场比赛。

最后，我知道总这样下去不是个办法。我必须接受自己随时被他们监视的事实，然后从容面对。4月的一个早晨，我在特莱法尔格广场下了地铁，去和麦克劳夫特·福尔摩斯见面。走出地铁口时，我仰起头，透过含苞欲放的栗树，一眼便看到了矗立在大理石台座上的奈尔逊将军的雕像。

波尔路上云集了多家绅士俱乐部。我走出广场，上了考克斯普尔街，先经过了富丽堂皇的皇家俱乐部，那里长长的橱窗中排列着一个个全身戎装的克里米亚战争中的将军们。接着，我又经过了格调高雅的雅典神庙俱乐部，这里是哲学家和文人雅士们光顾的场所。再往前走是旅游俱乐部，最后还有改良俱乐部，这里的刊物和标语无不带有一种自由派的风格。在我看来，时代的确改变了，但较之过去并没有变得好些。从考克斯普尔街到圣·詹姆斯宫之间这条宽宽的马路变得乱哄哄的，这种场面肯定会使当年的罗伯特·比尔爵士或巴尔摩斯顿勋爵大跌眼镜。嘈杂声中，一个拉着破手风琴的家伙正费劲地演奏着时下的流行歌曲："玫瑰玫瑰，我心中的花儿……"更让人不堪忍受的是，一名身穿制服的警察居然站在一旁津津有味地听着，像是十分欣赏他这种拙劣的演奏。

在这条本该是端庄优雅的街道上，我竟然三次遇到了乞丐的纠缠。其中的一个浑身酒气，当街把我拦住，口口声声说，他家里有老婆和孩子等着他养活，我让他去怀平或沙德维尔的码头找活儿干。第二个乞丐说，他周六之前需要一点儿钱周转一下，这等于是说他已经把这星期的薪水喝光了，现在连房租都付不起。

最后这个乞丐缺了一只胳膊，坐在改良俱乐部和迪奥根尼斯俱乐部之间的墙根。我毕竟是当医生的，一眼就看出他把另一只胳膊藏在了衣服里面。他一边摇晃着一个铁盒子一边说，他是个老兵，在阿富汗打仗时在麦文德失去了一只胳膊。假如读者对我稍有了解的话，你们肯定知道，我就是在麦文德那场战役中负的伤，从此结束了军医生涯的。我敢说，如果这家伙真的到过麦文德或者阿富汗、印度，那我就一头磕死。

我这个人一般来说很少失控，但这一次我真受不了了。听到他竟然利用我那些死伤的战友来进行卑鄙的欺诈，我怎么能不发火呢？我冲他大声吼叫，说他是国家的败类，说他卑鄙无耻，说他玷污了那场战役的英名；我还说，尽管我不知道自己会做些什么，但我一定要让他知道我的厉害。我正义愤填膺地训斥那名乞丐，他却不紧不慢、油腔滑调地说："请你凑近一点儿说，我的耳朵不像从前那么好使了。"

这简直让人无法容忍！我凑到他跟前，立时闻到他的身上有一股汗臭味儿。这家伙头发发黄，胡子脏兮兮的，目光狡狯奸诈，连鼻子都透着贪婪。

"我真想……"

我的话还没说完，却被他轻声打断了。

"为了我们两个人的安全，华生，请你把我交给你身后的那名警察。站在我们对面圣·詹姆斯广场拐角的那个家伙盯了我半个钟头了。让俱乐部的门房替你干这件事。"

我也不知道当时我是怎么保持镇定的，不过，他的声音使我立刻意识到情况紧急，于是，我直起身来，大声说："你才不是什么士兵呢！你是个十足的无赖！根本不配得到人们的施舍！"

我大步走上迪奥根尼斯俱乐部的台阶，对门房吩咐了几句话。他朝门外看了一眼，马上明白了我的意思。警察还在听那家伙拉琴，那名号称从麦文德战场上退役的老兵仍郁闷地坐在改良俱乐部的墙根向过路的行人伸着杯子。圣·詹姆斯广场拐角的对面，一名身上穿着和眼下温暖的春季极不协调的长大衣的男子一边慢慢踱着步子，一边不时地看看手表，装出一副在等人的样子。

门房穿过马路，朝那名警察走了过去。这时，我身后传来了麦克劳夫特·福尔摩斯的声音："亲爱的华生医生，你怎么一个人来了？歇洛克没和你在一起吗？"

不知为何，这两兄弟的名字一样，都叫威廉，但这个名字后来谁也没用过。威廉·麦克劳夫特·福尔摩斯高大魁梧，很多地方刚好和他弟弟相反。在衣着方面，他能让顶级的成衣店束手无策。一件由裁缝认认真真裁制出来的衣服，一旦穿在他身上，简直就像是胡乱裹在了一团什么东西上面，看不出一点儿形状来。他的脸圆圆的，不像他弟弟那样棱角分明，不过，他那双灰色的眼睛倒是和歇洛克一样具有穿透力。另外，他也同样有着宽宽的前额，脑袋顶上的头发也是短短的，像个年轻学生。如果说麦克劳夫特的外表让人不敢恭维的话，他那貌不惊人的头脑却使他在剑桥和牛津两所大学的数学和古典语言学领域里独占鳌头。歇洛克·福尔摩斯曾对我讲过，他是牛津杰出校友会的会员，每周都要到那里去和来自全国各地的学者精英共进晚餐。麦克劳夫特是以一篇对古典文学语法方面有杰出贡献的关于词性演变的论文获得会员资格的。尽管如此，麦克劳夫特·福尔摩斯这个名字并不为普通人所熟悉。有时，人们会拿他开玩笑，但他对此却从不理会。歇洛克·福尔摩斯告诉我说，这位仁兄在巴里奥尔大学念本科的时候，就有人曾在校刊上写诗嘲讽他。当时那首小诗是这样写的：

我的名字叫威廉·麦克劳夫特·福尔摩斯，
我高高在上，不屑与汝等为伍。
假若你搞不明白希腊动词的语态，
请别来烦我，我在思考问题。

“歇洛克在哪儿？”

我来不及解释，直接把他领到迪奥根尼斯俱乐部的窗前。刚才那位手风琴手现在不拉了。我们看到那名警察穿过波尔路，蹲下身来和那个流浪汉说着些什么。流浪汉坐在那儿，仰起脸看着他。

“这是怎么回事？”麦克劳夫特·福尔摩斯不解地问我。这时，警察拉着那个流浪汉的胳膊，把他拽起来，之后两人一起朝怀恩街警察局的方向走去。

“那就是你弟弟！”我说。这时我注意到，刚才在圣·詹姆斯广场边上晃荡的那名男子又一次假装看了看手表，显然是为了遮人耳目，然后，转身朝另一个方向走了。

“我弟弟？歇洛克？你是说那个乞丐？”

我点点头。经历了过去几周的担惊受怕，再加上刚才那几分钟的高度紧张，我连说话的力气都没有了。

“他真的是你弟弟！”我终于又说了一句。

“歇洛克在波尔路上装扮成一个叫花子？这是为什么？难道他不知道这样做会给我丢人吗？”

“我会把我所知道的一切都告诉你的。”我说。

麦克劳夫特·福尔摩斯仍然余怒未消，他低头打量着我，表情中带着困惑和责备，仿佛真的生气了。

他摇摇头，抱怨说：“天晓得我忍受了他多少恶作剧，可这一次实在太过分了！我今天来这里的路上，还停下来听这家伙讲他如何受了伤。他说得那么凄惨，最后，我还给了他半个金币呢。他简直是太过分了！”

回家

1

那个时候看到他还活着，我已经很知足了。当然，我尚不能确定他已脱离危险，因为站在迪奥根尼斯俱乐部那条马路对面的陌生人的身份十分可疑。不过我知道，福尔摩斯自己肯定有办法脱险。当那名神秘的乞丐被警察带走，而马路对面的暗哨不得不终止跟踪的时候，我相信福尔摩斯已经赢了这一个回合。假如我当时不顾一切地去拥抱我这位朋友的话，我俩现在说不定早已惨遭杀害，连尸体都被人投到河里去了呢。

我和福尔摩斯之间的任何联系似乎都是不可能的。我们的对手可以轻而易举地截获我的信件，他们可以买通不守法的邮差，甚至可以伪造推荐信将自己的人安插到邮局去。在每天送进邮箱的《晨报》中留言或者夹带纸条，也同样可能被人发现。

我想到的在报纸或信件中夹带信息的方法，我们的对手肯定也能想到。然而，除非你深谙此道，否则，你根本不可能想到，福尔摩斯会在不添加任何东西的情况下，把原有的内容抽去一些，这样，就可以神不知鬼不觉地将重要的信息传递出去。这让我想起了我们之间的一次对一件疑案中的一条狗的争论。当时我认为那条狗在出事的夜里并没有任何异常的表现，福尔摩斯却说，本案的疑点恰恰就在于它没有任何异常的表现。

在波尔路和福尔摩斯不期而遇后的第二天早晨，我打开餐桌上的报纸，发现报纸送错了，送来的不是《每日晨报》，而是《泰晤士报》，而且报纸还是前天的。但报纸的头版上却明明写着我们的地址："贝克街221B"。粗心大意的报童送错报纸的事以往时有发生，但把前天的报送过来就不仅仅是粗心的错误了。

读过《血字的研究》和《四签名》这两篇关于我们在劳利斯顿庄园办案的故事的读者也许还记得，歇洛克·福尔摩斯的手下有一支"非正式部队"，这些人经常出没在贝克街一带，如果有事，福尔摩斯只需派哈德森太太家的比利去找他们，十分钟之后，一群光着脚丫、衣衫褴褛的小贩就会跑上楼，冲进我们的寓所。他们一路上叽叽喳喳，大呼小叫，引得房东太太一阵抱怨。

这些小家伙虽然无所顾忌，不懂规矩，但在福尔摩斯面前却总是服服帖帖的，而且个个聪明伶俐。

这些野孩子成了我们的耳目，有时，让他们出去当暗哨要比苏格兰场派出一队警探都管用。如果让他们混在报童中间到贝克街来送报纸，那将是件轻而易举的事；派上十来个这样的孩子，死死盯住跟踪福尔摩斯的坏蛋，也同样不费吹灰之力。的确，在人民战争面前，任何歹徒和犯罪团伙，哪怕他手段再高明，组织再严密，也终将束手无策。这支小小的战斗队之所以乐于听从我们的调遣，不仅仅是看上了那半个金币的酬劳，而是他们更愿意体验和伦敦鼎鼎大名的侦探一起工作时的惊险和刺激。

我再次将报纸打开，此时，我对报纸的来源已经心知肚明了。然而，除了首页的地址之外，报纸里并没有其他添加的字迹。我站起来，把报纸逐页抖落了一遍，没有任何东西掉下来。我重新坐下，更加仔细地翻看，结果发现其中少了一页。如果你只在字里行间或边页空白处寻找信息的话，是绝对不会注意到这一点的，因为现在的报纸里经常会夹带附页，从而打乱了原有的顺序。

我顾不上吃完早餐，连咖啡都没喝，匆匆出了家门，到摄政公园旁边叫了辆马车直奔我的俱乐部——位于圣·詹姆斯广场的东印度俱乐部，那里有伦敦发行的各种晨报和晚报，还有外地许多有影响的报纸。在板球栏目下面的地方新闻版面中，有一条消息引起了我的注意。

电灾

伦敦市又一起因电引发的爆炸事故

市政府披露了有关上周四凌晨那场因电引发的爆炸事故的最新消息，这是发生在纽盖特街一带的几起类似事故中最近的一例。此前，1月6日，我们曾报道过，在圣·赛普罗克里斯教堂对面和纽盖特街，有人看到电缆冒烟，随即便爆炸起火。据报道，最近的这起事故发生在废弃的纽盖特监狱中，爆炸的规模远远超过了上一次。

和最初的报道不同的是，爆炸并没有造成人员伤亡，我们对此十分欣慰地予以澄清。一起重大的人员伤亡事件之所以能够幸免，并非因为电力公司采取了防范措施，而是由于承包那里工程的工人还没有开始上班。爆炸致使纽盖特街上的几扇窗户的玻璃被震裂，临街的一个橱窗也遭到严重损毁。目击者看到，一道浓烟在这座废弃监狱的院落的高墙上腾空升起。幸亏当时监狱中无人，否则死人的事件是在所难免的。

这座监狱只有几处牢房通电，而且人们以为电源早已被切断，但实际上，情况显然并非如此。另外，艾尔德盖特煤气公司对那里的煤气供应也未中断。这起爆炸事故似乎是由电火花引起的。目前，查林街和市电力公司已经通过纽盖特街的分公司切断了那里的电源。

据承包商方面透露，事故并未对建筑造成太大影响，只是监狱中有一处受损严重，但那里已经计划在几星期之内拆除。爆炸所引起的火势不大，未经消防队的介入便被扑灭了。然而，此次事件引发了人们对查林街的供电系统的安全问题，以及是否应该继续向通风如此恶劣的旧房子继续提供这种极易挥发的燃气产生了疑问。市政消防安全委员会对此将在下一次的听证会上向纳税人提交一份报告，另外，这个问题还将在下周三市议会的例会上进行讨论。

后来，当福尔摩斯把他逃生的整个经过告诉了我之后，我才知道，当他从纽盖特街的屋顶上下来时，一盏提灯引燃了那间死囚牢中充满的瓦斯。报纸上有所不知，当时死囚牢的门窗和部分墙壁都被炸飞到了院子里。尽管我对这些并不知情，但报上的这条消息对我来说比对其他人有着更深一层的意思，因为我是个学医的，又在战场上见识过爆炸造成的死伤，因此，我绝不相信在如此具有破坏性的爆炸之后，那间牢房或者附近的地方会有人幸免于难。

坐在图书馆的壁炉旁，我隐约意识到，报纸上的这条消息向我揭示了福尔摩斯死里逃生的经过。然而，他的对手们的下场又如何呢？从波尔路发生的那件事情看，至少有一个人还在盯着他。他们是否知道福尔摩斯在爆炸之后的命运呢？他们很清楚自己的对手是谁，因此，绝不可能愚蠢地把这场爆炸看做是一起意外事故。福尔摩斯当时是否孤注一掷，想和他的对手同归于尽，结果又神奇般地幸免于难呢？

我对自己还是相当满意的，因为在听到真相之前，我就已经猜到了个大概。作为一名医生，我知道，这种破坏力极强的燃气爆炸之后，废墟中只会留下一些人体的残骸，想从这里面辨认出死者的身份并非易事。我当时还不知道福尔摩斯已经采取了措施，将自己的脚镣铐在了那个死去狱卒的脚腕上。这样一来，由于尸体已被烧得面目全非，他们很可能把他误认为是福尔摩斯。

当时我唯一能做的，就是回到贝克街的公寓等着进一步的消息。第二天早晨，另一份《泰晤士报》送到了我的邮箱。这份报纸又是两天前的，但中间却没有缺页。

我把桌上的早餐放在一边，打开报纸，逐页细细查找，并没有发现任何相关信息。我用手指点着一行一行往下看，一直看到了讣告栏。看着看着，我突然一阵兴奋。原来，这一页被人扯掉了一个角，乍看上去，像是被邮箱的边角划破的或是被谁无意中撕掉的。我在俱乐部的图书馆找了一份完整的报纸，结果发现这一角绝非无意撕去的。这上面登着一条消息：

> 萨里郡文德斯汉姆的亨利·凯尤斯·米尔弗顿，于开普敦的克莱蒙特突然逝世。骨灰安葬和悼念仪式将在文德斯汉姆的圣·乔治教堂举行，具体时间另行通知。

在同我们打过交道的罪犯中间，有几个人的名字我是死也不会忘记的，这其中就有米尔弗顿。尽管当时我不知道此人是哪一个米尔弗顿，但是，从这条讣告中，我已经清楚地领会到了福尔摩斯想传递的消息。另外，我还知道，无论这个亨利·凯尤斯·米尔弗顿是谁，他肯定不是死在南非的开普敦，而是一个离家更近的地方。讣告上之所以要这么写，显然是想避免让死者的熟人产生为何此人会突然从人间蒸发这样的疑问。当然，我这时还无法证实任何东西，但我已确信，亨利·凯尤斯·米尔弗顿肯定是在纽盖特监狱的那起事故中被炸得粉身碎骨了。

第二天晚餐后，麦克劳夫特·福尔摩斯突然造访我们的寓所。显然，这位老兄一方面还在为他弟弟戏弄我们的事而生气，另一方面又在为歇洛克的安全感到担忧。

“今天下午我找拉斯特雷德警官谈了。”他把大衣一扔，在炉边坐下，气恼地说，“他们那些人归我们政府部门管，所以有时候说话方便些。不过你知道，再怎么说，以我这样的地位听任歇洛克在伦敦满大街胡闹总是不好。”

他从沙发上站起来，在房间里走来走去，心情显然十分烦躁。走到那张最近几个星期没人用过的实验桌前时，他停了下来，挥着手说：

“他干嘛不能找点儿正经事干呢？这样胡闹有什么意思呀？再这么下去，早晚有一天，我们都得跟着他倒霉。”

“他要是能回来就好了，我会把你的意思跟他说的。”我的口气有些伤感。

听我这样说，他的气似乎消了几分。他从酒瓶里倒了些威士忌，又兑了点儿苏打水，然后重新坐了下来。

“华生，我今天之所以来找你，是因为拉斯特雷德今天下午告诉我一件事。这事听起来像天方夜谭，不过你应该听听。”

“我的确想听听。”

“那好。拉斯特雷德说的是几年前的一件事。有三个人在英国被人谋杀了，他们都属同一家族，都姓欧本肖。”

“你说的是五颗橘核的案子。”

麦克劳夫特一脸不屑的表情。

“随便你叫它什么吧。拉斯特雷德说，根据传闻，这三个人都收到了一个装有五颗橘子核的信封，意思是说他们将会被杀死。这纯粹是骗小孩儿的故事！”

“可这个故事和我们有什么相干呢？”

“那件案子里面有一个从美国佐治亚州来的犯罪团伙，他们号称是三K党的组织，领头的家伙叫詹姆斯·卡尔洪恩船长。”

“这我知道。”我说，“那些谋杀案发生之后，卡尔洪恩逃出了英国，不过，他那艘叫做‘孤星号’的船那年秋天在大西洋的一场风暴中沉没了，人们后来在海上发现了船的艉柱和其他碎片。”

“事情并不那么简单！”

“请你解释清楚些。”我有些困惑。

“据拉斯特雷德说，那些都是障眼法。詹姆斯·卡尔洪恩船长当时并没有死——不过，他现在死了。”

“这我就不明白了。”

麦克劳夫特叹了口气，像是拿我没办法的样子。

“拉斯特雷德是从美国财政部调查署的一个同行那儿得到的消息。无论你还是我弟弟怎么想，美国财政部压根儿就不相信卡尔洪恩在海上遇难的事。至于那条船的艉柱，这太容易造假了！事情的真相是，卡尔洪恩从此被犯罪组织保护了起来，他改名换姓，一直没有停止活动。美国财政部的一名卧底人员曾出席过三K党头目的一次例会，并在会上认出了卡尔洪恩。”

“可是，这个卡尔洪恩现在已经死了？”

麦克劳夫特·福尔摩斯把两只脚往炉火前一伸，这个动作同他的弟弟如出一辙。

“是的，这是不久前刚刚发生的事。根据拉斯特雷德掌握的情报，此人出人意料地死在了英国。”

这时，我仿佛突然听到了歇洛克·福尔摩斯的声音，他在提醒我出口谨慎。于是，我只是简单地说了一句：“这件事太古怪了。”

麦克劳夫特鲜有地面露微笑。接着，他使劲捅了捅炉火。

“事情比你想的还要古怪呢！据拉斯特雷德说，卡尔洪恩死在伦敦，而且据说是被人杀死的，但尸体却找不到！”

找不到尸体！我顿时想到了亨利·凯尤斯·米尔弗顿，他的尸体也没有找到，只有一盒骨灰。

不过，我没有过多地向麦克劳夫特解释，只是说：

“你弟弟当时只是想当然，以为卡尔洪恩随着那条船一起沉入海底了，但他对此并没有确切的把握。”

麦克劳夫特眉头一皱。

“只是想当然吗？这可不像歇洛克的办事风格，他一向爱较真，简直到了让人无法容忍的地步。你如果能见到他，请把这个消息转告给他。跟我说实话，华生医生，你真的对我弟弟的下落毫不知情吗？”

“我真的不知道。”我低声说。

他吃力地从沙发上站了起来。

“让他像现在这样在伦敦满大街胡闹实在不像话。竟然装扮成一个缺了胳膊的叫花子！你劝劝他吧，他似乎还听你的。再这样下去，他糟践的将不只是他自己的名誉。再说，总是和拉斯特雷德那种身份低微的人混在一起也不好。你见到他之后，一定把我这些话转达给他。”

“请放心，我一定照办。”

接下来，他步履沉重地下了楼，上了一直等在外面的那辆马车，重新回到了属于他自己的那片天地：早晨开始在白厅上班，晚上回到圣·詹姆斯的寓所，外面的世界对他来说，仿佛根本就不存在。

如果说亨利·凯尤斯·米尔弗顿和詹姆斯·卡尔洪恩这两个人同时死亡，而且尸体又都没有找到，那么，纽盖特监狱的那起事故可就大有文章了。第二天早晨，我没有收到新的《泰晤士报》，邮箱里面依然是以往的《晨报》。我一边喝咖啡、吃土司，一边读报纸，读完之后将报纸叠起来，放在桌面上。这时，我突然注意到报纸上用铅笔写的地址不对，本应是“贝克街221B”，而报上写的却是“丹麦广场23号”。

我在医学院读书的时候知道丹麦广场，它位于通往芬斯伯里的公路旁边，那里街道破旧，草木凋零，在伦敦绝对算不上是令人向往的社区。我从书架上找出伦敦市分区地图，翻到第五十三页，发现丹麦广场23号是那条街最南端的一栋房子，紧临广场东侧。地图的背面列出了不同位置住户的名字，丹麦广场23号一层是詹姆斯父子公司，这是一家专门生产钢琴设备和维修乐器的店铺。

看来福尔摩斯的下落有消息了。可是，他是有意躲了起来，还是被别人囚禁在哪里了呢？他是否在等我去找他呢？当然，我最好还是马上前去探个究竟，以免错失良机。

一小时之后，我从贝克街乘地铁到了利物浦街。地铁隧道里光线昏暗，加之人又多，使我无法判断自己是否被人跟踪。出来之后，我租了一辆马车，沿着一条两边是砖砌的路堤的隧道颠簸前行，在这条隧道的上方，排列着许多仓库，还有一座煤气厂，那里高高的烟囱好似教堂的尖塔。一座高炉敞着口，里面烈焰熊熊，宛如一个正在喷射岩浆的火山口。

市政公路两旁的房子脏兮兮的，油漆早已脱落。公路上，满载货物的车辆川流不息。几家破败不堪的牡蛎馆和没有窗帘的小酒店里一大早就挤满了顾客。

我拐了个弯，进到了丹麦广场。这里的高高的老房子里早先还住过几户殷实人家，其中不乏像律师、证券经纪人、印度橡胶商和挪威木材商这样的住户，现如今，原本漂亮的街道变得乌黑陈旧，一楼成了作坊，楼上的每个房间里都居住着不止一户人家。

广场的中央有一块被人踩得发黄的草坪，还有两棵栗树，树上光秃秃的，仿佛永远也不会长出叶子。在破败的广场中心有一条长凳。我坐了下来，并没有发现有人跟踪的迹象，我估计也不可能有谁会跟到这里来。

我掏出一份报纸，开始读了起来。公路上，来来往往的货车、马车、公交车声不绝于耳。从旁边的那家钢琴店里不时传出一阵试琴的声音。这种琴行一般都兼修小提琴，我听到一位琴师正在调音、拉琴，一开始只是几个简单的音阶，慢慢地逐渐变成了流畅的曲调。

我坐在长凳上，对手里的报纸失去了兴趣。在这么荒僻的地方居然会出现如此高雅的音乐，这不能不引起我的注意。这是谁的乐曲呢？据我的判断，这似乎是巴赫的曲子，华彩绚丽的主题反复出现，并且不断升华。至于这位拉小提琴的人是谁，我心里完全清楚，同时，我也在暗自庆幸福尔摩斯没有让外人知道他在音乐方面的这份天赋。这虽然不是他所喜爱的那把由斯特拉迪瓦里制作的小提琴，但是，福尔摩斯可以在任何一把破琴上奏出美妙的乐曲来。我知道，此刻他之所以演奏这首曲子，既不是为了平息我的心情，也不是为了激励我的斗志。他办案的时候，一切行动都是为了同一个目标。

这首乐曲最初的旋律十分简单，它反复出现，使我觉得似曾相识。我刚要想起来，它却又从脑海中溜掉了。我敢肯定自己知道这个旋律，但是，我在音乐方面的素养并不足以使我将巴赫不同的乐曲分辨出来。或许，我和福尔摩斯一起在圣·詹姆斯音乐厅听到过这首乐曲。

浑厚多彩的旋律逐渐变得轻柔起来，把乐曲带进了尾声，犹如一片片绚丽的晚霞，相互交织，相互融合，汇成同一个声音，将最终的主旋律烘托了出来。渐渐地，整个乐曲就只剩下这个基本旋律在轻声回响。听着听着，我突然间想起来这是哪首曲子了，我甚至轻轻哼唱了起来：

半磅大米，半磅糖浆，

钱都花在，这些地方，

砰的一声，吓跑了黄鼠狼！

除了福尔摩斯之外，有谁还能将这么简单的东西改编成如此美妙的音乐呢？更加重要的是，这个曲子让我想到了这首旧儿歌的第二段歌词：

中心街上，整日奔忙，

老鹰酒馆，常来常往……

老鹰酒馆！位于中心街的那家有名的酒馆离我此刻坐的地方很近。当我还在巴茨那个伦敦最古老的医院学医的时候，就对那家街边酒吧十分熟悉了。那里有音乐厅、室外乐池、哈哈镜，还有走钢丝和神童的才艺表演呢！我曾多次向福尔摩斯谈起那些日子的往事。

我站起来，仿佛刚才不过是在打发时间似的，然后绕了一圈，先到牧羊女路，然后从那里来到街边酒吧。

酒吧的建筑上边一律用的是本地的黄色砖头，齐眉高的地方被漆成了金色，房子上安装着漂亮的玻璃窗。过厅的地面是由方砖铺成的，进去之后，经过几个淡绿色的大理石柱，便是一排长长的酒吧和一片宽敞的地方。我看到有几张桌子旁边坐着一些顾客，但其中并没有福尔摩斯。

就在这时，一位单独的客人从一张桌旁站起身来，朝外面走去。

此人身材粗壮，面色红润，原本红色的头发随着年龄的增长变得有些发暗。他从我身边经过时，我并没有立刻认出他来。不过幸亏如此，否则的话，我肯定会自然而然地上去和他打招呼，从而将事情败露。这名男子比我上次见到时老了几岁，尽管他的相貌已经生疏，但那双眼睛最终让我想了起来：杰比茨·威尔逊先生！

在我多年来整理的办案记录里，这位杰比茨·威尔逊先生曾把我们引入了一起案件的调查中。那是我们最早经办的案件之一，涉及一个叫红发党的组织，这伙人专门抢劫银行，他们的作案手法既狡诈又凶残。在那起案件中，威尔逊先生差点儿无意中受到牵连，福尔摩斯非但使他免此一劫，还从银行方面得到了一笔奖金，为此，威尔逊先生对福尔摩斯感激不尽。此刻，当福尔摩斯需要的时候，威尔逊先生在丹麦广场掩护他也是情理之中的事。

我们两个就这样擦肩而过，假装互不相识。我坐下来，点了一杯啤酒，听着酒吧里有人在弹奏着“可爱的姑娘请你回答我”这首曲子。在我旁边那张椅子上，放着一份刚刚被丢弃的《马场新闻》。我没去动它，只用眼睛瞟了一眼。那张报纸被人折了起来，朝外的页面上有人在 3 点半出场的一匹马下面画了一条线。这匹马用的是个外国名字：Noli Me Tangere。而那位画线的人肯定是威尔逊先生。

Noli me tangere——“不要碰我”，又可理解成“不要接近我”的意思。于是，我明白了自己应该怎么做。我喝完那杯啤酒，走出酒吧，掏出表来看看时间，装作要去赴约会的样子，沿着中心街向前走。不一会儿，我来到一个门口，见墙上的铜牌上刻着一位眼科医生的名字。我进到接待室，问他们，医生是否有空给我检查一下眼睛。过了半个小时，口袋里少了一个金币之后，我再次来到了大街上。

威斯利教堂的门口竖立着一座威斯利本人的雕像。我从这里经过时，看到一个街头卖花儿的小姑娘，正将还没卖出去的花儿摆在雕像冰冷的石座上。那些花儿都是暖房里催生出来的，有紫罗兰、攀墙花、玫瑰花，还有康乃馨。小姑娘穿着一条普普通通的深色裙子，裙子虽然还没破，但她脚上的鞋子却已经旧得不成样子了。我估计她大约有十五岁。她身边还站着一个光着脚的小女孩儿，这个女孩儿显然是她妹妹，看上去只有十一岁左右。这时，那个大一点儿的女孩儿朝我走了过来，一边走一边吆喝："卖花儿喽！好漂亮的花儿呀！春天来了！两便士一朵！我的房租每晚两便士，您少喝一口酒就够了！"

我毫不怀疑女孩子说的是真话。

还没等我开口，她走上前来，伸手碰了碰我的脸。

"感觉一下我的手，够凉的吧?"

接着，她不由分说，将一朵康乃馨别在了我的前襟上。

"您摘下来的时候小心点儿就行了。"她笑着说。

"拿着吧，可怜的孩子。"我从口袋里掏出一个金币，放在她的手心上。

她眼睛呆呆地盯着着那枚金币，口中说："您这样的好人将来肯定会进天堂的！"

说罢，她转身去找她的妹妹了。这枚金币足以使她们的食宿有了着落，暂时可以不必再卖花儿了。

您摘下来的时候小心点儿就行了！那些不时造访我们贝克街公寓的街头流浪儿的家里大多都有姐妹，她们也都是一些穷孩子。我敢断言，这小姑娘肯定是她们当中的一个。

我乘车回到贝克街站，沿着台阶往上走。地铁站里的空气污浊，两边的砖墙脏兮兮的。我心里虽然很急，但却故意装出一副悠闲自得的样子。尽管我确信身后没人跟踪，可是我知道，在我朝里根公园路走的时候，我们公寓的门口肯定会有人监视。我走进客厅之后，立刻拉上窗帘，点上灯，将那朵白色的康乃馨从扣眼里摘下来。花的茎部被一层锡纸包着。我把锡纸打开，见里面裹着一张纸条，纸条上密密麻麻地写着几行小字。

福尔摩斯失踪以后，这还是我头一次收到他的信：

亲爱的华生：

在我们那位红头发朋友的帮助下，我才得以写这封信给你。现在，对于我的遇险和逃生，你可能已经心中有数了。亨利·米尔弗顿和詹姆斯·卡尔洪恩在准备对我下毒手时丧了命，他们的两个下手免遭一劫。你要提防一个叫艾尔克的人，他是他们的看守长，此人系职业刽子手，十分卑鄙阴险。另外，请你务必于明天一早到邮局寄一只鞋盒，请将鞋盒外面用牛皮纸包裹，然后再用蓝色的线绳缠好并用蜡封起来。地址只需写明伦敦中心路邮局转交即可。不必掩饰这个邮包是寄给我的。目前，危险仍未消除。请勿靠近我！

2

那天晚上，我睡得很不踏实，心里一直想着自己如何才能既让我们的对手看到那个地址，又不能让他们看出我是故意的。每到这种时候，我就特别希望福尔摩斯能在我的身边。我想，万一那些暗探觉得我没有价值，不再监视我了，那怎么办呢？但我转念一想，觉得这种担心是多余的，因为在他们抓到歇洛克·福尔摩斯之前，我仍然是最有价值的线索。

第二天一早，我抱着一个用纸包裹的鞋盒从贝克街出来，鞋盒上还没有贴标签。这时正值初夏时节，和风习习，花香扑面。新国王爱德华七世加冕盛典的日子不久即将来临，临街的文具店和纪念品商店都在兜售一种纪念卡，这些卡片看起来像是一种大号的扑克牌，每一张的上面，无论是爱德华国王、阿历克斯桑德拉王后还是威尔士王子和公主，都身着皇室专用的那种深红色和蓝色相间、带金色饰边的礼服。在里根公园，军乐队正在操练那首由艾登学院的本森博士作词、爱德华·艾尔格作曲的专为此次盛典准备的乐曲，这首歌不久将在全国各地广为传唱：

充满希望和荣光的国土，

自由的母亲……

到了邮局之后，我从口袋里取出一个背面带有胶水的标签，把福尔摩斯给我的地址用大字写在标签上。就在我刚要写完最后一个字母的时候，一名男子从人群里挤过，来到我这张木桌旁，突然碰了我的胳膊肘一下。我敢断定，他是故意的。这一来，我的笔在刚刚写完的地址上划了一个道。我转过身，见这名男子身材粗壮，面色红润，原本红色的头发随着年龄的增长变得有些发暗。这位红发党的杰比茨·威尔逊先生这次仍然装作不认识我，他摘下礼帽，说："对不起，先生，真抱歉。都怪我不小心，实在不好意思。"

说完，他便从人群中挤出去了。我知道，这是福尔摩斯在给我创造机会，我也完全明白自己下一步应该怎么做。我把手中的标签揉成一团，装成一副十分气恼的样子，将它扔进了邮局墙角的废纸篓里，又重新拿了一张标签，填好后将包裹递给了邮局的工作人员。之后，我转身走出了邮局。

阳光洒在东边的屋顶上，为大街小巷带来了暖意，仿佛气候在骤然间由春季转到了夏季。

我在台阶上站了一会儿，像是想起了什么，猛地转过身，又进了邮局，先在柜台买了一打含邮资的信封，然后，似乎是不大放心的样子，大声询问那位邮差早晨9点半钟寄出的邮件当天下午是否能到中心路邮局。听他说一定能到，我才转身离去。我假装想找一条易于通行的路，从我刚才丢标签的那个废纸篓旁边绕了过去。这时，邮局开门还不太久，废纸篓里应该只有我那个标签，此外就是在我之前有人丢进去的两张废纸和送信的孩子吃剩下的一个苹果核。我看到那两张废纸和苹果核还在，但是，刚刚还在最上面的那个揉成一团的写着福尔摩斯地址的标签却不翼而飞了。

当天下午，邮件送达的时间一过，我扮成乡下人的样子，鼻梁上戴了一副粗框架的平光镜，坐在中心路丹麦广场边上的一家小吃店里喝咖啡。街口是中心路邮局，在它旁边，从脏兮兮的中央草坪看过去，就是丹麦广场 23 号。

邮局不断有人进进出出。不过，我关注的并不是那些顾客，而是那只系着蓝色带子的包裹着的鞋盒子，我想看看究竟是谁取走了那个包裹。我估计此人十有八九是杰比茨·威尔逊先生，除非我们的对手艾尔克或他手下的人冒充取件人先把邮包取走。

我眼巴巴地等了半天，直到快 5 点的时候，突然看到福尔摩斯大步流星地从丹麦街走到了邮局门口，这让我有些始料不及。他身穿黑西装，头上戴着帽子，好像完全不怕被别人认出来似的。在煞费苦心地隐藏起来之后，他现在为何又要毫不顾忌地将自己暴露于大庭广众之下呢？我没有上去和他打招呼，因为那样只会把事情搞得更糟。

我坐在小吃店外面凉棚下的一张小桌旁，混在周围的顾客之中。不一会儿，福尔摩斯拿着那个包裹从邮局里出来了，但是，他并没有回丹麦广场，而是沿着中心路向墨尔盖特地铁站方向走了。每天到了这个钟点，大街上总是挤满了那些刚刚下班的商店职员和公司白领。

我站起身，还没走出凉棚，就看到一名男子，我敢断定此人就是那个叫艾尔克的看守长。福尔摩斯上次在波尔路装扮乞丐时，在后面跟踪监视的正是他。虽然他看上去似乎和上一次的模样不尽相同，但我还是可以把他认出来。我留意观察，见他宽宽的脸庞，乍一看似乎面带笑容，但仔细看看他的眼睛，就会发现他根本没有笑。此人个子虽不算高，但体态粗壮，肌肉发达，一看就知道他可以毫不费力地把那些在生命的最后一刻苦苦挣扎的犯人送上西天。据传闻，他曾亲手绞死过七名杀人犯、三名太平洋群岛的逃兵，还有不计其数的叛匪。此刻，天色还不算晚，但他却穿着一件黑色的大衣，衣领高高地翻了起来。

这时，我看到一个红脸膛、罗圈腿的小个子男人从我旁边的桌子边站了起来。我对他并没有太留意，因为他是朝另一个方向走的，显然和我们的事情无关。在这条熙熙攘攘、人潮汹涌的大街上，福尔摩斯根本不可能看到有人在跟踪他，他甚至都没有朝艾尔克那个方向看一眼。看来，我这位朋友的处境十分危险，但我本能地意识到，自己不能惊吓到跟踪他的那名男子。我口袋里装着一把左轮手枪，可是，如果在这种地方开枪，要想不伤及无辜几乎是不可能的。然而，对艾尔克来说，在这拥挤的人群中将一把尖刀刺进福尔摩斯的身体却是易如反掌。

我在人群的掩护之下挤到了离艾尔克只有十英尺远的地方，这样，在他跟踪福尔摩斯的同时，我也在后面跟踪他。我想，即便他看到了我也不一定能认得出来，再说，这位看守长的目光全都集中在了他前面的猎物身上了。我们三个人在各种车辆中穿梭行进，朝地铁站的方向走，渐渐地，我可以确信，艾尔克并没有带其他帮手来。

艾尔克狡猾得像只狐狸，他早就计算好了距离，在众人争着上车时，挤进了福尔摩斯隔壁的那节车厢。尽管福尔摩斯一路上小心谨慎，好几次都在最后一刻改变了行进的方向，但他的仇人非但隐蔽得很巧妙，并且极有耐心，始终没有上他的圈套。

我根本不知道福尔摩斯要去哪里，所以，只能买一张最远的车票，以便根据需要随时下车。看到艾尔克坐在福尔摩斯隔壁的车厢，我就选择了紧挨着他的另一节车厢。不过，我并没有坐下来，而是站在那里，随时准备行动。我决定不让福尔摩斯看到我，以免把事情败露。我想，我完全可以对付艾尔克。

如果福尔摩斯的目的地是贝克街的话，那么，这条路线未免太远了，因为要绕个大圈，经过塔山、维斯特敏斯特、肯星顿、伦敦西部荒僻的郊区、派丁顿和玛丽拉伯恩之后才能到达。我暗暗安慰自己，相信福尔摩斯肯定有他的打算，而且，艾尔克又在另一节车厢，几乎不可能对他下手。每到一站，我都要看看谁下了车。列车到达肯星顿时，我看到高高瘦瘦的歇洛克·福尔摩斯下了车，沿着站台慢慢向外走。在我看来，肯星顿这个地方和我们毫不相干，不过我想，这或许是他的障眼法。我看到艾尔克在后面悄悄跟着他，而福尔摩斯却连头都没有回。我跟在几名乘客后面，和他们保持着一定的距离。整个事情最初有些神秘莫测，但是随着高潮的到来，变得越来越惊心动魄了。

我利用埃尔伯特教堂和纪念碑做掩护，跟在福尔摩斯和艾尔克后面。尽管福尔摩斯身处险境，但他对此似乎浑然不知，并且还犯了一个致命的错误：当暮色降临之时，他竟穿过亚历山大门，进入了海德公园里那片昏暗的旷野。等他走到公园的另一头，踏上回家的路之前，那里将会是一片黑漆漆的丛林，这无疑将为刺客作案提供最理想的地点。

这时，公园里已经没有几个游人了。一位摄影师正将自己设在公园门口的黑帆布摄影棚收拾起来，几个系着蝴蝶结的孩子刚刚从公园的池塘边回来，手里拿着玩具小船，在保姆的带领下朝公园外面走。艾尔克借着浓密的树木和月桂枝、杜鹃花丛的掩护，一直紧紧跟在福尔摩斯后面。我们沿着那条和肯星顿区平行的小路走了一会儿后，福尔摩斯突然转了个弯，像是想从那条极不安全的罗顿洛路走出去。他怀里仍然抱着那个邮包，不慌不忙地向前走，仿佛是在思索着什么，而且，他自始至终都没有回头看一眼，可以说是毫无戒备。

我掏出左轮手枪，将它藏在身后。透过远处的树梢可以看到，公园周围楼上的几扇窗户已经亮起了灯光。再过几分钟，天就会完全黑下来，到那时就不好瞄准了，因此，我必须立即向艾尔克开枪或者过去将他拦住，此外别无选择。这时，艾尔克跟在福尔摩斯身后四十码的地方，我和他之间则保持着同样的距离。

接下来发生的事十分突然，令我始料不及，直到今天，我仍然不敢相信这一切都是我亲眼所见。

福尔摩斯猛地转过身来，愤怒地大喊一声："华生，你最好让我自己来处理这件事！"

他的喊声仿佛是一个信号，随即引来一阵"砰、砰、砰"的声音，如同一个拳击手在击打训练用的沙袋。紧接着，一匹骏马远远地沿着罗顿洛路跑了过来。只见这匹马头部向前垂着，渐渐加快了速度，马蹄下卷起一阵沙石。如此梦幻一般的情景，使我不禁看呆了。马背上是一名身穿制服的男子，虽然此刻天已昏暗，但我还是可以隐约看出他那件深红色的军装外面的黄铜纽扣，还有他头上的那顶骑士帽。

艾尔克也停下了脚步。他刚才正想横穿罗顿洛的土路去追赶福尔摩斯，不料却被这匹奔马挡住了去路。那位骑手似乎是在逃避恶魔的追击，甚至从我这里都可以听到他沉重的喘息声。

艾尔克向后退了两步，看来是想躲开奔马蹄下掀起的泥土。我看到那位骑士身体向前倾斜，胸口贴在马颈上，似乎是准备展示一下俯身探物的绝技。我再一细看，发现骑士的手上握着一把马刀。突然，马刀向侧面一挥，只见黑暗中寒光一闪，只听“唰”的一声，艾尔克顿时身首异处。

极度的惊惧使我呆若木鸡。此刻，就算那名骑士是嗜血魔王，想把我们统统杀光，我也无法挪动半步。我看到艾尔克无头的身体仍直立在原地，仿佛分离出去的大脑仍在发挥着某种作用似的，直到几秒钟之后，僵死的身体才颓然倒地。我在军中服役时，对这种可怕的奇观曾有所耳闻，不想现在竟亲眼目睹。

看来，我对那位骑士的担心是多余的。他既没左顾右盼，也没放缓速度，而是随着马蹄声渐渐远去，消失在夜幕之中。后来我才得知，他就是监狱中的那位退役骑兵。

对于眼前发生的这一切，福尔摩斯似乎完全无动于衷。

“此人或许生性软弱，但并非邪恶之徒。”他平静地说，“现在，他可以踏踏实实地过日子了。我是不会向我们在苏格兰场的朋友们告发他的，我想你也不会。如果我没有算错的话，他是那几个星期关押我的人当中唯一的幸存者。还有些人由于各种原因当时没能到场，恐怕，我们将来还免不了要和他们打交道。不过，首要元凶已经清除，这是值得庆幸的。”

我一句话都说不出来。尽管我已经从刚才的惊吓中缓过神来，但那天晚上我彻夜未眠，直到第二天才算恢复了正常。至于那名骑手，究竟是他自作主张除掉了可能加害于他的恶棍，还是他和福尔摩斯一起策划了整个事件，我始终不得而知。不过，对于此事，无论是福尔摩斯还是我，都没有向警方告发。

3

接下来的数日内，报纸上连篇累牍，都是有关罗顿洛路上那件神秘的“无头绅士”案件的报道。几天之后，人们的注意力才渐渐开始转向别处。在此之前，我们的老朋友拉斯特雷德警探曾来问询此事，但是我和福尔摩斯都守口如瓶。苏格兰场查出，作案凶器是一把马刀，但除此以外，他们并未找到任何其他线索。人们知道，艾尔克是一名五十五岁的男子，四十岁前曾当过兵，后来一直跟亨利·凯尤斯·米尔弗顿之类的人渣混在一起。苏格兰场为此案专程来向福尔摩斯请教，想必也是万般无奈之举。

然而，这一次，福尔摩斯尽管心中有数，却佯装毫不知情，在听拉斯特雷德讲完案情之后，只是叹了口气，说：“这个案子，恐怕我是爱莫能助了。”

我这位朋友认为，自己欠了退役骑兵麦克伊维尔一个人情，因此，他以这种方式作为回报。拉斯特雷德警探离开之后，福尔摩斯仿佛把整个事件丢在了脑后。他静静地坐了一会儿，突然把话题一转，兴奋地说：

“你肯定还记得我那个曲子，就是根据儿歌‘砰的一声，吓跑了黄鼠狼’改编的小提琴即兴曲，我躲在丹麦广场杰比茨先生家时拉的就是这首曲子！”

“我当然记得，那个曲子听上去很轻快。”

我刚想说他抄袭得很巧妙，他却兴冲冲地打断了我的话。

“我从来没想过把自己的曲子写下来拿去发表，这次我不妨破个例。我想和莱普茨格的比德斯出版商或奥根纳尔的麦萨斯出版商接触一下，他们从前都曾问过我，是否有习作可供发表。”

“可是，你是不可能变成作曲家福尔摩斯的！全世界的人都知道福尔摩斯是位大侦探，那样一来岂不是乱了套？”

他把叼在嘴里的烟斗拿下来，眼睛盯着屋顶吊灯架上那朵石膏雕塑的玫瑰花。

“这话不假。我应该起一个笔名，专门用来作曲——不过那样一来我的曲子容易受到忽视。还有一个办法，我可以说这首曲子是我从故纸堆里发现的，出自某位大师之手。我倒不必说它是巴赫的作品，那样未免太张扬了；不过，把它说成某位大师后裔的作品还是比较恰当的。也许，我就来充当这个卡尔·菲利普·艾德蒙·巴赫吧，这也算不上是什么过分之举。”

“你不能这么做，福尔摩斯！人人都知道《黄鼠狼》这首儿歌！”

“老伙计，你有所不知，时下社会上盛行附庸风雅，假充内行。他们当然知道那首儿歌，可是，当他们坐在威格摩尔音乐厅或类似的地方欣赏音乐时，有谁敢承认自己会想到这种低俗的东西呢？”

他放下烟斗，站起身，打开琴盒，将那把斯特拉蒂瓦里奥斯小提琴和琴弓从琴盒里拿了出来。

这时候，任何争辩都是徒劳无益的，我只得听之任之了。

派森豪尔镇的谋杀案

福尔摩斯这个人对单纯的旅游度假并不感兴趣。一次，我多了句嘴，说印度的泰姬陵和纳纳·萨西朴墓中的宝物值得一看，他却用了塞缪尔·约翰逊对詹姆斯·鲍斯威尔的一句话来回答我，说爱尔兰的巨人之路也值得一看。

“值得一看，此话不假，”福尔摩斯叹了口气，说，“不过，不值得专门为它走一遭。人生苦短，不能把时间都消磨在旅途上。”

除了和工作有关的出行之外，他一般都待在伦敦，更确切地说，是待在贝克街的公寓里，只是偶尔为了满足他在考古方面的兴趣才肯破例出行。希腊的岛屿以及特洛伊和迈锡尼的古战场对他来说都太遥远了，但他对英国中世纪早期的历史遗迹却情有独钟。就是在一次这样的旅途中，由于我的医生身份，使我们卷入了这件神秘的派森豪尔谋杀案中。

福尔摩斯对英格兰东部的历史很感兴趣，那里有平坦的原野，纵横的河流，辽阔的景色绵延不绝，一直伸向大海。一千两百年前，英勇的麦西亚撒克逊人就曾在这里奋勇抗击丹麦的入侵者。福尔摩斯说，这里是纯朴的英国乡间最真实的写照。我们此次的出游安排在6月份的上半个月，届时，我们将在萨克斯曼德汉姆的贝尔旅馆住上十天。这家旅馆位于市政厅旁边，外面是灰色的砖石结构，里面的条件十分舒适。旅馆建于蒸汽机发明之前，在那个年代，送信的邮车还都是马拉的。

我们搭乘一列从伊普斯维奇出发的火车来到一个小站，下车之后，清风送爽，使人感到此处距北海最多不过五英里之遥。刚吃过午餐，福尔摩斯就想去探访附近的旧教堂，那股迫不及待的劲头就像是一位将军急着要去军营检阅他的士兵一样。

这是一个阳光明媚的下午。福尔摩斯带我领略了这座古老的诺曼教堂的风采。这座由巨石搭建的教堂矗立在城郊的一条很陡的小路旁，傲视着路两旁高耸的大树。教堂的顶部是工艺精巧的古式雕梁，此外，还有一个十分漂亮的中世纪圣水器，上面刻着圣经故事的图案，并由两个手持棍棒的矮神将其托起。不过，我注意到，福尔摩斯看得最仔细的还是教堂外面院中的一座带有骷髅头标志的墓地。碑文上面写明，死者叫乔尔·伊德，他的灵魂“于1720年被勾走了”。此类骇人听闻的有关魔鬼附身的传闻往往最能引起福尔摩斯的兴趣。

剩下的时间平淡无奇，尽管天气令人有些担忧。前一天夜里下了雨，现在天空中阴云密布，预示着更加恶劣的天气。当我们坐在舒适的旅店享用晚餐时，外面的云层越积越厚。毫无疑问，一场大暴雨即将来临，这无形之中为第二天那件可怕的事情揭开了序幕。

这场大雨一直下到凌晨4点。一整夜，我们的窗户都被风吹得响个不停。直到吃早餐时，风才渐渐平息，雨也有所收敛。我和福尔摩斯刚刚吃完早餐，突然看到女房东匆匆忙忙地朝我们走来，身后还跟着一名穿警服的陌生人。两人过来之后，先开口的是那位警官。

“先生，您是华生医生吗？我是警察局的艾利·努恩。我可以和您谈谈吗？”

这一谈不要紧，我的心情被彻底破坏了。要知道，医生也和其他人一样，希望自己能清清静静地度个假。可是，这天早晨，人们在附近一个叫派森豪尔的小镇发现了一具年轻女子的尸体。这位女子已有六个月的身孕，人们怀疑她是自杀身亡的。警方必须在有医生在场的情况下才能将死者运往停尸房，而当地的一名雷姓医生这天刚好临时出诊去了，事也凑巧，偏偏又有个多事的家伙发现有位医生下榻在萨克斯曼德汉姆的贝尔旅馆，于是，他们想占用我几分钟的时间，协助警方的工作。

这份差事想必极端乏味，但在当时的情况下，我又很难拒绝，况且我知道福尔摩斯也绝对不会同意我拒绝此行。一辆马车已在门外等候。我们上车后，努恩警官扬鞭催马，车子沿着萨福克乡间的小路飞快行进。这时，天色渐晚，又值暴雨交加，如果我知道前面即将发生的事情，我是无论如何也不会登上那辆马车的。

没想到路上花的时间还挺长。我们先经过了西布顿，这是一个有着古老的修道院遗址和粉红色和奶白色的农舍的迷人的小村庄，然后才进入了较为单调乏味的派森豪尔镇。我想，艾利·努恩这次之所以找上了我，可能是因为旅馆里有人说出了我的同伴是大名鼎鼎的歇洛克·福尔摩斯的缘故。

接下来，努恩警官把马车停在了普洛维登斯寓所，它位于派森豪尔的中心街上。这个城镇除了这条长长的街道之外，似乎再没有什么值得一提的地方了。警官陪我们绕到后面，从花房进去，来到一间小厨房。厨房大约十英尺长、八英尺宽，它的一角有一个很窄的楼梯，通向顶楼佣人的房间。厨房里只有一扇窗户，窗帘还被人拉了起来，因此屋里显得更为昏暗。

刚一进厨房，我就闻到了一股浓重的煤油味儿和令人作呕的人体烧焦后的气味儿。我低头一看，见地上躺着一具女尸，她脚上穿着长袜，身上的睡衣以及身体的一侧已被烧焦了。这名女子的死因毋庸置疑，因为在她的颈部有一条刀口，从右到左，将气管完全切断了，另外，死者的下颚右侧还有一道自下而上的伤口。尽管这两处伤都不足以致命，但在靠近她胸部的地方还可以看到一处刀伤。此外，我还注意到，那扇通向楼梯的门曾在搏斗中被撞开，用力之猛，连墙上的一个盛东西的架子都被撞碎了。

我真不明白，除了乡下的白痴之外，有谁会认定此案为自杀身亡。假如这名可怜的女子真的朝自己的颈部刺了一刀的话，那么，她肯定在刺第二刀之前就已经不行了。这是显而易见的，因为从死者伤口喷出的血已经溅到了第二级楼梯上。尽管我一看便知她已死亡，但我还是检查了尸体，并发现它已经冷却僵硬了。

“她至少已经死了四个小时了，”我对努恩警官说，“或许还要更久些，因为在夏天，尸体冷却的速度要慢一些。”

最令人不能容忍的是，凶手——我认定这是一起谋杀案——企图放火焚毁现场，但显然并没达到目的，尸体和衣服只是部分被烧焦了。地上有一盏破碎的油灯，应该是在她死时或临死前从桌上掉落的，这场火大概就是灯里面的煤油引燃的。可是，凶手仅凭这点儿煤油似乎又不大可能达到焚尸灭迹的目的，至于其他的煤油从何而来，我却不得而知。

其实我此行并没有多大意义。我们刚到几分钟，当地的医生查尔斯·雷就从西普顿出诊回来了。我如释重负，马上请他接手我的工作。尽管作为一名医生，我对血淋淋的场景早已见怪不怪，但是，这名可怜的青年女子的惨状还是让我有些难以接受。福尔摩斯一言不发，像一尊石像一般默默地站在那里，不过，当我去后院和雷医生商谈时，他也跟了出来。等我们谈完，他走到我身边，说：

“华生，这个案子有两个疑点。我想，对萨福尔克的警方来说，想要破解它们恐怕不是那么容易。你看出来了吗？”

“没有。”我有些不耐烦，因为在我看来，事情似乎是明摆着的。

“这名年轻女子脑袋底下有一份折叠起来的报纸，凶手放火未遂，报纸仅被烧黑了一点儿。这是一份前天的《英国东区时报》，我们可以假定，报纸是凶手留下来的。可是，他为什么要这么做呢？另外，地面上有一个打碎的药瓶，碎片中有一个瓶颈，上面的木塞紧紧的，很难打开。另外，还有一个碎片上贴着标签，如果我没看错的话，标签上写的是‘卡迪奈尔家的孩子。分六次服用，每四小时一次，每次两到三茶匙’。虽然墨水有些褪色，可这些字迹我还是可以辨认出来。不过，这栋房子的主人好像叫克里斯普，不叫卡迪奈尔。”

“也许药瓶里面装的是放火用的煤油。”我没好气地说，“问问卡迪奈尔太太就知道了。”

福尔摩斯站在小院里，眼睛看着房子的后门。

“如果我想杀人焚尸的话，”他若有所思地说，“我绝不会把装着煤油的瓶子的盖塞得那么紧，以至于到了关键的时候无法打开。这是最起码的。”

我的思绪仍停留在刚才所见到的那一幕，因此，对福尔摩斯的这番分析并没有太在意。

剩下的十天，我们仍住在贝尔旅馆，在那些日子里，有关这起谋杀案的消息不绝于耳。我们知道死者叫罗丝·哈森特，今年二十三岁。在我看来，派森豪尔这个小镇的居民宁愿相信这个可怜的、怀着六个月的身孕的女孩结束了自己的性命，也不愿相信她是被镇上的人搞大了肚子之后杀害的。这种心态虽然可以理解，但却有违事实真相，至少与验尸结果不符。

在接下来的一个星期里，贝尔旅馆的女房东一有机会，就会将有关此案的最新进展向我们披露。在我看来，她所说的只不过是些风言风语的传闻，不必太当真。我和福尔摩斯都不知道，早在一年前，这件所谓“派森豪尔神秘谋杀案”就已有先兆，当时发生的那件事被称之为“派森豪尔特大丑闻”。我们的女房东在讲述那件事时绘声绘色的，很有点儿添油加醋的味道。

据她说，派森豪尔有两个年轻人，一个叫乔治·怀特，另一个叫艾尔方索·斯基那，他们属于那种专门喜欢窥探男女之间隐私的好色之徒。据这两个家伙说，他们在5月1号的晚上，看到罗丝·哈森特和一名叫威廉·卡迪奈尔的男子勾勾搭搭，两人的举止简直不堪入目。威廉·卡迪奈尔已婚，有六个孩子，在镇上的一家工厂当工长。

据说，这件事发生在派森豪尔的一个小教堂，这座小教堂的执事是在当地颇有声望的克里斯普先生，上面提到的那件惨案就是在普罗维登斯寓所他的家中发生的。罗丝·哈森特是他家的女佣，同时还负责打扫旁边这座小教堂，这样，她手里常常会有教堂的钥匙。威廉·卡迪奈尔的家在中心街的阿尔玛公寓，离普罗维斯登寓所不过两百码远。卡迪奈尔工作勤奋，同时还十分热衷于位于东边几英里以外的小镇西普顿的卫理公会教堂的活动。罗丝·哈森特也是西普顿那所教堂唱诗班里的一员。

听到有关他的传闻之后，威廉·卡迪奈尔断然否认，说这完全是无中生有。他当面质问那两个家伙，说他们造谣诽谤，但后者却拒不认错。于是，卡迪奈尔找了教会的牧师盖伊先生，请他对那项指控予以调查。调查的结果否决了那两人的指控，还了卡迪奈尔一个清白。牧师和几位年长的教友都认为，那两人的指控不过是“胡编乱造”而已，所以，他们请卡迪奈尔继续出任教堂的执事、唱诗班指挥和主日学校的校长等职务。

此后，卡迪奈尔找了一位律师，准备以诽谤罪起诉那两个年轻人，可后来他又取消了诉讼，理由是怀特和斯基那都没有钱，这样，即便官司打赢了，他也不得不自己承担诉讼费，而他却没有这笔钱。另外，他还考虑到，罗丝·哈森特可能“没有足够的勇气”去面对法庭的质询。无论卡迪奈尔先生是否无辜，这件事情肯定使他的名誉蒙上了一层阴影。

不管怎么说，撤销诉讼对威廉·卡迪奈尔的形象十分不利，这似乎意味着他承认自己有罪。不过，他的太太乔奇娜却根本不相信那项指控，她坚称，自己的丈夫那段时间里始终和她在一起。罗丝和卡迪奈尔太太一直是朋友，罗丝是卡迪奈尔家的常客，两个女人又都是西普顿教堂的教友，出了这件事之后，两人的关系也没有受到影响。但是，无论乔奇娜·卡迪奈尔的证词是真是假，她却一直遭到当地居民的恶意嘲讽，说她之所以这样说，是为了保护她的丈夫，还有她自己和他们的六个孩子。

不言而喻，在随即发生的罗丝·哈森特被害案中，卡迪奈尔首当其冲成了嫌疑犯。对他更为不利的是，此案之前的那些流言蜚语被当做所谓的证据在当地广为流传。我还记得福尔摩斯在尸体旁边看到的那个破碎的药瓶，药瓶上面写的正是卡迪奈尔太太的名字。对此，卡迪奈尔太太解释说，她把药瓶给罗丝的时候，里面装的是治喉咙痛的药水。肯定是后来凶手用它装了煤油，并企图纵火焚尸。

一位名叫亨利·鲁斯的牧师声称，自己在那次丑闻发生几个星期后，看到过卡迪奈尔和罗丝走在派森豪尔和那座小教堂之间的路上。后来，他曾写了封信给卡迪奈尔，劝他行为检点些。可是，这位鲁斯先生却无法解释，自己这封信为何由太太代笔，并匿名寄出。后来，人们发现，这位道貌岸然的鲁斯先生此前曾在另一个小镇写过这类造谣生事的匿名信，并且因为那件事被发配到了派森豪尔。

卡迪奈尔自己也承认，他的确给罗丝寄过两封信。不过，信被公布出来之后，人们发现，里面不过是如实陈述了自己为洗刷他们两个人的名誉都做了些什么而已。此外还有一封最能说明问题的信，是由一个匿名的追求者写的，据说此人就是卡迪奈尔，这封信罗丝·哈森特在被害几个小时前才收到。寄信人请她在那天晚上10点在她顶楼的窗台上点燃一支蜡烛，看到这个信号之后，他就会在半夜时从后面的厨房上来和她相会。后来，人们正是在厨房发现了罗丝的尸体。法院的权威人士托马斯·顾林认定这封信和信封上的笔迹是卡迪奈尔的。但是，两家小银行在对照了卡迪奈尔的签名之后，认为信并不是他写的，他们说，两种字体之间相似之处很少。

此案引起了轩然大波，不过，这同我们两个似乎并无关系。尽管如此，这件事还是成了当地的头号新闻，而且，在我们此次的旅行结束之前，威廉·卡迪奈尔被认定为杀害那名年轻女子的凶手而被警方拘捕。对此，我并不感到意外，因为当时所有的证据都指向了他。福尔摩斯很少谈及此案，他所关注的似乎只是苏福尔克的那些名胜古迹。

在我们假期的最后那个星期六，福尔摩斯提出，乘火车到附近的海边去吹吹海风。我们选定了亚尔毛斯作为目的地。那里的确风景怡人，只是商业气息较浓。这本身倒也无可厚非，但是，福尔摩斯在海边看到的一个花里胡哨的广告牌，让我们很是不快。广告牌向游人夸下海口，保证他们可以在一个帆布篷里看到"可怕的派森豪尔凶杀案"的精彩重现。

可怜的罗丝·哈森特死去还不到一个星期，被指控犯了谋杀罪的男子被捕才刚刚几天，当地这些无赖村民就已经想从这场悲剧中捞一把了。尽管这个展览肯定低俗不堪，但福尔摩斯还是想去看看。显然，展览的主人对于什么叫蔑视法庭、什么叫无罪推定等法律常识毫无概念，那些蜡像和布景也与事实相差甚远，但是，那些蜡像却向人们活生生地展示了威廉·卡迪奈尔将罗丝·哈森特的喉咙切开时的场景。这完全是蛊惑人心，误导公众。

面对这个令人无法容忍的展览，福尔摩斯一言不发。幸好警方已经接到举报，几个小时之后，展览被查封，主办者也被警察带走了。我们离开那里，来到海边之后，福尔摩斯转过身来，对我说：

"华生，除非我真的看错了，否则，这个讨厌的案子还会一直纠缠着我们。然而，我们所了解的案件又远远不够。问题是，有这么多无知的人竟会相信传播丑闻有助于揭示真相，这难道不奇怪吗？事实上，丑闻是掩盖事实的最有效的手段。幸亏眼下苏福尔克郡还不时兴私刑，威廉·卡迪奈尔真该为此感恩戴德。"

2

我搞不懂这个讨厌的案子为什么还会一直纠缠着我和福尔摩斯。威廉·卡迪奈尔谋杀罗丝·哈森特一案由格兰桑姆法官审理，陪审团也在伊普斯维奇的苏福尔克组成。无论是公诉方还是被告，都没有传我们到场作证。在案件审理中，他们甚至没有让我出庭提供死亡证明，一切都由那位雷医生搞定。

六个月之后的一个阴冷的 11 月的早晨，我们在贝克街的公寓吃完早餐后，福尔摩斯又一次提到了这个案件。

“华生，你今天没有什么急事吧？我估计将会有位客人来访，我希望你能在场。”

“是吗？有人约了你吗？我还以为我们今天没事呢。”

“没有人预先约定。其实，我根本不认识这位先生。”

“那他是谁呀？怎么能这样直接找上门来呢？”

“他叫厄尼斯特·怀尔德，是流行歌剧《帮助》的作者，他还写过一部很受欢迎的诗集，叫做《命运之灯》。”

“亲爱的福尔摩斯，你能否告诉我，这位和我们素不相识的剧作家和诗人，为什么会在没有约好的情况下来登门造访吗？这实在让人难以相信。”

福尔摩斯轻轻一笑。

“华生，这位厄尼斯特·怀尔德先生还是中坦普尔区的一位年轻律师，他也是派森豪尔谋杀案中威廉·卡迪奈尔的辩护人。此人很不简单，迄今为止，在他所辩护的三十件凶杀案中，他已经成功地将二十七名被告从绞刑架下解救了出来。”

我觉得，这的确很了不起。

“当然，他并没有使那二十七名被告获得自由，但至少使谋杀罪变成了误杀，这样一来，他的委托人还有机会再去申诉——或者再去杀人。人们都说，厄尼斯特·怀尔德先生是司法界的一颗新星。”

“那他为什么要来拜访我们呢？”

“老伙计，除了你之外，恐怕所有人都知道这是为什么。今天早晨，我一反常态，起得很早，所以，在你下来吃早餐之前，我已经把报纸看完了。威廉·卡迪奈尔的案子已经审理了两次，结果两个陪审团都没有达成一致的结果，所以，还要再审第三次。最糟糕的是，现在有十一位陪审员认定他犯了杀人罪，只有一人不同意，即便是此人，也并不认为卡迪奈尔是清白的，他只不过不赞成死刑而已，这是他公开对报纸讲的。我不得不说，要是没有这个人，卡迪奈尔这条命就岌岌可危了。厄尼斯特·怀尔德十分清楚，下一次审判的结果肯定是死刑。作为一名律师，凡是能做的他都做了，但仍收效甚微。在这种情况下，他还能去找谁帮忙呢？”

“可你怎么能这么肯定他会来呢？”

“别说了，我们等着瞧吧。”

我们静候了几分钟，却没有听到任何动静。我正在想着此事是多么荒诞无稽，却突然听到我们公寓外面的门铃响了。

“你瞧，这不是来了嘛！”福尔摩斯一脸得意。

看来，他已经把这位来客的事对哈德森太太说了。不一会儿，客厅的门开了。随着一声“福尔摩斯先生，怀尔德先生到了”，哈德森太太将一名三十出头的黑发男子领了进来。他面庞宽阔，浓眉大眼，嘴角上有一条深深的皱纹，一双灰色的咄咄逼人的眼睛给人一种严肃认真、不达目的誓不罢休的感觉。不过，他那冷峻的嘴唇和逼人的目光转瞬之间就能变成一种迷人的、孩子般天真的笑容。这名男子和我们两人握手之后，没等邀请就坐了下来，直奔主题。他朝桌上那份福尔摩斯刚刚看过的报纸点了点头，说：

“先生们，请原谅我这样冒冒失失地登门拜访。看来，你们已经看过报纸了，想必二位对昨天在伊普斯维奇关于那件凶杀案的审判结果已有所了解。只因一名陪审员特立独行，威廉·卡迪奈尔才避免了死刑的判决。可惜这个结果只是暂时的，假如他们执意复审的话，被告肯定在劫难逃。”

“他们一定会复审。”福尔摩斯一边说着，一边拿起了烟斗。“十一位陪审员已经认定被告有罪，他们不可能半途而废。”

“一点儿不错。他仅仅赢得了三个月的时间，在这段日子，他无论是吃饭、睡觉还是呼吸，都将在监狱里度过，而且那间牢房离执行绞刑的地方只有一墙之隔，如果没有那堵墙的话，他伸手就能够到绞刑架！福尔摩斯先生，我现在不是作为一名律师，而是以一个普通人的身份和你讲这番话的。我相信威廉·卡迪奈尔是无辜的，我敢以生命担保。可是，苏福尔克的人却宁愿他有罪。在如此不良气氛的影响下，被告在伊普斯维奇的法庭上永远也不可能被判无辜。”

“的确如此。”福尔摩斯把烟斗从嘴里拿出来。“不过，有你这样一位律师，他的确也很幸运。”

怀尔德先生不好意思地微笑着摇摇头。

“不，福尔摩斯先生，我已经竭尽所能了。但卡迪奈尔需要的不仅仅是像我这样的年轻律师，这种案子至少应由一位资深的大律师来经办。所以，昨晚的判决结果出来后，我立刻去伦敦，拜访了查尔斯·吉尔和爱德华·克拉克两位爵士。如果他们当中的一位肯在复审中出任卡迪奈尔的辩护人，我宁愿做他的助手。”

“他们不肯答应吗?”福尔摩斯扬了一下眉毛，尽管他对这个结果并不感到意外。“这也难怪，在所有的律师当中，查尔斯爵士和爱德华爵士是最忙的两位。我注意到，查尔斯爵士在玛丽拉伯恩铁路诉讼案中担当了首席律师，而爱德华·克拉克爵士则是登维奇的递补选举诉讼案中的首席辩护。至于爱德华·马歇尔·豪尔爵士嘛……”

“福尔摩斯先生，复审将在几星期内进行，而据那些人讲，未来的几个月里，他们的日程都已经排满了，这是无法更改的。他们不可能腾出时间和精力去为卡迪奈尔辩护，他们也不可能像我那样深入细致地调查本案的相关事实。可是，你也知道，我这样的一名年轻律师，在陪审团面前讲话没有分量，在法官眼里就更不用说了。”

福尔摩斯放下烟斗，同情地点了点头，说：

“昨天，你对陪审团演说的时候，劳伦斯法官不应该屡次打断你的话。不过，在卡迪奈尔案件的复审中，我怎么可能作为一名资深律师出场辩护呢?”

怀尔德将十个手指交叉在一起，又放松开来。

“我不是这个意思，先生。不过，首席法官有权阻止对威廉·卡迪奈尔的判决，换句话说，他可以因原告撤诉而宣布停审此案。”

福尔摩斯吸了吸鼻子，这是他对某件事情表示怀疑时惯做的小动作。

“我很难想象，首席法官会撤销这个案子。十二名陪审员中已有十一人认定原告有罪，而且其作案手法又是如此残忍。万一卡迪奈尔真是凶手，出去之后再次行凶杀人怎么办呢?”

怀尔德摇了摇头。

“我希望卡迪奈尔在一个与此前截然不同的法庭接受审判，这样，首席法官的决定才有可能不受外界的左右。目前，对于被告的指控完全建立在旁证和流言的基础上，没有任何直接的证据表明是他杀死了罗丝·哈森特。但是，那些旁证由于一条绯闻而变得真实可信了，它们足以误导任何陪审团，从而使被告受到不公正的对待。甚至连他的良好品行也可能给他带来负面的影响。”

福尔摩斯皱起了眉头。

“可是，你的辩护在某种意义上讲，不正是基于这一点吗？卡迪奈尔为人正直，信奉上帝，这都是事实。他还在教会里担任副执事、主日学校校长和唱诗班的指挥。”

“一点儿不错！”怀尔德拍着大腿说，“他要不是这么完美反倒好办了！在那次丑闻发生之前，镇子里嫉妒他的人给他起了一个外号，叫他‘圣人威廉’！我很理解那些人为什么要这么说他。卡迪奈尔在法庭上那副目空一切的样子简直就像一位牧师在教堂里面对他的教徒一样！可问题就出在这儿了，他十分高傲，根本无法容忍别人对他持任何怀疑态度。当我在法庭上向他问起怀特对他的指控，说他和罗丝·哈森特在小教堂里行为暧昧时，他朝我发火了，说那件事从头到尾都是瞎编的。接着，我又问他那位叫鲁斯的牧师在证词里说的一件事，说他曾看到卡迪奈尔和罗丝·哈森特两个人一起朝派森豪尔走。这事本身并没有什么，可是他也矢口否认，说鲁斯‘胡说八道’。后来，他的邻居作证说，凶杀案发生后的第二天早晨，曾看到卡迪奈尔在洗衣房点了一把火。卡迪奈尔听了之后，又大嚷大叫，说那位邻居‘恶意陷害’。”

怀尔德停了一下，又接着说：

“福尔摩斯先生，你明白他这样做的后果吧？卡迪奈尔容不得别人说他，他从来不肯说某某人也许看错了、那位邻居也许把洗衣房点火的日子记错了之类的话。在他看来，镇上所有说他坏话的人都是骗子。难怪他这么不得人心呢！可想而知，他的这种态度会对陪审团产生怎样的影响。”

福尔摩斯又抽了口烟，然后将烟斗从嘴边拿开，开始模仿法庭质询的那一幕。每到这时，我都忍不住在想，假如福尔摩斯当初选择了律师这一行的话，他将会是一个多么可怕的对手啊！

“我明白了，卡迪奈尔先生。”福尔摩斯模仿公诉方律师的口吻，和颜悦色地说，“你是说，所有这些证人都在撒谎，其中还包括你从前的朋友，对吧？那么请问，这些人为什么全都要编造关于你的谎言呢？你说不出原因，只知道他们都是骗子。难道只有你一个人在讲真话？你觉得上帝和陪审团会相信这些吗？”

福尔摩斯放下烟斗，又继续模仿说：

“这些人的证词都有据可查，而你所陈述的事实却毫无依据。难道你觉得上帝和陪审团会相信你的话吗？”

他再次停顿了一下，以期达到最佳效果，接着，他用同样的语调结束了他的表演：

“难道所有这些证人，其中包括以前曾经支持过你的鲁斯先生，现在，出于某种你说不出来的神秘的原因，都不约而同地联合起来编造关于你的谎言吗？你真的觉得上帝和陪审团会相信这些吗？”

怀尔德先生听了，浑身一颤。

福尔摩斯问道：“当时法庭的情形大致如此吧，怀尔德先生？”

“完全如此，福尔摩斯先生，几乎一字不差。”

“这是可以想象的。”福尔摩斯叹了口气。

“流言蜚语和捕风捉影反倒使本案的事实真相变得无足轻重了。连我自己都几乎被那些流言搞晕了！”

派森豪尔谋杀案的事实真相在案发后的数周之内被不断披露，各种消息层出不穷，然而，这些所谓的事实真相都是在原有事件基础上添油加醋的结果，每个版本都对威廉·卡迪奈尔不利。斯基那说，他和怀特当时躲在那座教堂附近的一排树篱后面，听到一对男女在行苟且之事。他还记得，那对男女当时还拿圣经里的《创世篇》开玩笑，这种暗示足以引起某些人肮脏的遐想。此前，斯基那和怀特已经说过，他们躲在教堂外面，先是看到罗丝·哈森特从里面出来，过了一会儿，又看到卡迪奈尔也出来了。这两个家伙发誓说，他们不仅听到了罗丝和卡迪奈尔的声音，还看到了他们本人。

且不说这些证词是否在法庭上被人接受，在小镇的居民当中，这个故事无疑得到了广泛的认同。人们全都相信了这两个偷窥者的话，认为卡迪奈尔是罗丝的情人，罗丝怀了他的孩子，结果，卡迪奈尔为了防止人们追查出他是孩子的父亲，残忍地将这个年轻女子杀害了。这种解释也是镇上的人乐于听到的，他们宁愿叫威廉·卡迪奈尔一个人去背这个黑锅，好让其他人松一口气。

这里，我只是将怀尔德先生的话大致归纳了一下。当时，他足足用了一个多小时向我们解释整个案件的审理情况。讲完之后，他靠在座椅上，眼巴巴地看着我和福尔摩斯。

福尔摩斯站起身，走到餐具柜前，将烟斗重新装满。

“我完全理解你的苦衷，怀尔德先生。尽管我还不能肯定卡迪奈尔是无辜的，但是我看到了，在此案中，公平和正义受到了威胁。不过，我还是不太明白你想让我做些什么。”

怀尔德先生紧盯着福尔摩斯的眼睛。

“我想请你参加一场决斗，福尔摩斯先生。”

听了这话，福尔摩斯一屁股坐了下来，哈哈大笑，仿佛忘记了本案的严肃性。

“你是打算使用棍棒还是手枪呢?”他问道。

厄尼斯特·怀尔德的表情却十分严肃。

“我认为，威廉·卡迪奈尔在这个法庭不可能得到公正的审判，尽管我不该说这种话。他唯一的希望是开辟另一个战场。”

“那又有什么用呢?”我插了一句嘴。

怀尔德看看我，说：“华生医生，威廉·卡迪奈尔最后的希望是让法庭看到他的无辜，因而撤销这项指控。不管当地的舆论如何，法庭还是有这个权力的。”

这简直是一厢情愿。我听了不禁一愣。

“法庭已经有了十一位陪审员的一致意见，若不是另外那个人脾气古怪的话，恐怕也早就被他们争取过去了。在这种情况下，他们凭什么要撤销指控呢?”

“等一下。”福尔摩斯插话说，“怀尔德先生，请你解释一下这另一个战场的事，说说你要我参加的这场决斗。”

这位年轻律师长嘘了一口气，似乎终于知道他已经把福尔摩斯的兴趣调动起来了。

“福尔摩斯先生，在你的同行中——请允许我把他们称做你的同行——有一些是伦敦警方的出类拔萃之辈。”

“在一群废物当中脱颖而出，这没什么了不起的。不过，请接着往下说。”

“我们可以在他们当中选一名最出色的警探，然后由你们两人在没有任何流言、成见和压力的干扰下，将那些证据和证人仔细审查一遍。你们可以相互合作，也可以各持己见。你们的调查结果最后将被递交给检察官或首席法官，甚至可以呈送给内务部长本人。如果你能取胜，我想，以你的声望，法庭很可能会撤销起诉，让威廉·卡迪奈尔逃过这一劫。这样一来，他的妻子和儿女也能从这场噩梦中解脱了。”

“假如我赢不了呢?”福尔摩斯冷冷地说，“那么，为此而付出代价的将不仅仅是我的声誉。还有，我必须提醒你，如果要我来调查那些证据的话，结果可能并不是你所想要的哦。”

“关于费用你尽管放心。有两家报社，《太阳报》和《东英格兰泰晤士报》都表示愿意支付与本案有关的一切费用。”怀尔德先生说。

听到这话，福尔摩斯似乎有些动心了。

“主持正义倒并不一定要金钱作为报答。不过，在我决定介入本案之前，我必须见一下威廉·卡迪奈尔本人。另外，就算我答应了你，苏格兰场和首席法官也未必愿意采纳你的建议。”

厄尼斯特·怀尔德显得有些尴尬。

“查尔斯·吉尔爵士和爱德华·克拉克爵士不能接受此案的辩护状。不过，这两位都是司法委员会的成员，他们答应我说服爱德华·卡尔森爵士，让他以首席法官的名义，批准这次独立调查。这两位先生在法律界很有影响，卡尔森爵士和他们也很熟悉。爱德华·克拉克爵士是前一任首席法官，后来曾在那场轰动一时的奥斯卡·王尔德对昆士伯里伯爵一案中担任王尔德的首席辩护律师。卡尔森当时是昆士伯里的律师，查尔斯·吉尔是他的助手。所以，我想，卡尔森对他这两个德高望重的朋友的建议是不会轻易拒绝的。当然，在调查期间卡迪奈尔是不会获得自由的。如果你一定要先见他一面，我可以领一张探视许可证。你们可以专程跑一趟，到伊普斯维奇的监狱去见他。”

“需要的话，就是跑到天涯海角也没关系。”福尔摩斯说着，站了起来，眼睛凝视着蒙蒙细雨笼罩下的贝克街和远处的景色。刚才那句话他说得很轻，从他的语调里，我无法听出他是否在开玩笑。只有在他转过身来时，我才看到了他那炯炯有神的目光，这目光中包含着一种非同寻常的决心和正气。

3

三天之后，在从利物浦街到伊普斯维奇的火车上，我问福尔摩斯，他是怎么知道厄尼斯特·怀尔德会这么快来找我们的。

“那是我在哄你呢，华生。”他边说边关上了车窗。“我一直在关注报纸上有关此案的消息，并且已经预料到了将会出现这样的结果。怀尔德来访的前一天，我在晚餐前收到了爱德华·克拉克爵士的一封信。他告诉我说，他无法满足怀尔德先生的请求，但是他们两人讨论了眼下这种安排的可能性。爱德华·克拉克爵士也为此案深感不安，他请求我和这位年轻人谈谈。我当即回了他一封信，建议第二天早晨和怀尔德律师见面。本案刚一开庭，我就觉得被告方会有麻烦。所以你看，这一次你又高估了我，以为我能未卜先知呢!”

他凝视着窗外伦敦北部泥泞的田野，不紧不慢地说：

“我从一开始就觉得这件事情不对头。卡迪奈尔确有杀害罗丝·哈森特的嫌疑，但后者肯定是被镇上的人杀死的。不过，卡迪奈尔是一个通过自己的奋斗取得了成功的人，不但如此，他还学会了读书写字。而他周围的许多人却从来不去做任何努力以改变自己的命运，在这些人当中，肯定会有人嫉妒他。当然，我并不是说因为有人嫉妒他，他就一定不是杀人犯。卡迪奈尔是一个意志坚定的人，这种性格也有可能使他铤而走险。另外，他是一个虔诚的教徒。据我所知，信奉美以美教的大多是些头脑简单的穷人。虽然我个人对他们的教义并不感兴趣，但是我尊重那些信徒。不过，在信教的人当中也不乏杀人犯，所以，我也不能想当然地认定他是无辜的。”

火车在一个岔道口停住了。车厢里静悄悄的，可以听到火车排放蒸气的声音。过了一会儿，火车晃荡了一下，又继续向前开。

福尔摩斯接着说：

“是的，华生，对那些喜欢搬弄是非的乡下人来说，还有谁会比一位埋头工作、信奉宗教的先生更容易遭到他们的攻击呢？人们总喜欢去证实别人的虚伪，或许是为了转移视线，使自己不受注意，这是一种通病。你自己也看到了，卡迪奈尔刚刚被捕几个小时，在亚尔毛斯海滨，他们已经把他的犯罪行为制成蜡像向公众展示了。仅凭这一点就能决定卡迪奈尔的命运。”

歇洛克·福尔摩斯滔滔不绝地东拉西扯，弄得我也不明白他心里究竟是怎么想的。

我忍不住问了一句：

“从我们目前所掌握的情况来看，你还不能判定他是否有罪吗？”

他朝车窗外面的树木和农田做了个鬼脸，说：

“这个嘛，老伙计，要等我对他稍微再了解一下才能告诉你。”

火车开进伊普斯维奇车站时，怀尔德先生和他的助理阿瑟·雷顿已在站台等候我们了。随后，马车拉着我们穿过这个乡镇的街道，来到了监狱的大门外。英国各地的监狱都大同小异，外观看上去像座堡垒，里面空气混浊，给人一种绝望的感觉。我们被带进一个房间，这是专供犯人和律师见面的地方。福尔摩斯的老对头，苏格兰场高大魁梧的警探拉斯特雷德，早已等候在那里了。和他一起的还有这座监狱的监狱长，此人是一名退伍军人。房间里很压抑，这原本是间牢房，里面的陈设十分简单。对面墙上有一扇带栅栏的铁窗，屋子里仅有的家具是一张桌子和六把椅子。眼下正值阴冷的冬季，即使是中午，挂在淡绿色墙上的那几盏瓦斯灯也点着火。

互相介绍过之后，监狱长对我们说：

“先生们，我们会把犯人卡迪奈尔和你们想见的其他证人带来。我会尽量使你们不受任何干扰。有拉斯特雷德警探在这里，我想房间里面有一名看守就够了。另外，我还会在门外安排两名狱警值班。不过，卡迪奈尔的手铐不能摘掉。我会尊重你们的隐私，等我把这里的事情安排完之后，就不会再来打扰各位了。”

接着，监狱长出去，让看守将卡迪奈尔带来。房间里只留下了我、福尔摩斯、怀尔德律师和拉斯特雷德警探。

拉斯特雷德转过身，对福尔摩斯说：

“福尔摩斯先生，我可是看在你的面子上才帮这个忙的。要是换了别人，我才不干呢！”

福尔摩斯微微一笑。

“亲爱的拉斯特雷德，是我在帮英国司法机构的忙。不过，这些并不重要，重要的是，我们必须将凶手绳之以法；同样，我们也不能把一个无辜的人送上绞架。对于这个案子，我和你一样，没有什么框框。我将以事实来向你证明卡迪奈尔究竟是否杀害了罗丝·哈森特，然后，请你把调查结果向你的上司或首席法官汇报。我所要求的就是这些。”

“我们不如把这个案子交给法院去审理。”拉斯特雷德无精打采地耸了耸肩，把一张木椅子拉到桌子跟前，然后坐下来，将笔记本打开，放在面前。

“我宁愿把此人的命运交到你手上，也不愿意让陪审团来决定。”福尔摩斯淡淡地说了一句，“我对你们的法院实在不敢恭维。”

这番话似乎使拉斯特雷德感到很意外，他坐在那里，半晌没再说话。我和福尔摩斯、怀尔德在他旁边坐了下来。我们的对面摆了一把专为证人们准备的椅子。我们刚刚坐定，房门就打开了。一个又高又壮的男子在两名狱警的看押下走进了房间。我们几个抬起头，看着这名戴着手铐的被告。他的命运就掌握在我们的手里。威廉·卡迪奈尔今年三十四岁，他身材匀称，眼睛明亮清澈，头发乌黑，有些像西班牙人的后裔。后来我得知，他的祖先是勤劳的胡格诺教徒，两个世纪前，他们为了逃避宗教迫害，从法国来到了苏福尔克。

根据事先的约定，厄尼斯特·怀尔德把本案的审理交给了歇洛克·福尔摩斯和拉斯特雷德。

福尔摩斯看着这位高高大大、满脸黑胡须的囚犯，轻声说：“请坐，卡迪奈尔先生。”

我看到在卡迪奈尔平静的外表下隐藏着一种激动的情绪，想必已经好几个月没有人客气地称他为“先生”了。

尽管戴着手铐，但他仍可以轻松地在那张椅子上坐下。面对福尔摩斯逼视的目光，卡迪奈尔并没有回避。他的脸上没有敌意，但表情中充满了自信。

“我叫歇洛克·福尔摩斯，我右边的这位是拉斯特雷德警探，坐在我左边的是我的同事华生医生。至于怀尔德先生，你早就认识了。你知道我们为什么到这里来吗？”

“知道，先生。”卡迪奈尔说话时口气很沉稳，只有在涉及他的妻子、孩子或宗教等问题时，他才变得有些激动。“我完全了解你们此行的目的。对此，我深表感激。”

福尔摩斯往椅背上一靠，动作似乎显得有些突然。

“我们并不是到这里来让你感激的，我们来的目的是要维护司法的公正。如果你是无辜的，我们会全力证明这一点；如果你有罪，我们也绝不包庇。”

“这么说，我们的目标是一致的，先生。”卡迪奈尔的口气还是那么沉稳，“如果你们真的能够将事实公布于众的话，那我并没有什么可害怕的。”

说完这些之后，卡迪奈尔才把目光从福尔摩斯的脸上移到桌面上。在这间阴暗简陋的牢房中，我似乎在卡迪奈尔身上看到了一种非凡的人格魅力，这一点有时就连福尔摩斯和拉斯特雷德都相形见绌。此人若不是忠厚正直的楷模，就是阴险虚伪的魔鬼。究竟如何，今后的两三天内就可见分晓了。

福尔摩斯通过询问，引导他回顾了自己一生的经历。

卡迪奈尔出生在一个有九个孩子的贫寒家庭，凭借着自己艰苦的努力才逐渐改变了命运，成了派森豪尔镇一家工厂的工长。他在两英里外西普顿的那座卫理教会娶了一位可爱的妻子。他信奉他们的宗教，在教会中的地位也和在工作中一样，不断提升。这个贫苦出身的穷孩子今年三十四岁，他现在不仅是教堂的副执事，还兼着主日学校校长、唱诗班指挥以及琴师，尽管他那个唱诗班不过才十来个人，所谓的琴师也不过是在一架小风琴上弹出几个简单的和弦而已。已婚的威廉·卡迪奈尔就是在这个教会认识罗丝·哈森特的。当时罗丝才二十岁，是由她原来的男朋友介绍到教会来的，后来，她和那位男朋友分手了。罗丝小姐是卡迪奈尔唱诗班的成员，还曾经找卡迪奈尔学过弹风琴。

在其他方面，卡迪奈尔也是镇上的佼佼者。他学会了读书看报，字写得也还可以，只是偶尔用词不当。据他的老板说，两年前，公司曾派他去巴黎主管一个展台，当时他曾给公司写过几封信，汇报那里的情况。据说，一些邻居对他颇为眼红，说："这个穷小子太走运了。"

"好吧，"福尔摩斯了解了这些基本情况之后说，"现在，请你谈谈凶杀案发生前，也就是5月1号那天晚上的事。那件事引起了人们对你和罗丝·哈森特小姐的许多议论，对吧？请你告诉我们，那天你都做了些什么？你在7点到9点之间在什么地方？"

卡迪奈尔再次看着福尔摩斯的眼睛。

"这事很容易说清，先生。那天下午，我赶车送史密斯先生去顿维奇办事，他可以证明我们回来得比较晚，是在7点多钟回工厂的。我照例洗刷了马匹，然后给马喂饲料，但那匹马怎么也不肯吃东西。于是，我决定等一会儿再来喂它，要是它还不吃的话，我就必须向史密斯先生报告了。我7点半钟回家喝的茶，我的妻子可以证明。从工厂到我家大约有四分之一英里，六七分钟就走到了。"

"你通常什么时候喝茶？"福尔摩斯问道。

"通常都是6点钟，先生。那天我吃完饭时不到8点，然后又过了五分钟，我出门去厂里查看那匹马，看它有没有吃东西，结果发现它已经把饲料吃了。我到工厂时才8点多一点儿，顶多8点5分的样子。后来，我看到罗丝·哈森特小姐站在小教堂门口。罗丝每周都要去打扫教堂。当时，我并没有看到怀特，即便他在那里，估计也躲着没让我看到。罗丝在克里斯普家做工，那座教堂是教徒的共同产业，克里斯普先生又是教会的执事，所以打扫教堂也是她工作的一部分。”

“当时是你上去找她的?”

“不是，先生，是她叫我过去的。她说，她刚刚打扫完教堂，想要锁门，但门却关不上。她是我和卡迪奈尔太太的朋友，我们认识已经有好几年了，所以，我自然要去帮她的忙。那扇门很旧，我发现由于雨水的浸泡，门的底部有些膨胀。我用力撞了一下，将门关严，这样就可以锁上了。然后，我们两个一起往回走。根据他们后来的测量结果，小教堂离那条街道有三十码的距离。我们一起走到普洛维登斯寓所，大约用了几分钟时间，那儿离我家还有一半路。一路上，我们谈了教会的一些事，比如在纪念日唱什么歌之类的。我在街口和她分手，看着她进了普洛维登斯寓所，才又接着往家走。从那儿到我家也不过是两分钟的路。事情就是这样的，先生，不管他们怎么说。我妻子会告诉你，那天我是 8 点半之前到家的。”

拉斯特雷德警探早就按捺不住了。他开口问道：

“那个叫乔治·怀特的年轻人讲的和你不一样，这是怎么回事?”

“先生，那天我看到了他两次。一次是 7 点半之前，我从厂里回家喝茶的路上，我当时看到他在厂门口闲逛。过了半个多小时我回来的时候，他还在那儿。我认识他，他是厂里的工人，可我从来没和他说过话。”

“就这些吗?”

“就这些，先生。”

“不对吧?”拉斯特雷德的语气中带着明显的恶意。“这里不是法庭，但你说话还是漏洞百出。对于怀特和斯基那的指控，你有何话说？请不要告诉我他们从头到尾都在撒谎，这儿没人相信你的话。威廉·怀特在法庭上作证说，他那天晚上看到罗丝·哈森特大约 7 点半钟进了小教堂，几分钟之后，他看到你也跟着进去了。尽管他的行为有些令人不齿，但当时的事实是，他找来了他的朋友艾尔方索·斯基那，一起偷看你和那位年轻女子在干什么。照他的话说，他们是想从中找点儿乐子。大约 8 点钟左右，这两个年轻人蹲在教堂西南窗口外面的一排树篱后面，听到了你和一位年轻女子的声音，后来，他们认出了那位年轻女子就是罗丝·哈森特。这些都是他们在法庭上发誓作证的。他们还听到了一种不堪入耳的声音……"

卡迪奈尔面色铁青，脸绷得紧紧的。

"那是……"

"请你不要打断我的话。"拉斯特雷德冷冷地说，"我还要奉劝你一句，别再说什么他们是在撒谎之类的话了，除非你能拿出证据来。那两个年轻人听得十分清楚，斯基那还听到，你和罗丝·哈森特说到你们之间见不得人的事时，引用了《创世篇》三十二章中的一段。你和那个女人在教堂里的时候，怀特离开了大约十分钟，他回来后又待了十五分钟，听到了你们后面的谈话，还看着你们两个人离开了教堂。他们躲在树篱后面，先是看到那个女孩儿出来，然后你又跟着出来了。"

卡迪奈尔无法继续保持沉默了。

"这完全是血口喷人！我发誓，这不是真的！上帝作证，我用名誉担保！他们为什么要这样对我呢？我从来没有得罪过他们！"

拉斯特雷德刚要开口，歇洛克·福尔摩斯插了进来。

“请等一下，拉斯特雷德。不是说卡迪奈尔先生和那个女孩儿一起走出教堂的吗?”

拉斯特雷德翻了翻手上的几页文件。

“据斯基那说，是罗丝·哈森特先出来的，几分钟后，卡迪奈尔才出来。他说，那个女孩儿朝普洛维登斯寓所的方向走了，卡迪奈尔从教堂出来后，先悄悄走到马路对面，然后也朝同一个方向走了。斯基那还在后面跟了他一段。福尔摩斯先生，我知道你经手过许多比这更加复杂的案件，不过我还是想提醒你一句，偷情的人一般很少同时离开现场。”

听到这话，福尔摩斯似乎松了口气，这令我感到有些不解。

这时，卡迪奈尔又忍不住发话了：

“那两个年轻人说，他们8点20分躲在树篱后面，可那时候我正从教堂往家走呢。斯基那说，他在那里待了大约一个小时，怀特也是如此，只是中间走开了十来分钟，可是，我在那之前就已经到家了。斯基那说，他在教堂外面待了一个小时，怀特待了四十五分钟，但是我的太太可以作证，在教堂里这件所谓的丑闻发生时，我一直都在家里。她对此很清楚，所以她根本就不相信那些流言蜚语。”

“那是她那么说罢了。”拉斯特雷德冷冷地说。

卡迪奈尔狠狠地瞪了他一眼。

“你相信那两个下流胚的话，还是相信她的话呢?那天晚上，我只见了罗丝·哈森特一次，就是我8点1刻从厂里出来的时候。我当时只是去把教堂的门撞上，好让她锁门，我根本就没进去。后来，当我听说那两个小青年说的那些事之后，我曾向法院控告他们诬陷。”

“可是后来你又撤销了起诉。”拉斯特雷德说。

“那是因为律师说，那两个家伙没钱，即使官司打赢了，诉讼费还得我来出，而我又不想付这笔钱。何况，他们两个可以串通一气，死不认账，我却只有我妻子能作证，这样会引起别人的猜疑。当然，罗丝也可以作证，但我不愿意让一个女孩子到法庭上去受人家的质问。”

这时，福尔摩斯探过身，问道：

“卡迪奈尔先生，我有一个非常简单的问题。假设这件事是怀特和斯基那胡乱编造的恶作剧，可是，在罗丝·哈森特被人杀害、你被指控谋杀之后，他们为什么还要坚持撒谎呢？”

我本来以为，卡迪奈尔听了这话之后会情绪失控，没想到他却十分平静。

“福尔摩斯先生，这是他们邪恶的本质所决定的，问题就这么简单，我可以解释给你听。罗丝死后，他们知道，如果说了实话，承认他们在那件事上撒了谎，那我肯定会被判无罪释放。我和罗丝之间没有任何见不得人的事情，而他们反而会因为编造谎言使自己陷于不利的境地。他们害怕我恢复自由之后，会设法弄一笔钱，然后告他们诽谤罪。有了陪审团的判决，他们很清楚我肯定能打赢这场官司，而他们很可能会因犯伪证罪而入狱服刑。当庭撒谎，不顾别人的性命，还有什么比这种行为更为可恶的吗？所以，为了逃避服刑，他们希望我被绞死，只有这样，他们才能平安无事。这些话我在法庭上从来没说过，因为我没有证据。我唯一的证人是罗丝·哈森特，但她已经死了。不过，既然你问到了我，福尔摩斯先生，我只能告诉你，他们就是这种邪恶之徒。这两个人最有可能就是杀害罗丝的凶手。”

卡迪奈尔的这番话，如果是在法庭上讲出来，可能会对他不利。可是，此时此刻，我却觉得他说得很有道理。

然而，拉斯特雷德警探却并不买账。

“卡迪奈尔，你尽可以随便说他们是邪恶之徒。”拉斯特雷德不客气地说，“但这丝毫不能说明问题，除非你能拿出证据来。那两位证人是主动出来作证的，他们从来没有拒绝回答任何问题。”

“我可以向你证实他们是什么货色！”卡迪奈尔的话音虽不高，但眼睛里却带着愤怒。“先生，如果是你看到了他们所说的那种肮脏的行为，当事者是一名年轻女子和一个已婚男人，这两个人你又都认识，你会怎么做呢？”

拉斯特雷德的脸色一变。

“卡迪奈尔，你是来回答问题的，不是来向我们发问的！”

“没关系，拉斯特雷德，”福尔摩斯劝解说，“回答一下也无妨。”

我看到，拉斯特雷德气得眼珠子都要瞪出来了，但无奈之下他只得让步。

“好吧，如果那个男的我认识，我会私下里找他说说这件事。”

“一点儿不错，”卡迪奈尔感激地说，“或者，如果那样做还不起作用，你可能会找他的妻子谈谈。可是，你不会绕开这名男子和他的妻子，背地里在所有认识的人当中说他的坏话。先生，这就是好人和坏人的区别。你信不信我的话并不重要，但是，我请你自己判断一下这两名证人的人品究竟如何。他们只会搬弄是非。”

“舌头长在自己的嘴里，”福尔摩斯沉思地说，“别人谁也控制不了。”

“诽谤是致命的毒汁。”卡迪奈尔接着说，“这一句出自《新约》中詹姆斯书信第三章第八节，福尔摩斯先生。”

福尔摩斯和拉斯特雷德结束了有关卡迪奈尔和罗丝之间的那件丑闻的询问之后，我感觉才过了两个小时，可是，等我们走到监狱的院子里时，我一看表才发现时间已经过了四个多小时了。我刚才一心专注于对卡迪奈尔的询问，没想到时间竟过得如此之快。

这时，天已经黑了，空中飘着阴冷的细雨，从地面的积水和墙壁的石砖上可以看到油灯反射出来的光影。我们站在监狱门口的灯下，等着阿瑟·雷顿的马车送我们到白马旅馆去。

高大魁梧的拉斯特雷德披着件大衣，站在福尔摩斯对面。

“福尔摩斯先生，”这位苏格兰场的警探悻悻地说，“我看咱们问了半天也毫无进展。你那位委托人还是逃不脱死刑的判决。”

“他不是我的委托人，”福尔摩斯不急不忙地说，“如果说我真有个委托人的话，那应该是怀尔德先生。我只不过是想根据证据来判断出卡迪奈尔是否有罪。不过，你觉得刚才的问询毫无进展，我可不敢苟同。”

“我认为，我们白白浪费了一下午的时间。”

福尔摩斯说：“小教堂里的那件丑闻，是凶杀案发生之前能够证明被告和死者有过不正当关系的唯一证据。罗丝是卫理教会的会员，又是卡迪奈尔夫妇的朋友，经常去他们家，而且，在丑闻出来之后还继续和他们保持这种联系。如果卡迪奈尔太太认为罗丝和她丈夫有染，这种关系是不可能保持的。众所周知，卡迪奈尔太太曾两次出庭作证，这种女人有可能同意把她丈夫的情人带到家里，让她和那六个孩子在一起吗？卡迪奈尔拒不承认那件丑闻，他太太也说那根本不可能，因为那段时间他一直待在家里。如果没有怀特和斯基那的这个故事，人们绝对不会把卡迪奈尔和罗丝·哈森特的被害和怀孕联系起来。拉斯特雷德，我并不认为我们今天下午的时间被白白浪费掉了。”

“那你最好看看这个，福尔摩斯先生。”

拉斯特雷德从口袋里掏出一个信封，从里面取出两张照片，上面是警察局拍的两份手写的字迹。第一张照片上是两页信，信是由罗丝·哈森特的弟弟转交给她的，信上说，卡迪奈尔准备就“有人蓄意编造的关于你我之间在小教堂里的丑闻”向怀特和斯基那提出起诉。两页信上都有卡迪奈尔的签名，笔迹圆润有力，但用词有些不当，很像没有受过正规教育的人写的。另外，写字的人还喜欢把句子当中以“P”和“R”起头的单词的开头字母写成大写。

“还有这封。”拉斯特雷德颇为得意地将第二张照片拿给我们看。照片上是一封约会的书信，信是罗丝·哈森特被害的那天晚上写的，显而易见，写信的人就是杀害罗丝的凶手。此外还有一个信封，上面的收信人是“萨克斯蒙德汉姆市，派森豪尔镇，普洛维登斯寓所，哈森特小姐”。信是这样写的：

> “亲爱的罗丝：今天晚上请你于10点钟左右在窗口点亮一盏灯，让它持续十分钟。看到此信号后，我将会在12点去看你。届时请不要点灯，我会从后门进去。”

“看来，”福尔摩斯淡淡地说，“你的消息比我们灵通啊，拉斯特雷德。这就是那位大名鼎鼎的笔迹专家所说的可以给被告定罪的证据吗？伙计，依我看，这还差得远呢！”

“你是说这两封信字体不同吗，福尔摩斯先生？”

“不，我不是那个意思。”福尔摩斯说，“两封信的字体很相似，也许过于相似了。我所怀疑的是，凶手那封信究竟出自何人之手。我们先来看这些信的措辞，要知道这和字体是两码事。头两封给罗丝·哈森特的信是卡迪奈尔亲手所写，他自己也承认了。这两封信的措辞拙笨，像是出自一个没有受过正规教育的人之手。请看，这两处动词的时态用错了，还有，这个句子有十一行，中间竟没有标点符号。由此可见，他使用标点还有困难。相比之下，这封没有署名的似乎出自凶手的约会信却文体流畅，用词准确。显然，写这封信的人是不会犯卡迪奈尔那样的语法错误的。这些差异虽不是什么大事，但却很能说明问题。”

“这我可看不出来。”拉斯特雷德固执地说。

“是吗?”福尔摩斯把两张照片拿到门口的灯下。“那再让我来帮你分析一下这些笔迹吧。在这封应是出自凶犯之手的没有署名的信里，句中不该大写的‘P’和‘R’出现得较多，在七行字里出现了三次。在卡迪奈尔签名的那两封信中，第一封有十八行字，不该大写而大写的‘P’仅出现了一次，‘R’一次都没有，尽管有四次机会。第二封信总共有三十六行，但这种错误却根本没有出现。”

“福尔摩斯先生，这些究竟能说明什么呢?”拉斯特雷德怀疑地说。

“亲爱的朋友，这说明，有人在故意模仿卡迪奈尔书写中偶尔犯的错误。还有一点，模仿出来的字体也并不完全一致，它看上去很像卡迪奈尔的笔体，但是更加圆润，更加工整。假如我们的笔迹专家能明白一个事实的话，那么，许多假冒签名的骗子就难以得逞了。这个事实就是，人们在签名时很难做到每次都一样，那些看上去过分相似的签名，十有八九是精心模仿的结果。”

“福尔摩斯先生，你到底想说什么呢?”

“拉斯特雷德，我想说的是，这封没有签名的约会信是用卡迪奈尔的字体写的，但却是刻意模仿的结果。另外，从它的信封上也能看出问题来。”

“信和信封都出自同一个人之手，这一点你总不能否认吧?”

“这我毫不怀疑。”福尔摩斯把那张照片拿到拉斯特雷德眼前，“可你看看这上面的地址。”

拉斯特雷德将地址慢慢念了出来：“萨克斯蒙德汉姆市，派森豪尔镇，普洛维登斯寓所，哈森特小姐收。”

“看到了吧，”福尔摩斯说，“信封上的邮戳是派森豪尔的。发信人肯定将这封信投进了派森豪尔中心街邮局对面的邮箱里，然后被邮差收走，盖上邮戳之后再送出去的。地址上的萨克斯蒙德汉姆完全是多余的。尽管它是这里和伊普斯维奇之间最大的城市，但这封信根本就到不了那里。这就如同你在伦敦发信给本市，还要写上‘英国伦敦’一样多此一举。威廉·卡迪奈尔在派森豪尔住了这么久，他写信给本镇的人绝不会添上萨克斯蒙德汉姆的地址。”

“除非他想隐瞒自己的身份。”拉斯特雷德说。

福尔摩斯哈哈一笑。

“倒不如说除非他想引人注意。假如他真是想隐瞒自己的身份的话，还不如跑到萨克斯蒙德汉姆去发这封信呢，那样的话，信封上会有那儿的邮戳。今天下午，我们刚开始调查的时候，我以为卡迪奈尔很可能就是杀人凶手。可是，亲爱的拉斯特雷德，你使我改变了想法，我现在几乎可以认定他是无辜的。”

听了这话，这位苏格兰场的警探有些火了。

“随你怎么想吧，福尔摩斯先生，可我不想在这儿瞎耽误工夫。如果你不介意占用一下你的旅馆的话，我们何不今天晚饭后就把这桩案子了断。事实都明摆着，再去查证也意义不大，我不能总是待在伊普斯维奇呀。”

“我的天哪！你到这里不过才几个小时而已！”

此后，大家自然也没有更多的话可说，直到马车驶进了旅馆的院子里。那天晚上，这座不很宽敞的旅馆里客人很多，其中不少是各地前来出庭的律师。几周以来，这些法律界的同行们都喜欢聚在这里共进晚餐，但今晚怀尔德先生却和我们坐在了一起。我们四个人在餐厅坐下来后，沉默渐渐被打破，不过，大家仿佛有一种默契，尽量避免提到这桩案子，似乎都在等待着晚上的辩论。

4

像往常出门时一样，福尔摩斯在旅馆的卧室旁边包了一间私人会客室。拉斯特雷德、怀尔德和我各自在沙发上坐定，在我们身边的茶几上摆着一瓶威士忌、一壶热水和一碟柠檬。

“我们先来谈谈基本案情，”福尔摩斯环视了一下我们几位，说，“有些事实是很清楚的。5 月 31 号，罗丝·哈森特收到一封匿名信，信是她的情人写的，他让她 10 点钟在普洛维登斯寓所她住的楼顶房间的窗口点上一盏灯，并且答应会在半夜从后门上来和她相见。至于信是否出自卡迪奈尔之手，目前还有争议。”

“的确是他写的。”拉斯特雷德插嘴道，“托马斯·古林曾两次出庭作证。他是这方面的专家。”

“那倒未必。”福尔摩斯不动声色地回了他一句，“不过，我们还是先来看看 5 月 31 号那天晚上发生的事吧。罗丝在她窗口点了一支蜡烛，蜡烛亮了十分钟左右，当时，卡迪奈尔和他的邻居正站在各自的门口或街上察看暴风雨。如果卡迪奈尔站在当街的话，他可能会看到两百码之外罗丝小姐窗口的灯光。撇开别的不谈，我们知道罗丝·哈森特 10 点时肯定还活着，而在第二天早晨8点以前就死去了。”

“更确切地说是4点前，”我插了一句，“根据尸僵的程度来看，很可能是在2点钟左右。”

“好的。”福尔摩斯放下酒杯，看了一眼放在桌上的文件。“卡迪奈尔夫妇的邻居，去世的五金店老板的太太罗桑纳·迪肯森，因为害怕暴风雨，所以请卡迪奈尔夫妇过去陪她。卡迪奈尔太太是11点30分左右到迪肯森太太家的。卡迪奈尔说，他先要去查看了一下孩子们睡了没有，然后，他大约十五分钟之后也到了迪肯森太太家，也就是11点45分的样子。据迪肯森太太说，卡迪奈尔当时显得‘镇定自若’，脚上穿着拖鞋，身上的衣服也不像是出门时穿的，更别提在那种风雨交加的天气了。卡迪奈尔夫妇在迪肯森太太家里一直待到凌晨1点半。从法庭记录看，并没有人对迪肯森太太的证词提出质疑，由此看来，这个事实是可以接受的吧？”

拉斯特雷德警探把烟斗从嘴边拿开。

“我想可以。”

“很好。卡迪奈尔太太说，他们回家后就睡觉了。据她说，那天快到2点钟的时候，天色开始微明。要知道，这是6月1号，几乎是一年之中太阳出来最早的一天。这对夫妇2点20分上床时，卡迪奈尔太太对她丈夫说，‘天已经有点儿亮了。’另外，这些乡下房子墙板很薄，他们的邻居阿米拉·派波尔在2点钟的时候听到了卡迪奈尔太太说话，还有她上楼梯的声音。卡迪奈尔太太说，由于身体不适，她一直到早上5点钟声敲响时还没睡着，而她的丈夫这段时间一直在床上。如果这是真的，那么，他在11点45分之后是不可能去杀人的，除非我们不相信他妻子的证词。”

“我们不能相信她的话，”拉斯特雷德赶紧说，“2 点钟之后的事，她拿不出任何证据来。”

福尔摩斯心平气和地对他说：

“拉斯特雷德，我们只需稍微想想就知道了。查查你的日记或年历，你会发现，太阳在那一天升起的时间是凌晨 2 点 45 分，而且在它升起来之前，天色就已经蒙蒙亮了。可是，如果卡迪奈尔想要谋杀罗丝·哈森特，他肯定要选择天黑时下手，绝不可能等到天亮以后才出来，那样的话会被早起的邻居从窗口看到，甚至路上还可能遇到人。派森豪尔不像伦敦的公园路或贝克街，乡下人起得早，不会等到太阳出来之后才起床。再说，从尸检结果分析，作案时间不会晚于两三点钟；即使依照雷医生的判断，也不可能在 4 点钟之后。”

“的确如此。”我抢在拉斯特雷德前面说，“不管怎么说，哈森特小姐是在厨房被害的，她卧室的蜡烛没有亮。如果她的情人那天半夜没有来，她肯定早就睡觉了，不会穿着睡衣在厨房里等两三个小时。”

拉斯特雷德轮流看看我们几个，说：“先生们，你们可能觉得这个案子疑点很多，可我却并不这么想。根据雷医生的说法，这位年轻女子有可能是在 4 点才被害的，如果是这样的话，尽管你们觉得不可能，但她还真就在厨房等到了那个时候，或者是那时才下去的。别忘了，她穿着睡衣，所以很可能是她听到了敲门声或某种信号后才下楼的。这种解释足够了。”

“这种解释只能作为一种可能性，但要靠它定罪还远远不够。”福尔摩斯平静地说，“如果我是你的话，我会把作案时间定在卡迪奈尔夫妇去迪肯森太太家之前，而不是之后。也就是说，在头天晚上的 11 点 45 分以前。”

“那样的话，他也有足够的时间作案，福尔摩斯先生。”

福尔摩斯的眼睛盯着自己的酒杯。

“真的吗？克里斯普太太10点钟和被害人道过晚安，那时她还活着。克里斯普太太10点15分上床睡觉。她夜里醒来时，听到一个敲击声，紧接着是一声尖叫。起初，她说那是在半夜12点，但后来又不能肯定，不过当时天还黑着。无论如何，我们可以认定，那是在10点15分到11点45分之间。如果凶手是卡迪奈尔的话，这个时间还要短些，因为在11点45分，他已经穿着拖鞋到了迪肯森太太家中。这样看来，作案时间应该是在10点15分到11点30分之间。”

“这足够了。”拉斯特雷德警探武断地说。

“那么，当他赶到迪肯森太太家时，他身上的血迹哪里去了？”

“什么血迹？”

“一点儿不错，伙计。他身上并没有血迹。卡迪奈尔被指控说在厨房和那个女孩子搏斗时割断了她的脖子。这场搏斗确确实实发生了，克里斯普太太听到了敲击声和尖叫，敲击声显然是楼梯门撞在墙壁上的声音，而尖叫声则是那可怜的女孩儿生命中发出的最后呼救。”

“我不大明白你的意思，福尔摩斯先生。”

“你的确没明白，拉斯特雷德。普洛维登斯寓所的厨房很小，只有八乘十英尺的样子，被害人的血一直喷到了第二级楼梯上。在如此狭小的厨房里，凶手在和被害人搏斗时割断了她的脖子，他自己身上必然会溅满鲜血，他的鞋子上也会沾上血迹。然而，现场调查结果显示，无论是卡迪奈尔身上穿的还是他洗过的衣服和鞋子上，都没有血迹。史蒂文森法医亲自检查了他所有的衣物，就算是衣服被洗过，史蒂文森也有办法查出血迹来，但是，在卡迪奈尔的衣物上却找不到半点儿血迹。”

拉斯特雷德哑口无言，此刻，福尔摩斯完全占据了上风。

“不过，”福尔摩斯继续说，“他们却在那女孩儿的脑袋底下找到了一份《英国东区时报》。这是怎么回事呢？难道说卡迪奈尔会带去一份他自己订的报放在那里吗？要知道这种报纸克里斯普家是不订的！还有，现场有一个药瓶，上面的标签上写着‘卡迪奈尔家的孩子’的字样。这样一个瓶子，卡迪奈尔难道会将它留在现场吗？这不是明摆着有人故意想嫁祸于他吗？而且凶手肯定对他有一定的了解，知道他订的是《英国东区时报》，和普洛维登斯寓所的克里斯普夫妇订的《每日新闻》不一样。”

“你说的这些我都知道。”拉斯特雷德说。

“那你怎么还会认定卡迪奈尔是杀害罗丝·哈森特的凶手呢？这只有一种解释，那就是本案没有找到其他的怀疑对象，而仅仅因为这一点，你们就要把一个可怜的家伙送上断头台，这实在说不过去。”

拉斯特雷德还是死咬着不松口。

“卡迪奈尔有足够的时间把带血的衣服烧掉，因为警方是三天后才把那些衣服拿去化验的。如果他是有预谋的，他完全可能光着脚走进厨房，作案后再将脚印擦干净。还有，我们在他的小刀的折缝里发现了动物的血迹，也可能是人的……”

“那是兔子的血！”福尔摩斯生气地说，“你就没听说过给兔子剥皮吗？乡下人在炖兔肉之前，不都是先用刀子把皮剥掉吗？如果他的刀子干干净净，我反倒会怀疑呢！”

拉斯特雷德还是不肯服输。

“除了和迪肯森太太在一起的那段时间外，卡迪奈尔找不到不在现场的证明。他的邻居阿米拉·派波尔说，她凌晨2点后听到的说话声和脚步声是卡迪奈尔太太的，不是他的。罗丝·哈森特也许是4点以后才被害的。就算她是前一天晚上死的，卡迪奈尔还是有足够的时间在11点钟作案，然后在四十五分钟之后赶到迪肯森太太家。”

“照你的说法，卡迪奈尔太太是在说谎。”

“那倒也不一定，福尔摩斯先生。不过，她毕竟是他的太太，就连保险公司也不会仅凭太太的一面之词就接受丈夫的索赔。那个女孩儿就是卡迪奈尔杀的，这是事实，福尔摩斯先生，这不是你动动嘴就能改变的。”

“那好吧，如果真是他杀的话，他总得有个动机吧。”

“他当然有动机了。”拉斯特雷德得意地说，“他把女孩儿的肚子搞大了，为了保护他自己、他的声誉和他的家庭，他决定一了百了地解决问题。”

“这么说，我们又得回到发生在小教堂的那件丑闻了。”福尔摩斯若有所思地说。

“没错。”

“这样的话，拉斯特雷德，我们不如达成一项协议。咱们已经坐在这里说得够多的了，倒不如去小教堂，在丑闻发生的现场去把事情辩个明白。我们等主要证人到了之后马上就去如何？这样的话，你很快就可以回伦敦了。”

“可以，福尔摩斯先生，我就依着你。如果你能证实发生在小教堂的丑闻确属无中生有，那我就听你的，因为那样一来凶手的动机就不能成立了。我看不出你怎么能证实这一点，不过我可以让你试试。”

“我们必须仔细验证他们在那些树篱后面究竟能听到什么。”

“这已经查过了。”

“还要再查。而且，我们还要询问那两个自称听到了卡迪奈尔和哈森特小姐偷情的年轻人。”

“已经问过了。怀特和斯基那把该说的都说了。”

“虽然是这样，我还是一定要见见乔治·怀特、艾尔方索·斯基那，还有那座教堂的执事克里斯普先生，他和他太太是罗丝·哈森特的雇主。”

“克里斯普夫妇吗？这事和他们有什么关系？”

福尔摩斯长嘘了一口气，仿佛终于轻松了下来。

“你还不明白吗，我的老伙计？他们也许并没有把知道的情况完全讲出来。拉斯特雷德，我相信，为了这个案子，你和苏格兰场会再次感激我的帮助。”

5

午夜之前，雨停了。

天亮后，我们在晨雾中动身前往派森豪尔的小教堂。还有几个人也将去那里和我们见面，这些人凑在一起足可以装满一辆大客车了。

派森豪尔镇有两条街，一条是主路，当地人称之为大街；另外还有一条从这条街中间向南边去的街道，这就是教堂街。从教堂街走两百码，穿过南边的一个小铁门，就是那座小教堂了。教堂旁边有一条小路，这里地势较高，路边有树丛和篱笆挡着。

教堂本身并不大，看上去不过是间普通的农舍，房子上有三个方形窗户，南面有一扇简陋的木门。我觉得教堂里面连五十个人都不一定能装下。教堂周围长满了树，再远一点儿就是农田。那件丑闻就发生在此地，而证实它的真伪将会决定威廉·卡迪奈尔的命运。

在教堂门口等我们的有努恩警官，他表情严肃，像是在思索着什么；克里斯普先生，他戴着一副助听器，手里还拄着拐杖；克里斯普太太，一个五十多岁的胖女人。努恩警官先把我们介绍给了他们两位，又指了指到场的另外两名证人，他们就是偷听到这件丑闻的乔治·怀特和艾尔方索·斯基那。这两人都穿着星期天出门时才穿的衣服，表情阴郁地站在一旁。

必须承认，我从一开始就对这两个人产生了一种反感。怀特脸色暗黄，甚至有些发黑，西装和领带在他身上显得极不般配。他的下巴十分突出，黑色的眼珠略显呆滞，给人一种类似野人一般的既凶残又愚蠢的感觉。斯基那给人的印象正相反，他是个更加阴险的对手。此人一看就十分奸诈，头发剪得短短的，一双小眼睛毫无表情，我敢说，这双眼睛看到别人蒙受冤屈时绝对不会仗义执言或心慈手软的。在跟随福尔摩斯办案的这些年里，我从来没有对任何人有过这样的感觉，但是此刻，我觉得斯基那肯定是那种最冷酷无情的家伙，为了保全自己免受作伪证的惩罚，他连眼睛都不会眨一下就能将卡迪奈尔送上绞架。

看来卡迪奈尔还真应该感激歇洛克·福尔摩斯的影响力。从怀特和斯基那这两个年轻人气哼哼的脸上可以看出，他们是硬被艾利·努恩警官逼来的。福尔摩斯提出的要求和法院的传票一样管用。

我、福尔摩斯还有努恩警官站在一边，商量着这次的调查工作将如何进行。

“先生，我想告诉你的是，”努恩警官客气地说，“我们已经做过调查了。7 月 28 号，我站在树篱那边，也就是那两个年轻人声称他们在事情发生的当晚躲藏的地方。为了证实当时的情况，我让怀特和斯基那到教堂里去，把门关起来，然后，两个人轮流朗读《创世篇》第三十八章的第十节，就是奥南的故事。”

“谢谢，”福尔摩斯打断了他的话，“这个故事我知道。”

“我不得不告诉你，先生，”努恩尴尬地说，“他们的每一句话我当时都能听得到。”

努恩的这番话竟然丝毫没有打破福尔摩斯的平静。

“这我一点儿都不奇怪。他们两个在里面读圣经的时候，是哪一位警官和他们在一起？”

“里面没有警官，先生，没这个必要。我把门窗都关严了，所以不会有作弊现象的。”

“可是当时如果没有人在现场守着，这两个家伙为了让你听到他们的声音，不是可以想怎么喊就怎么喊吗？另外，你并没有选那些你所不熟悉的章节，这样一来，他们所读的内容不都是你预先知道的吗？”

我能感觉出努恩警官是个老实人。此刻，看到他被福尔摩斯问得哑口无言，我不免有些同情。其实，他也和我们一样，对怀特和斯基那并无好感。我希望他在这场官司中能站在我们一边。

“好了，”福尔摩斯抚慰地说，“这些我们以后再说。现在就让我们开始现场调查吧。”

他把身上的斗篷递给我，自己围着教堂的小房子绕了一圈，然后开始查看门窗和通风口。那扇白色的门没有锁，福尔摩斯毫不费力地将它推开，蹲下来仔细检查门的底部。据卡迪奈尔说，罗丝请他把门撞上的那天晚上，门很紧。

“你看出什么了吗，华生？”他问我。

“没看出来。”

“一点儿不错，因为门被人油漆过。那件所谓的丑闻已经发生了十八个月了，而从门上的油漆来判断，这扇门才漆过几个月，也就是说，它是在凶杀案发生之后油漆的。显然，这样做是为了掩盖从前的某种证据。请你伸手摸摸门下面和门框接触的地方。你会发现，前面那一段是光滑的，因为下面有原来的那层油漆；可是，后面这一段却可以明显地感觉到木纹。由此可见，有人把下面涨起来的部分磨平了，这样一来，门就可以轻松地开关了。在凶杀案发生之后，有人重新将门油漆了一遍，掩饰了原本的模样。当然，这也许是偶然的，但是，这样做的结果却使威廉·卡迪奈尔成了一个骗子，因为在他的证词里提到，这扇门很紧，很难关严。而且，当时在场的唯一证人已经去世了。”

“这一定是那两个臭流氓干的！”我气愤地说。

福尔摩斯直起身来，说：“我们先不必急着下结论。这件事本身并不表明卡迪奈尔讲的全都是真话，不过，仅就这扇涨起来的门而言，看来他并没有撒谎，是有人企图诬陷他。”

“肯定是这么回事！斯基那在作证时说，他是给克里斯普夫妇干零活儿的，那教堂的零活儿一定也归他管，不是吗？肯定是他为了陷害卡迪奈尔，先把这扇门弄平，然后又重新漆了一遍，将原来的痕迹掩盖起来了。”

“说得不错。不过，这有待于进一步证实。”

福尔摩斯边说边忙着检查那三扇方形窗户，这些窗户上都安着小块玻璃。

“你应该记得斯基那在法庭上说过的话：‘我们听到里面有沙沙的声音，窗户也在抖动。’”福尔摩斯对我说，“请你晃一晃这扇窗户。”

我不知道他想干什么，可我却怎么也晃不动那扇窗户，除非用力去敲打玻璃或旁边的架子。窗框牢牢地装在墙上，任凭怎样也无法摇动。

福尔摩斯透过玻璃看了看屋子里面。

“要想从里面使窗户抖动，只能直接敲击窗台上方的那块玻璃，可是，屋里的那个地方刚好有一只凳子，所以，在站立时无意间碰到窗户几乎是不可能的。要是坐下来，只能用后脑勺去碰了。除此之外，还有什么可能使窗户抖动呢？”

见我一时没明白他的意思，他哈哈一笑。

“想想啊，华生！那女孩儿在卖力地打扫教堂里的卫生——也包括这些窗户啊！那两个家伙当时听到的可能就是这种声音，然后他们把它编在故事里了。使窗户晃动的只能是罗丝·哈森特的扫把。”

福尔摩斯仍在琢磨着那些玻璃窗。

“你看看这些小玻璃，横排有五块，竖排有七块。这扇窗户只有我们贝克街公寓客厅窗户的四分之一，却装了三十五块玻璃。这种玻璃装在教堂不合适，教堂的玻璃应该既美观又明亮。那么，在哪里可以见到这种玻璃呢？让我告诉你吧，老伙计，是在疯人院或监狱里！这种玻璃装在那种令人压抑的地方最合适，因为这样一来，外面的人就听不到那些悲伤或疯狂的声音了。那么，在这里，一对男女私下的谈话外面又怎么会听到呢？”

他转过身，打量着从墙上垂下来的一根通风管，这个管子离窗户约有几英尺远，也和窗户那么高。看着看着，福尔摩斯笑出声来。见此情景，我顿时觉得事情有了几分把握。

“你看这儿，华生，”福尔摩斯说，“又是通风系统搞的鬼。几个月前，当伟大的小说家左拉出人意料地死于煤气中毒的时候，我们就该去法国检查一下这种通风管道！这里，由于窗户不通风，派森豪尔的教友们安了这套通风管。对这种管子我太熟悉了，它最初是里兹的陶本先生设计的，这种型号是后来一个叫豪普的公司仿制的。”

他伸出手，在一个附在墙上的金属叶片上按了一下，只听“咔哒”一声，通风管似乎关上了。之后，他又拉了一下叶片，将通风管打开。

“这是里面的一个簧片在起作用。”他说，“管子里安了个通风装置，它像一个大型排水管，里面一层是金属，外面是木头。新鲜空气被通过这个管子从外面抽进来，屋里原有的热空气自然向上升，进来的新鲜空气到了地面的高度之后会在屋里散开。这种通风装置有时要借助风扇的作用，不过我想这屋里没有风扇。”

他又一次“咔哒”一声，从外面关掉了通风管。

“你看，伙计，通风管关着，门关着，窗户也打不开，在这种情况下，就算我们俩站着说话，外面也不可能听清。那两个蠢材蹲在九英尺以外的树篱后面，那地方是个陡坡，比我们这儿还高出六英尺，隔着这么远的距离，就是叫喊声也听不清。假如打开通风口，或许能听到这里的说话声，但不会听清他们在说些什么。我估计就连声音也未必听得见，因为声音先得从墙根的管子进去，然后，还要穿过外表包着的木头，拐两个弯才能传到外面去。即便是声音真的传出去了，外面的通风口也是朝下的，而不是对着陡坡上面的树篱。”

“这下他们可没话说了！”我兴奋地说。

福尔摩斯却摇了摇头，说：“在质询证人之前，我还需要更多的证据。”

6

我、福尔摩斯、拉斯特雷德和怀尔德先生又一次坐在了一起，但这一次却是在小教堂里。

教堂内的条件十分简陋，墙壁仅用白灰刷了一遍，房子显然是用乡下人的那种简单材料，也就是泥、沙和稻草混合在一起搭建的。

歇洛克·福尔摩斯坐在我们几个“提问者”中间。如果说在伊普斯维奇监狱时，他还只是个耐心的旁听者的话，现在，他已经准备好要为卡迪奈尔伸张正义了。

他已经知道了事实的真相，但要证实这一点却是另一回事。

首先进来的是克里斯普夫妇。克里斯普先生被当地人称为“老裁缝”，这位老先生耳朵上戴着助听器，几乎无法和外人交流，所以，福尔摩斯的问题都是由他的太太回答的。

福尔摩斯说话彬彬有礼，但提出的问题却直截了当。

“请告诉我，克里斯普太太，教堂的门不是整天开着的吧？”

“不是，先生。在没人的时候，教堂总是锁着的。”

“钥匙在你和你丈夫手里吗？”

“是的，先生。”

“你们有几把钥匙？”

“两把，先生，都在我们手里。平时用的一把锁在书桌的抽屉里，还有一把备用的放在保险箱里，以防平时用的那把丢失。”

“星期二晚上，当罗丝·哈森特去打扫教堂的时候，你们会把抽屉里的那把钥匙给她，完事之后，她会将钥匙还给你们，是吗？”

“是的，福尔摩斯先生。”

“她总是当天晚上把钥匙还回来吗?”

“她一到家，或者稍微过一会儿，就会把钥匙还给我。”

“克里斯普太太，为什么要星期二打扫教堂呢?我觉得应该星期六打扫才对呀，因为星期天大家都要来做礼拜。”

“星期六事情太多了，先生。而且，星期三是教堂的执事们开会的日子，所以，我喜欢星期二打扫，虽然有时候活儿要到晚上才能干完。星期三早晨8点半左右，我和我丈夫都会先去教堂检查一遍，看看是否一切都妥当了。这样，如果哪儿不干净，我们还有时间再打扫。”

“在那件所谓的丑闻发生后的第二天早晨，你们到教堂去的时候，是否一切正常?教堂打扫过了吗?”

“打扫过了，先生。像往常一样，祷告牌上面的号码换过了，圣经也都摆好了。”

“你能肯定，你们进去时用的是抽屉里的那把钥匙吗?”

“我们只用那把钥匙，另外一把一直都放在保险箱里。钥匙是头天晚上罗丝还回来之后我放在抽屉里的，我记不得她是什么时候还回来的了，因为凶杀案发生之前我根本没理由去想这些事。也许她9点钟才还给我，因为有时她回来后先自己在厨房忙活。不过，她还钥匙的时间不会晚于9点，因为如果太晚的话我就会担心她去了哪里。她是个好孩子，人也可靠，就是家教可能不够。”

“很好，”福尔摩斯说，“她回来的时间很重要，克里斯普太太，不过，没把握的事你不必非要回答。还有一件事：那天晚上她回来的时候，身上穿的衣服和平时一样吗?”

“一样，先生。我见到她时，她已经把把披肩挂起来了。这么近的路，她自然用不着戴帽子。”

克里斯普夫妇下去之后，怀特和斯基那两个人走了进来。我不知道是艾利·努恩让他们一起进来的，还是他们俩因为害怕口供不一致，坚持要一起进来。我从来没见过如此令人厌恶的一对家伙，虽然我说不准他们会不会有意撒谎而置别人于死地，但我敢说，这两个人造谣诽谤、诋毁他人时连眼睛都不会眨一下。另外，根据我的判断，这两人比较起来斯基那更坏些。

两个家伙依次又把他们的故事讲了一遍：怀特那天晚上在教堂街闲逛时，看见罗丝·哈森特7点半顺着那条街去了教堂，接着，大约在7点45分，卡迪奈尔也跟着进去了。8点钟，怀特去斯基那家找他，让他一起去看热闹。两个人在8点15到8点20之间来到小教堂，爬上教堂旁边的高坡，躲在树篱后面。从那里，他们可以看到教堂西南的那扇窗户。斯基那在那里待了大约一个小时，在这期间，怀特离开了十分钟，不过，当罗丝和卡迪奈尔分别从教堂出来回家的时候，他们两个都在场。

对于教堂里发生的事，斯基那的叙述更加详细。不过，两个人都说，当时光线太暗，无法透过窗户看到里面的情形。斯基那听到一个女人“啊！啊！”的声音，那时候怀特不在。斯基那还听到那个女人说：“星期天我念圣经的时候，你注意到了吗？”接下来说话的男人是卡迪奈尔，他问：“你念的是什么？”“我念的正是我们现在干的事儿。《创世篇》第三十八章。别人是不会注意到的。”

“斯基那，你没必要在我们面前躲躲闪闪的。”拉斯特雷德说，“你是想说，奥南把精子射在了地上，是这句吧？”

想不到斯基那竟然脸红了。

“是的。”他说，“犹大对奥南说，去找你哥哥的妻子，和他结婚，替你哥哥抚养孩子。”

“想不到你对圣经里的内容竟然如此熟悉。”福尔摩斯的话像利刃一般尖刻，“对于你这样一个自称从不去教堂的人，这实在令人佩服。你当时听到的就是这些吗？”

“后来那个女人又说：‘明晚9点我还会出来，不过我现在得走了。’这时，乔治·怀特回来了，这些话是我们两个人一起听到的。”

怀特点点头，眼睛却没看我们。

“就是这些吗？”福尔摩斯轻声问道。

“我能记得的就是这些了，先生。”斯基那说。

“你认识这个女孩儿已经好多年了，对吧，斯基那？你自己说过，你也在普洛维登斯寓所干零活儿。你刚才说，你听到了她在讲星期天在教堂念圣经的事，那我问你，既然你听得那么清楚，为什么没听出她是谁，而只是在这女孩儿出来时才认出她来呢？”

“她当时说话声音很小。”

“可你还是能听得那么清楚？”

斯基那沉着脸，盯着自己的鞋子，一言不发。

福尔摩斯向拉斯特雷德递了个眼神，示意他可以进行下一步了，然后，对那两个年轻人说：

“怀特和斯基那，请你们二位跟华生医生和努恩警官到外面你们说的那个树篱后面去，像上次一样趴在那儿。我留在这里，拉斯特雷德警探也留下，以确保没有人在实验中作弊。这一次，我来念《创世篇》的第三十八章，然后你们向华生医生和努恩警官证实你们听到了我念的东西。”

“这样不公平！”怀特不屑地说。

“比起你们对卡迪奈尔做的那些事，这要公平多了！”福尔摩斯严厉地说，“虽然那天晚上通风口可能是关着的，但我还是会把它打开，这样的话，你们听起来可能会比那天更容易。”

如果没有努恩警官和拉斯特雷德警探在场，我敢肯定，这两个家伙是绝不会听从福尔摩斯的安排的。接下来，我跟着努恩警官和这两个年轻人上了高坡，趴在树篱后面。听到我们已准备好之后，福尔摩斯开始念了起来。通风口打开的时候，我能听到一名男子隐隐约约的说话声，但听不清他说了些什么。那个通风口离我们至少有十二英尺远，而且声音必须在管道里拐两个弯才能传出来。不过，我无法断然否定一位听力极好的年轻人不可能听到些什么。关上通风口之后，我听不到任何声音，但如果斯基那非说他的耳朵好使，听到了那些话，我也毫无办法。

不一会儿，我们又重新回到了小教堂。我在原位坐下，努恩警官站在那两名证人的身后。

“好吧，”福尔摩斯对那两个年轻人说，“现在，让我们来看看你们在法庭上的证词到底是真是假。你们听到了多少？”

“听到了一点儿。”怀特绷着脸说，“那天是晚上，不像下午的时候，有工厂钻机的噪音。”

“我也和他一样。”斯基那说。

福尔摩斯的目光一闪，流露出一丝胜利的喜悦。

“今天下午很安静，我想，在场的诸位没有人听到路上有声音传过来。至于工厂的机器声嘛，我已经提前让他们停工了。”

斯基那气得干瞪眼，因为小辫子被福尔摩斯抓到了，再这样下去的话，这个可恶的乡巴佬就将自身难保了。

“你说，刚才你们听到了一点儿《创世篇》里的段落。”福尔摩斯客气地说，“不过，先生们，在刚才的试验中，我并没有念圣经，那样做不但高抬了二位，也会玷污这座小教堂。我想请拉斯特雷德警探把他刚才听到的我念的内容重复一遍。”

拉斯特雷德看了看手上的一张纸条。我发现，这位侦探此刻的表情有些尴尬，在念字条的时候，一字一句，显得很严肃。

“嘿！小猫拉起小提琴，老牛跳到月亮上，小狗看得哈哈笑，盘子追着勺子跑。”

“正是这段，”福尔摩斯对那两名证人说，“为了达到足够的长度，我又重复念了两遍。”

“这不过是卑鄙的骗术！”怀特叫了起来。

斯基那气得眼睛眯成了一条缝。

“不，不，”福尔摩斯微微摇了摇头，“欺骗的是你们。你们的骗术差一点儿把威廉·卡迪奈尔送上绞刑架，而这个人却从来没有伤害过你们。努恩警官，我请你把门关好，如果这两个人想逃跑，请立即将他们逮捕归案。”

福尔摩斯逼视着那两个证人，继续说：

“现在，我再来问几个问题。这些问题从未在法庭上问过，所以，你们可能没有准备。你们两个都发誓说，你们看到罗丝·哈森特离开了小教堂，过了一会儿，又看到威廉·卡迪奈尔也跟着出来了。请问，你们是怎么看到他们的？”

斯基那犹豫了一下，被怀特抢先回答了。

“我们是从上往下看到的。那排树篱比教堂高出来大约十英尺，我们离教堂不过六七英尺远，在黄昏时很容易看到他们。”

“你们是怎么看到的？”福尔摩斯又问了一遍，“你们在法庭作证时说，你们到教堂时是8点15分，当时天快黑了，所以你们看不清教堂里发生的事。如果你们没有撒谎的话，卡迪奈尔和罗丝直到9点15分或9点20分才离开。回去查一查日历，你们会发现，那天，太阳是7点15分落山的。当你们8点15分来到教堂时，可能会像你们说的那样，天还没完全黑下来，但是，9 点 15 分时，天早就黑了半个小时了。”

教堂里一片寂静。

福尔摩斯略停片刻，又继续用同样的口气说：

“在那个时候，树篱下面教堂旁边的那条小路肯定是漆黑一片。路上没有灯，对面的那条马路也没有路灯，附近的工厂也早就熄灯了。再往远一点儿走，那条路还有可能被两旁房屋窗户里的灯光照亮，可是，教堂附近却没有任何房屋。就算有一点点亮光也不可能分清谁是谁，因为我所见到的派森豪尔的居民穿着打扮都一样，男的都戴一顶大圆帽，女的或戴帽子或围披肩，天黑之后她们会用披肩把头包起来。这样的打扮即使是大白天都不容易看清是谁，更何况是漆黑的夜晚躲在树篱的后面了。对于你们两个将如何处理，我也会参与意见的，所以，我奉劝你们一句，我的忍耐是有限度的。”

“他们可能有盏油灯，”怀特急眼了，“我也记不清了。”

福尔摩斯点点头，似乎认同他的说法。

但斯基那却被他同伴的愚蠢回答激怒了，忍不住狠狠瞪了怀特一眼。

“原来是这样。”福尔摩斯说，“他们可能有盏油灯，但你记不清了，对吧？你们在警察局和地方法庭都作过证，又在巡回法庭作过两次证，可你们两个谁也没提过油灯的事。这暂且不说。你说他们有油灯，对吧？可是他们却宁可摸黑在教堂里待了一个小时，对吗？事情只能是这样，因为你们对着圣经发了四次誓，说教堂里太黑，什么也看不见。可是，克里斯普太太说，第二天早晨，教堂被打扫得非常干净，圣经都摆好了，祷告牌也换过了。这些事情都是在黑暗中完成的，这实在太了不起了。如果按照你的说法，罗丝·哈森特手里有一盏灯，可她并没把灯点亮，而是摸黑完成了所有的工作。”

两个年轻人谁都没开口。

福尔摩斯往椅子上一靠，继续追问道：

“假如他们有灯，那他们是什么时候点亮的呢?”

“我不记得他们有灯。”斯基那沉着脸说。

“你不记得的事情多了。”福尔摩斯的话音虽不高，但却极具杀伤力。“可是，他们肯定是在离开教堂之前将它点亮的。否则，要灯做什么呢?”

“可能是这样的吧。”斯基那无话可说了。

“要想从你们的嘴里掏出点儿真话可太不容易了。油灯肯定是早就点亮了的。依照你们的证词，罗丝·哈森特曾说到某个地方被弄脏了，‘看不出来的。’她说了这句话。如果当时没有点灯，她又怎么会知道看得出来还是看不出来呢?”

“我不知道。”

“如果他们点了灯，那么，你们就可以看到教堂里面的一切，但你们却发誓说你们看不到。照这种说法，他们并没有点灯，因此，你们也不可能看到从教堂里出来的人是谁。”

怀特低着头，不再说什么了，但斯基那仍在垂死挣扎。我在这个家伙的目光中看到一种从未有过的恐惧和憎恨，显然，他并不打算认输。

“你以为自己很聪明，福尔摩斯先生，贝克街的大侦探！可是，你要是能离开伦敦，多到乡下来走走，也许会学到更多的东西呢。”

“我这个人从不拒绝学习新东西。”福尔摩斯谦虚地说。

“那好，请你好好看看夜晚的天空吧。它从来不是一片漆黑的，还有月光和星光呢！”

“那条小路隐在陡坡下面的阴影中，在那里很难看到星光。”

“就算是这样，可是还有月光呢。那天夜里没有云彩，月亮也很大。”

“你说当时天空中有月亮？”

斯基那仿佛一下子占了理似的，面带喜色。

“当然有了！要不然我们怎么会看到罗丝和卡迪奈尔呢？”

“天哪，”福尔摩斯说，“你可真是迫不及待啊。继续往下说呀。”

斯基那接着说：“那件事发生的三天前，也就是星期六，我们十几个人去捕兔子。我们常在月圆时去捕兔子，我可以找出足够的人出来作证。我们去得很早，大概是七八点钟的样子吧，可那会儿月亮已经从南边儿升起来了。那天晚上，月亮肯定能照到教堂的门口，还有那条小路、大门和对面的马路。月亮升起的时间每天要晚几分钟，对吧？这我们知道。可是刚刚过了三天，总不能差得太多吧。福尔摩斯先生，请你不要再说我们能看到什么之类的话了，你当时又没在现场。”

“很好，”福尔摩斯对斯基那的这番话似乎表示认同，“我再问你最后一个问题。”

我的心一下子凉了。难道这就算完了吗？看来这两个家伙编造的所谓“看到了”罗丝和卡迪奈尔一起在教堂的鬼话可以安然过关了，这样一来，威廉·卡迪奈尔可就难逃厄运了。

斯基那挺胸抬头，信心十足地准备回答最后这个问题。看来，他真以为自己终于将福尔摩斯打败了。

“行啊。”他颇为大度地说，“你还想知道什么？”

“教堂的门是谁锁的？”福尔摩斯的声音还是那样平静，“第二天早晨8点半，克里斯普夫妇到教堂时，看到门像通常一样锁着。你们两个刚才都说头天晚上看到了一名女子——你们说是罗丝·哈森特，先出来的。你们没有跟着她，而是等着那名男子——也就是你们说的威廉·卡迪奈尔，离开教堂。是这样的吗？”

“对呀。”

“是谁锁的门？当时肯定有人锁门，因为第二天一早门是锁着的。”

这时，怀特先开口了。

“一定是卡迪奈尔，他是后出来的。不是他还能是别人吗？”

“不可能是别人。”福尔摩斯的语气还是那么平和，“你们随后跟在卡迪奈尔的后面，对吧？你们在作证时说，斯基那很快就跟上他了。证词上是这样说的：‘我跟着他走了大约二十码远。’然后，你在十字路口停了下来，看着他沿着派森豪尔的主路回家了，那条路叫做中心街，对吧？”

“没错！”斯基那笑了笑，似乎觉得这个问题很无聊。

然而，福尔摩斯突然间脸色一变，变得言语犀利、咄咄逼人。

“这没什么可笑的，斯基那。我们今天的谈话将决定一个人的命运，也将决定你和你这位愚蠢的朋友在今后的七年中是否会在牢狱中度过。据你说，这些事发生在9点20分，对吗？”

“我在法庭上已经说了，当时是9点20分，顶多9点30分。”

“克里斯普太太今天下午告诉我们，早在9点20分之前，教堂的钥匙就已经被锁进了她家的抽屉里。卡迪奈尔是不可能用它来锁门的。”

“那他就没锁门！”

“可是，克里斯普夫妇第二天早晨看见，教堂的门是锁着的。根据你的证词，你看着卡迪奈尔从教堂走回了家。罗丝·哈森特当时已经不在了，她先走了。你在证词中还说，卡迪奈尔没有去普洛维登斯寓所，而是从寓所旁边走过去了。”

“那他可能……”

“让我来替你说吧，斯基那。卡迪奈尔可能是在半夜时偷偷潜入普洛维登斯寓所，撬开抽屉，取走了那把钥匙，然后去将教堂门锁上。要不然就是罗丝·哈森特半夜起来，撬开抽屉，拿走钥匙，去锁的门？然而，所有溜门撬锁的痕迹竟然在第二天克里斯普太太起来拿钥匙之前全都神奇般地消失了。而且，这两个人当时并不知道他们做的事被你们看到了，因而也没有任何理由大半夜去偷钥匙锁门，第二天一早去锁门也可以呀。”

“那肯定是……”

“别说什么肯定是怎样了，斯基那，你撒谎的技术要是再高明一点儿的话，你当时可以编造说，卡迪奈尔回家之前追上了罗丝，并把钥匙交给了她，可你没想到这么说。依照你的证词，卡迪奈尔根本就没有考虑锁门的事，那样的话，第二天早晨锁还应该是开着的，但事实却没有。如果他想到了该锁门，他肯定当时就会追上罗丝·哈森特，拿钥匙来锁门，而你却说他并没有那么做。只可惜在这个案子里，公众的舆论完全被你们的伪证所操纵了。”

这场质询简直太精彩了。福尔摩斯击中了对方的要害，使他们毫无招架之力，即便是最最顶尖的律师，在法庭上也很难达到这样的效果。此刻，那两个家伙沉着脸，谁也不敢吱声。他们原本以为福尔摩斯只会重复一些法庭上问过的老问题，却没料到会出现这种结果。

然而，福尔摩斯并没有就此放过这对歹徒。

“在结束今天下午的谈话之前，我还要给你们上一堂简单的天文课。月亮运行的轨迹并不像地球那么有规律。地球围绕太阳运行时，日出日落的时间每天相差不大。月亮却不然。在秋天，月亮每天升起的时间几乎没有多大差别。月亮在黄昏后升起来时，人们在月光下可以干农活儿，所以，这时的月亮被称之为收获季节的秋月。此外，人们还把10月份的月亮称为猎人的月亮。可惜的是，你所说的是春季，这时月亮升起的时间每天差异很大，往往隔一天会相差五十分钟，有时会差一个小时。所以，你说的那个周六晚上月亮是7点半升起来的，这就意味着，三天之后，月亮在10点前是不会出来的。那么，9点20分时，那条小路上肯定是一片漆黑。就算你们在法庭所说的那些事真的存在，你们在树篱后面也根本不可能看到。”

两名证人低头无语，但福尔摩斯的话还没完。

“你们的所有证词不过是蓄意编织的谎言。最初，你们造谣诽谤，是出于对一名被你们称为‘圣人威廉’的无辜男子的嫉恨。后来，凶杀案发生之后，你们更不敢承认当时撒谎的事实。”

至此，威廉·卡迪奈尔的名誉终于得到了洗刷。

歇洛克·福尔摩斯把那两个无赖逼到了绝境，他们呆立在那里，一个字也说不出来。

在艾利·努恩警官将他们带出去之前，福尔摩斯又说：

“如果你们胆敢在法庭上再次重复那套恶毒的谎言，你们将立刻受到法律的制裁。我本人会向法庭揭露你们的不轨行为，拉斯特雷德警探将作为我的证人。我将要求法庭以伪证罪拘捕你们，一经判决，你们每人将服役七年。我奉劝二位好好考虑考虑。”

努恩警官将两人带出去之后，教堂里一时寂静无声。

拉斯特雷德和怀尔德仍沉浸在刚才惊心动魄的那一幕之中。

过了一会儿，怀尔德对拉斯特雷德警探说：

“拉斯特雷德先生，我不知道你将怎样对首席法官说，不过，有一点我必须告诉你：在听了刚才的质询之后，如果你们还要以谋杀罪起诉威廉·卡迪奈尔的话，我想，法庭是肯定不会让这两个恶棍出来作证的。不过，我会坚持把他们传来作为被告方的反面证人，像福尔摩斯先生刚才那样，当庭揭露他们的丑行。”

拉斯特雷德站起身，将桌上的文件收好。这位一向盛气凌人的苏格兰场警探此刻变得恭谦了起来，脸上甚至出现了一丝笑容。

“怀尔德先生，这种事我做不了主，我只管提出建议。不过，在耳闻目睹了今天下午的一幕之后，我个人认为，你没有必要再去费那个事了。”

7

尽管拉斯特雷德算不上一名成功的侦探，但这位警官却能够信守诺言。他建议警察局和公诉方应该以事实为依据，而不应受当地舆论的干扰。正是这种不公正的舆论险些把威廉·卡迪奈尔送上了断头台。我本人则把福尔摩斯在这件轰动一时的派森豪尔谋杀案中所起到的作用向公众做了披露。

一两天后，人们知道了威廉·卡迪奈尔将不会再因谋杀罗丝·哈森特一案受到指控。然而，尽管他是无辜的，他和他的家庭还是饱受舆论的指责，最后，他不得不背井离乡，带着老婆孩子去了伦敦，在这座城市成千上万的街巷中找到了自己的栖身之地。

案件宣告结束的那天傍晚，初冬的一场雪将贝克街变成了白色。

福尔摩斯站在窗口，看着外面昏黄的街灯映照下的从灰暗的天空中飘落的片片雪花。

“天塌无所惧，只为求公理。”他若有所思地说着，拉上窗帘，转身回到壁炉边。“此刻，天好像真的塌了。不过，这景色倒是很美，而且，对威廉·卡迪奈尔来说，公理的确回到了他一边。”

他坐了下来，开始往烟斗里装烟丝。他的烟丝总是放在一只波斯拖鞋里，那只拖鞋是他从前办案时得来的纪念品，至于那是件什么案子，现在早已被遗忘了。

“我想知道，”我说，“你是否真的想过卡迪奈尔可能有罪。你曾对拉斯特雷德说，你在调查中愿意接受任何事实，这是否仅仅是说说而已呢?”

福尔摩斯瞧着炉火中噼噼啪啪燃烧着的木柴，叹了口气，说：

“看来什么都瞒不过你，华生，你总能猜到我的心思。我从一开始就决定不以被告的辩护人的身份出现，因为那样一来，就会把拉斯特雷德推到公诉人和法官的位置上去了。显而易见，怀特和斯基那散布的有关卡迪奈尔的那些话是彻头彻尾的谎言，是禁不起常识和推理的检验的。我们是否相信卡迪奈尔和他的妻子并不是问题的关键，他们为本案所提供的证词并不重要。厄尼斯特·怀尔德在辩案中犯的一个致命错误就是过于依赖他们的证词了。”

“他们的话在法庭没有说服力。”

福尔摩斯摆了摆手，像是在驱散眼前的烟雾。

“所以，陪审团才差一点儿判他有罪。幸亏还有一个持有异议的陪审员。这个案子我首先考虑的是那些禁不起推敲的谎言。撒谎的人很少不暴露自己，怀尔德先生没有充分意识到这一点。他是一名不错的律师，将来在事业上会越走越远，但是，他毕竟不是爱德华·马歇尔·豪尔爵士，也永远成不了他。他甚至从未想到，卡迪奈尔不可能最后离开教堂，因为教堂的门第二天早晨是锁着的。另外，当斯基那声称自己在树篱后认出了那两个人时，怀尔德也没有想到，太阳落山两小时之后，外面应该是一片漆黑。”

“后来你指出了这一点。”我说。

“那两个家伙被我逼到了这一步，自然会说卡迪奈尔和罗丝手里拿着灯，我当时就知道他们已是穷途末路了。整个事情根本就是瞎编的。”

“另外，有关月亮的事，他们说得也不对。”

福尔摩斯犹豫了一下，才回答说：

“至于这个嘛，华生，我不得不承认自己当时是略施小计。我不知道那天晚上月亮几点出来，尽管在那个季节月亮每天升起来的时间相差得比较大，有时一天就会差一个多小时。其实，我并不知道他们声称看到那件事的时候究竟有没有月光，不过，事实证明他们也不知道。这倒使我又一次看清了他们既狡猾又愚蠢的嘴脸。”

“这么说你用了骗术？”

“你愿意说它是骗术也行，叫什么名字并不重要。我们的老朋友乔维特教授在谈到逻辑时也说过类似的话，他说，逻辑既不是科学也不是艺术，逻辑是诡辩。”

说完之后，福尔摩斯起身去拿他的小提琴。

“你昨天出去的时候，我把《吓跑了黄鼠狼》那个曲子的前奏和和弦又做了一些改进，我想现在可以把它寄给出版商了。怎么，从你的表情上看，我已经为你演奏过了。”

“那支曲子你前两天刚刚拉过。”

“没关系，”他兴致不减地说，“那你就再听一遍嘛。”

旅馆里的女仆

一个夏天的早晨，天气凉爽。在这一周，下院特别委员会将对毒品法案进行讨论。我扫了一眼刚刚露头的太阳，翻阅着《泰晤士报》上国会消息栏目中有关头一天辩论情况的摘要。不知不觉，一层薄薄的的晨雾已将贝克街上空淡蓝色的天空遮盖了起来。我叠起报纸，正想对福尔摩斯说说那项新法案的缺陷，却见他站起身来，弯下腰，用火钳子从壁炉里夹出一块炭，点燃了那只樱桃木烟斗。房间里光线不足，加上他穿着那件红色的丝绸睡衣，使他线条分明的身体更显得又高又瘦。

他喷了一口烟，眼睛凝视着炉箅子，若有所思地说：

“夏天快结束了，华生，我们也该出去走走了。眼下，其他任何地方都是阳光灿烂，唯独在伦敦，现在就跟 2 月份差不多。你不觉得吗？就连东区那些劫匪都跑到马尔盖特海滨去了！这里的生活变得单调乏味，报上的消息无聊透顶，完全没有使人感兴趣的罪案。”

福尔摩斯时常会像这样怨天尤人，对此，我早就习以为常了。

“我们或许可以去大西洋边的某个避暑胜地去待上一两周，”我满怀希望地说，“比如说伊尔弗拉考姆伯或者坦贝。另外，韦弗尔里斯考姆伯的艾克斯摩尔兄弟不是也一直邀请我们去吗？”

他哭丧着脸，做出一副痛苦的表情。

“那种邀请没有也罢，去了之后非但无聊，还要装出开心的样子。”

我并没有计较他针对我亲戚的这种怨言，把话题一转，说：

“等把你手上那件案子办完，你就没有别的牵挂了。那时候，你想去哪里、想去多久都可以。”

听了我这话，他又抱怨开了：

“我手上那件案子！华生啊华生，你说的不就是米尔纳牧师先生、迪恩斯太太和她的女儿艾菲嘛。那女孩儿好像是在布莱顿的皇家埃尔比恩旅馆当侍女，后来因为有人看到她夜晚进了一位绅士的客房而被开除了。华生啊，就算有一百名侍女进了一百位绅士的客房，这和我有什么相干呀？她们有没有被开除我管得着吗？谁也没说那间客房里少了东西——事实上，没有一间客房丢了东西。不过是有人那天晚上看到那个女孩儿进了那个房间而已，这种事情实在是太普通了，简直不值一提。”

“老伙计，你常说，那些最普通最不起眼的事往往包藏着重大的罪行。”

“是啊，是啊，”他没好气地说，“这话倒不假。”

他起身进了屋，在里面稀里哗啦地瞎折腾了一阵子，再出来的时候，身上已经换上了一件黑色的丝绒上装。

“皇家埃尔比恩旅馆，”他叹了口气，坐下来说，“我从六十英里之外就已经闻到那黄黄的中看不中吃的温莎汤的味道了！”

10 点半，一辆马车在我们楼下停住，接着传来一阵说话声。此前，詹姆斯·米尔纳牧师在电报中通知我们说，他和布莱顿教区的两位教友将乘头一班火车从他们那座海滨城市赶来，大约 11 点钟到我们的寓所。我知道，他是伦敦维斯雷恩铁路教会的总执事，伦敦布莱顿和南岸铁路沿线各站周围乡镇居住地铁路员工和家属都在他的管辖范围之内。迪恩斯太太和艾菲对他讲了她们所遇到的那件麻烦事，想不到这位牧师先生居然决定来找大名鼎鼎的歇洛克·福尔摩斯帮忙解决。

这三个人凑在一起让人看了很不协调。米尔纳先生身着黑色上装，牧师的白领子露在外面，俨然是一位循规蹈矩的老派牧师，从他身上看不出半点儿其他人常有的标新立异的个性。他的头发已经过早地变白了，但却梳理得光滑柔顺，鼻梁上的那副眼镜给他增添了几分年轻人的朝气。相比之下，迪恩斯太太则穿了一条花里胡哨的裙子，上楼梯时就像一艘扯满风帆的快船。她面部丰润，头上戴一顶圆圆的帽子，一看就是个很有主见的女人。我甚至可以想象出这位女强人捋胳膊挽袖子洗衣服，或和街坊邻居对骂时的场面。后来，我听说迪恩斯家的小屋位于一条叫特拉法尔格的街道，这个名字立刻使我联想起历史上那次有名的战役，当时，“胜利号”战船上的那些凶悍的妇女曾冒死为她们的丈夫填充炮弹。

艾菲·迪恩斯大概最多不过十五六岁，这次他们就是为她的事而来的。这个女孩儿长着圆圆的脸蛋，稚气未脱，蓝色的草帽下面露出几缕卷曲的金发。在这种场合下，这个可爱的孩子难免显得有些羞怯。

“先生们，”福尔摩斯招呼大家坐下来之后，米尔纳说，“这件事别人也许会一笑置之，但对迪恩斯小姐和她的母亲来说，却是关乎生死的名誉问题。”

迪恩斯太太认同地点了点头。

米尔纳牧师又说：

“艾菲·迪恩斯无端遭到了解聘。她在那个位置上已经干了将近两年，但她的雇主却因为一件不可能是她干的事打发她回家了，而且拒绝给她写推荐信或证明信。与此事相关的那位先生从未抱怨过艾菲小姐，事实上，甚至没有人问过他事情的真相究竟如何。一名旅馆的门房声称，他看到艾菲小姐夜间进入了那位先生的房间。旅馆的老板听到此事后，第二天就将她解雇了，尽管艾菲小姐一再否认这项指控。根据我对她的了解，艾菲小姐是个品行优良、诚实守信的女孩儿，她小时候每周都来维斯雷恩的主日学校上课。”

牧师先生讲话时，福尔摩斯一直好奇地看着他，那种表情虽然说不上敌意，至少不是很礼貌。

“米尔纳先生，很遗憾，你对她的了解如何并不重要。还是让我们来谈谈事实吧。只要迪恩斯小姐当时不在现场，也没有进入那个房间，即便她的品行再恶劣也没有关系；假如她的确进去了，就算她真的像你说的那样好，也是无济于事。所以，请你不要再提什么主日学校的事了，那些都没有用。”

福尔摩斯今天的心情的确很糟。看到迪恩斯太太涨得绯红的脸，我很后悔他用了品行恶劣这样的词，显然，无论是谁，即便是贝克街的大侦探，也不能这样说她女儿。

米尔纳先生还没来得及回答，迪恩斯太太就忍不住发话了：

“我说，福尔摩斯先生，我们家的艾菲的确是个好孩子，她没有干那事儿。再说，她那天整个晚上都在家里，根本不可能去干那事儿！”

福尔摩斯看看怒气冲冲的迪恩斯太太，说：

“很好，夫人！我不得不说，你很清楚证据在法律中的重要性。请继续说下去。”

米尔纳牧师现在反倒插不上嘴了。

“是这样的，先生，”迪恩斯太太接着说，“那天晚上，她像平常一样，8 点半就回家了。不是我一个人这样说，托基尔夫妇也可以作证。”

“托基尔夫妇?”

“他们是隔壁的邻居。我常叫他们过来玩两把纸牌，在一块儿喝杯甜酒、抽抽烟什么的。”

我脑子里立刻出现了一幅迪恩斯太太和邻居抽烟的画面。

“我想，他们那天恐怕不会待到凌晨 2 点吧?”福尔摩斯问道。

“他们那天走的时候已经快半夜了，在这之前他们看见我女儿一直在家。后来我们就睡觉了。我女儿睡在顶楼的小房间里，如果她想出去，就必须下楼经过我和埃尔夫睡觉的房间。那天喝了酒之后，我的胃有点儿不舒服，躺了一个多小时都没睡着。我怎么可能没看见她下来呢?又怎么可能听不见她开门呢?再说，埃尔夫那天上早班，他 4 点前必须赶到铁路仓库，所以 3 点就得起床，他又怎么可能看不见她出去呢?福尔摩斯先生，请你别说什么我无法证实这些话。难道我像那种由着自己的女儿凌晨一两点钟跑到大街上却不闻不问的人吗?”

“不像，夫人，”福尔摩斯的语气并不是很肯定，“你当然不像。不过，到了法庭上他们必然会问你这个问题：如果那个门房没有看到你女儿那天凌晨一两点进入了客人的房间的话，他为什么会那么说呢?”

迪恩斯太太瞪了他一眼。

“没错，福尔摩斯先生，我还正想问问他呢！我想让他记住胡说八道的后果!”

足足有十五分钟，福尔摩斯一直认真地听着迪恩斯太太说话，这在以前是从未有过的。米尔纳牧师已经插不上嘴了，迪恩斯太太说话比他更管用。

福尔摩斯坐在那里，两条长腿向前伸开，眼睛里闪现出久违了的火花。

“据说，”米尔纳牧师见空赶紧插话说，“那位值夜班的门房主要是根据她的制服认出她的——黑裙子、白围裙、白帽子。当然，别人也有可能穿这样的制服，不过，如果是别人的话，为什么非要这样打扮呢？不管是谁进了那个房间，肯定是会惊动里面的客人的。”

“是啊。”福尔摩斯若有所思地说，“那位房客是什么人？他是单独一人吗?”

“他一到那里，就成了当地的焦点人物。”迪恩斯太太又一次抢在了米尔纳牧师前面。“他是个心灵感应大师，说自己能看到鬼魂，像是什么轮回研究社的。”

“是心理研究学会。”米尔纳先生赶紧纠正了一句。

迪恩斯太太瞪了他一眼，又转身对福尔摩斯说：

“人们都说他常常看到许多鬼魂。晚上，他不得不从一个小瓶里闻一种药，否则就睡不着觉。我女儿第二天早晨还能闻到那股味儿呢。他和布莱顿水族馆的那些表演艺人吵得很凶。张伯伦教授和埃尔维拉小姐原来一直在那儿变招魂之类的戏法儿，可这位客人觉得他比那些胡闹的艺人都高明。布莱顿的报纸拒绝登载任何一方的文章，他们怕吃官司。”

我看看福尔摩斯，发现这些有关鬼魂和戏法儿之类的话使他的表情起了变化。他的眼睛变得炯炯有神，两只手紧握椅背，一副跃跃欲试的样子。

这时，米尔纳牧师终于又有机会开口说话了。

“你们所说的这位先生是个心灵感应家，”他赶紧说，“他叫艾德蒙·格尔尼，是位学者和绅士。他像许多对这个领域感兴趣的严肃学者一样，痛恨那些在水族馆里搞心灵感应术和招魂术的家伙，认为那些人把科学庸俗化了，那套东西和他本人在心理研究学会的工作不能相提并论。据我所知，此人是剑桥特里尼蒂学院的知名学者，并且是弗莱德里克·梅尔斯博士等人的朋友。此外，他还精通音乐，并写过一些乐理方面的文章。然而，他最感兴趣的领域似乎是幻象学，也就是说，当某个我们认识或爱着的人遭遇不测时，我们有可能会看得到，尤其是当那些人即将离世时，这种现象更为突出。有这么一个例子，有一名男子在他花园的小路上看到自己的一个朋友，可这个朋友当时应该是在印度。后来，他听说那人的确是在印度，而且就是在他看到的那一刻去世的。”

福尔摩斯双手合拢，闭着眼睛听完了这番话后，抬头看着米尔纳牧师说：

“看来，这位艾德蒙·格尔尼先生是个可敬的绅士。我想，艾菲小姐被解雇一事应该与此人无关。迪恩斯太太，如果事情真像你所说的那样，他晚上需要服用催眠药才能睡觉的话，他很可能对此事一无所知。这件事情很奇怪，的确是个难解之谜。米尔纳先生，迪恩斯太太，艾菲小姐，请诸位放心，我会立刻全身心地投入到此案中去，这种挑战对我来说简直求之不得！”

“这么说你打算接这个案子了？”米尔纳先生还是不太放心。

“米尔纳先生，我当然要接。请你放心，我和华生医生今晚就会赶到布莱顿去。你们现在就可以回去了。我会请哈德森太太把送信的孩子叫来，让他马上送封电报到邮局，预订旅馆的房间。”

米尔纳将制服的领口松了一下，说：“先生，至于你的费用问题嘛，我朋友的经济状况并不是很……”

“我们不谈这个了，亲爱的米尔纳先生，对我来说，有些东西比金钱更重要。”

“那我们以后到哪里去找你们呢？你们将下榻哪一家旅馆？”

福尔摩斯仿佛没听明白这个问题，他奇怪地看了米尔纳牧师一眼。

“还能去哪儿？自然是去现场了！”

这话把三位来客都搞糊涂了。

“就是皇家埃尔比恩旅馆呀，米尔纳先生！”福尔摩斯兴冲冲地说，“我们或许还会喜欢上那里的菜肴呢！”

福尔摩斯此刻的好心情同他早餐后的那种闷闷不乐形成了鲜明的对照，对于那些不大了解他的人来说，这简直是不可理喻。但是，我对他太了解了，我知道他渴望的是冒险和挑战，而现在，挑战送上门来了，即使它看上去只是一名侍女被解雇的事，但这足以使他的精神为之一振。虽然他常说，自己盼着退休到苏赛克斯的乡下去养蜜蜂，可是，我敢打赌，那样的日子他连两个星期都忍受不了。

那天，我们在驶往布莱顿的快车上喝下午茶。在阳光的照耀下，苏赛克斯平坦的原野从车窗外掠过；我们的前方是波光粼粼的大海。这时，我又一次从福尔摩斯的眼睛里看到了那种充满朝气的火花。在整个旅途中，他始终吟唱着自编的军乐曲，直到一阵海风迎面而来，火车驶进了布莱顿。

2

就这样，由于福尔摩斯一时的冲动，我们离开了贝克街舒适的公寓，来到皇家埃尔比恩旅馆，忍受着难吃而无规律的膳食和不绝于耳的海浪拍打沙石的噪音。离开伦敦两小时后，我们已经住进了事先订好的旅馆套房。套房里有一间宽敞的起居室，两边各有一间卧室，窗外是拥挤的海滨大道，再往前看就是波涛滚滚的大海，大海辽阔宽广，一直伸向六十英里外法国的海岸。眼下正值旺季，海边挤满了散步的人群，母亲们穿着长裙和衬衫，头上戴着草帽；父亲们一般都衣着考究，头戴便帽；孩子们则欢呼雀跃，围拢在海滩上的木偶戏和杂耍摊旁边，这些摊点喇叭声声，向人们预报着下一场节目的开始。

我们很快就适应了这里的生活。每天早晨，几匹小马将专供女游客淋浴的设备拉到海边，傍晚再把它们拉回来。下午 2 点，激流警卫队的军乐团在旧码头演奏着欢快的乐曲。码头下面的海滩上，满脸胡须的渔夫们在编织着渔网。渔船和游艇大都被拖到了海滩上，只剩几条小船还在水里来回晃荡，使上面的游客紧张不安。

我们刚刚到达一小时，就参加了一个海滨旅馆专门为预订了演出节目的客人举办的晚餐会。

福尔摩斯这时的心情又恢复了常态，变得令人难以捉摸。他沉默寡言，只说了一句话："时间紧迫，我们不能浪费。"然而，我认为我们的时间很富裕。侍者上菜的时候，福尔摩斯始终在埋头阅读那份《晚间新闻报》。皇家埃尔比恩旅馆的建筑宏大而坚固，但现在它已经逐渐变得没落了，这一点从它的菜单上也可见一斑。

用餐时，福尔摩斯一声不响，吃得很快，显然是在忙于思考。没等上咖啡，他就站了起来。

“走吧，华生，咱们该动身了。”

我们来到了海边的大路上，这时，已是夕阳西下。

我正想问他要去哪里，却见他做了个深呼吸，用手杖在路边的石阶上敲了几下，说：“在伦敦过了一冬，饱尝了那里的雾霾天气之后，重新又呼吸到了海边的新鲜空气，这实在是太惬意了！你知道在乔治三世的时候，人们是怎样称呼这座城市的吗？我记得他们叫它布莱顿医生，这倒也不无道理。”

“恕我直言，如果你让我知道我们要去哪里的话，我会呼吸得更顺畅些。”我说。

他奇怪地看了我一眼，说：“可你应该知道啊，老朋友。今天早晨他们说的那些有关幻象之类的故事你也听到了。今天是我们来布莱顿的第一天，我们还能去哪儿呢？当然是到水族馆去看张柏伦教授和那位多才多艺的埃尔维拉小姐的魔幻表演了！他们两人的名字就在前面那张广告上呢。显然，这种表演让那位格尔尼先生嗤之以鼻。”

原来他想去看这个。不过，这种低俗的演出对给艾菲·迪恩斯小姐辩护能有什么帮助呢？我简直一头雾水。

去过布莱顿的人都知道，那里的水族馆跟海洋动物毫无关系，它不过是个热热闹闹的演艺场所而已。水族馆位于赫赫有名的钟楼下面，再往前走就是悬挂着五彩灯笼的防坡堤。我们花六便士买了门票，走进一个旋转栅门，进入了一个满是烟花和彩灯的世界。水族馆的剧场里安排了众多的节目表演，其中包括爱丽丝·巴尔斯剧团的精选片段，另外，一个叫做“奇迹医生”的表演也在这里首次亮相。

福尔摩斯领着我走进一个票价较为低廉的小剧场，门外的广告上写着："张伯伦教授为您展示催眠术和读心术的神奇！"

门口的橱窗里贴着一份报纸的评论，是从《布莱顿地方新闻》上剪下来的，上面对上星期六的表演评价很高。当时，"催眠大师"给一对青年男女实施了催眠术，然后让那个姑娘对小伙子拳打脚踢、讽刺挖苦。清醒过来之后，面对观众如潮的掌声，这对男女微笑致谢，对刚刚发生的事全无记忆。前排的一名观众当场大声质疑，说这次试验是"事先安排好的"，但此人马上被热情的观众撵出了场外。

说实话，我真不愿意在来到布莱顿的第一天观看这种表演。

广告旁边还有一张刚刚贴上去的通知，上面说，张伯伦教授和他的助手埃尔维拉小姐已接受邀请，将出席一个旨在"为推广现象科学而举办的顶级招魂大师演示会"，因此，本周将是他们今年在布莱顿的最后一场演出。看来，自入夏开始，他们就一直在这家水族馆演出。

我们又付了一个先令，然后被带到了前排的座位。

这里不像一般礼堂或音乐厅那么宽敞，观众也不像周末时那么多，不过，人们还是能明显地感觉到现场热烈的气氛。

张伯伦教授手持一根魔棒，充当催眠大师的角色。他先请几位观众上台，对他们催眠之后，再拳脚相加，只见这几个人欣然接受，毫无恼怒之意。接着，在台下观众的热烈掌声中，他们在催眠师的支配下进入了各种角色，一会儿学狗叫，一会儿学公鸡打鸣，一会儿学小孩吃奶的样子，一会儿又学士兵操练时的动作。最后，随着催眠师的一个响指，那几个人终于清醒了过来，但他们完全不记得刚刚发生的事情。

我们坐在那里，耐着性子看了半个小时，心里完全明白，这都是事先安排好的骗人的把戏。

张伯伦年纪轻轻，宽宽的肩膀，额头上有一绺金发，一双蓝眼睛很有精气神儿。我估计，此人肯定颇受那些售货小姐或年轻女佣们的青睐，这或许是因为他身上有某种讨女人喜欢的东西吧。不过，你越是仔细看他，越会对他的年轻产生疑问，这就如同一幅当代法国油画，只可驻足远观，当你走近一看，人脸上的皱纹就显露出来了。看着这位先生在舞台上表演，我逐渐发觉，他已经不是那种成熟妇人理想中的小白脸儿了。至少在这一点上，我的判断后来被证明是正确的。他很可能已经过了四十岁，每天要在镜子前面花上不少时间来掩饰自己不再年轻的事实。仅仅是外表如此倒也罢了，最让我受不了的是他的声音，那是一种盛气凌人的从鼻腔里发出的声音，不完全像那种在诸如芝加哥的牲口市场或利物浦的码头上都能听到的方言，而是一种让人琢磨不透的声音，带着浓重的鼻音，听起来很刺耳。

不一会儿，观众席上变得鸦雀无声，仿佛人们知道，今晚的重头戏就要开场了。

刚刚还是油嘴滑舌、尖酸刻薄的张伯伦，此刻突然摇身一变，显得严肃端庄。我想，米尔纳牧师在威斯利铁路教会的讲坛上也不过如此。

接下来，埃尔维拉小姐上台了。这是一个红头发的小个子女人，身上穿了一条带白色皱领的蓝裙子。据说这位女子身怀各种绝技，其中就包括“视觉上的特异功能”。依照张伯伦教授的说法，这对她来说不过是雕虫小技而已。

“埃尔维拉小姐出生于中西部，在她身上有印第安人的血统，她的祖先是一百多年前曾在杜克斯尼要塞战斗过的印第安部族。童年时，她曾和这些部族有过多年亲密的接触并且受益匪浅。经过长期的努力和修炼，埃尔维拉小姐现在能够和那些死去的武士和族长们进行心灵上的沟通，并通过他们得到另一个世界的信息。”

“也就是说，”福尔摩斯轻声说，“这位埃尔维拉小姐也许从未到过海默尔史密斯火车站以西的地方。”

接着，张伯伦教授解释了一下试验将如何进行：先从观众席中挑选一名埃尔维拉小姐从未见过或听说过的人，让他将自己的名字写在一张卡片上，再把卡片交给教授本人。然后，教授会集中精力，眼睛盯着那个签名看一会儿，试图将它印在脑子里。与此同时，埃尔维拉小姐将背对着教授，坐在二十英尺之外的一台打字机前面，并且由一名观众蒙上她的双眼。接下来，全场观众将看到，教授意念中的那个形象将会被传送到他这位女门徒那里去，埃尔维拉小姐将会在双眼被蒙上的情况下，用打字机正确地打出那个名字。在以往的试验中，她很少出错，即便有错，也只是个别音节上略有出入而已。

为了证明试验绝不掺假，张伯伦教授找了数名志愿者上来，将埃尔维拉小姐的眼睛蒙上，然后自己又走下来，发给前几排的观众几十张空白卡片，让我们把每人的名字和座位号写在上面。卡片收上去之后，他请第一排的一位妇女站起来，将那些卡片像洗牌似的洗了一遍，以确保这不是事先安排好的。在这之后，张伯伦教授又重新回到台上。此时，埃尔维拉小姐坐在那张放着打字机的桌子面前耐心地等待着。只见她背朝着张伯伦教授和观众，手指一张一合，显然是在为下面的任务作准备。在她旁边还有两个女人，她们还在用布条将她的眼睛彻底蒙起来。

这时，身穿燕尾服的张伯伦教授操着那种带鼻音的腔调，信心十足地对台下的观众说：

“谢谢各位。下面，今晚最激动人心的时刻就要到来了。眼下，这两位自愿上来帮忙的太太正在作最后的检查，以确保我的搭档不会看到我本人或我发出的任何信息，一旦她们检查完毕我们就开始。各位都听说过在通灵术这一行里弄虚作假、欺骗观众的事，对吧？有人传递暗号，眼睛向右看代表红桃，向左看是方块，向上看是梅花，向下看是黑桃，眨一下眼代表 A，眨两下代表 JQK。这些各位都听说过吧？当然听说过！我们这里没有花招吗？当然没有！你们今天所看到的是真真切切的特异功能！无论它是否成功，有一点你们要记住，就是它绝不掺假！”

他大言不惭，口若悬河，如同一个人给你开了一张无法兑现的假支票，同时又信誓旦旦地向你担保它绝对是真的。

“女士们，先生们，我手里有五十张卡片，每张上面有一位观众的名字和座位号。现在，我要先把这些卡片看一遍，因为，要使这种特异的视觉功能发挥作用，另外一个人必须首先看过卡片，并通过心灵感应的方式将它传递给发功的人。然而，我要做的还不止这些，当我们以这种方式沟通时，我们的心灵可以接收到从阴间传来的信息，所以，我将会把我看到这张卡片时脑子里接收到的信息读出来。当然，我无法保证一定会有这种信息，这要看另一个世界的鬼魂是否会发给我，但是不管怎样，我会把阴间的信息传递给卡片上的各位。”

这时，我听见身边的福尔摩斯不耐烦地叹了口气。

然而，张伯伦教授的话还没讲完。

“尽管埃尔维拉小姐的眼睛被蒙上了，但是她打字的技巧却非同一般，她将在那台打字机上打出她头脑中出现的每一张卡片上的名字，我们将会把她打好的卡片按照姓名和座位号发还给各位，这样，她的演示绝不可能有任何弄虚作假的成分。”

接下来，他眼睛盯着第一张卡片，仿佛要将它印在脑子里，然后，又闭上眼睛。

“写这张卡片的这位……哦，这位先生，现在，埃尔维拉小姐正在努力捕捉我刚刚看到的信息。此时此刻，我的头脑正漂浮游移，准备接收另一个世界传递的消息。那是个无穷无尽的广阔世界，我们这些凡人想要读懂他们的信息并非易事。啊，我看到了！尽管我不完全明白，但在我眼前出现了一些信息。我看到了一个词——死亡。接下来呢？有了！死亡是再生的一种方式……等一下，还有呢！不求快乐只求……”

“简直是无聊透顶！”福尔摩斯压低嗓门说。

张伯伦睁开了眼睛。

人们可以听到打字机发出的噼啪声和清脆的铃声，还有纸张被抽出来的声音。不一会儿，刚才自愿帮忙替埃尔维拉小姐蒙眼睛的那个女孩儿把打好的那页纸拿给张伯伦教授。

张伯伦向前走了两步，站到脚光灯跟前。

“座位号是二十四，这位先生叫查尔斯·史密斯。刚才那段来自另一个世界的信息也打在了这张纸上。”

观众席上一阵窃窃私语，仿佛大家在期待着什么。

张伯伦当众戏剧性地用手指在那张纸上弹了一下，来到二十四号座位前。

“我说得对吗，先生？”

那位观众说了什么我听不太清，但我看到他点了点头。

“先生，我以前见过你吗？我们彼此认识吗？”

这一回，他摇了摇头。

“你能明白那段信息的意思吗？”

那位先生犹豫了一下，但最后还是勉强点了点头。

这时，张伯伦的一个助手把那张打了字的纸送到这位观众手中，那架势像是在颁发一份奖状。

我已经渐渐被这个海边的娱乐节目吸引了，而福尔摩斯却丝毫不为所动。

我们随后又看了十几次这样的演示，每一次都是如此。那些被问到的观众虽然不甚明了，也只能加以认可。如果说这里面存在作弊的话，我确实看不出来。那个女人明明看不见任何东西，但每次打出来的名字都正确无误。

时间慢慢过去。这时，他又拿出另外一张卡片，一边盯着它看，一边说："我听到了一个声音，不过它来自十分遥远的地方。女士们，先生们，请大家保持肃静……这条信息大概是给一位有学问的专业人士的，它由两部分……也许是三部分组成。这是第一部分，知识使对手受益……还有……熟能生巧……等一下，这里还有呢！先有时间，后有遗忘……女士们，先生们，我无法解释这些话的含义，但我确信，卡片上的这位先生一定能够明白。"

"就算是只猴子，一件事情干熟了，自然也就巧了。"福尔摩斯在我旁边轻声说，"假如我判断得不错，亲爱的华生，下一个该轮到你登场了。"

随着打字机那边"咔哒"一声响，一个人把刚刚打好的那页纸拿给了张伯伦。

"这位观众是坐在三十一号的约翰·华生先生！我说得对吗，先生？"

"没错！"我回应道，"我以前从未见过你。"

"恭喜你答对了！"福尔摩斯不无挖苦地说，"怎么除了我之外竟然没人看得出来这里面的鬼把戏呢？"

台上的演示还在继续。

不知从什么时候起，福尔摩斯开始在埃尔维拉小姐打字之前就报出了卡片上面每一位观众的名字，而且个个正确无误。我生怕被人听到后把我们当做张伯伦一伙的托儿。不一会儿，我们又收到一条来世传递过来的信息：不义的胜利无异于自杀。接下来的那一条更加富于戏剧性：为了寻求真相，我愿付出一切。

“这位是坐在三十二号的歇洛克·福尔摩斯先生！”

我估计，无论是这里的演员还是观众，都不知道福尔摩斯是何许人。我听到一阵轻轻的笑声，也许是什么人把他当成了一个油嘴滑舌、故意和台上的教授开玩笑的家伙。

“我说得对吗，先生？”

“完全正确！”福尔摩斯彬彬有礼地说，“而且，我们的确是初次见面。”

一个人把那张打了字的纸送了上来，福尔摩斯将它放进自己的衣袋里。

接下来，表演换了个方式。

张伯伦让人从一副牌中抽出一张，埃尔维拉小姐每次都能猜中，甚至有一两次能抢在观众将牌抽出之前说出来。所有这些不过是变魔术的那一套而已，虽然表演者用的都是刚刚拆封的新牌，但想要做手脚还是很容易的。总之，整个表演令人感到俗不可耐。

尽管如此，观众的兴致似乎还是很高。不过，埃尔维拉小姐的所谓超常视觉不久就被人们抛在脑后了。不一会儿，观众热烈鼓掌，欢迎再次演示催眠术。只见在“催眠大师”的训导下，一个年轻小伙子撅着屁股让人踢打，然后转过身来对踢他的人表示感谢。还有一位年轻妇女被催眠后在地上爬来爬去学狗叫。看来这类节目要比那些让人摸不着头脑的所谓“来世的信息”好看得多。

演出结束之前，我早就想离开，但福尔摩斯似乎执意要看到最后。

散场之后，我们沿着堤岸在海边散步。头上是一弯新月，透过映在海面的淡淡的月光，可以一直看到对面的布伦市。

我从口袋里掏出写有我名字的那张纸，揉成一团，想把它丢到栏杆外面的海水中去。

“别丢掉！”福尔摩斯忙说，“这可是我们赢得的第一份奖状。”

“白白浪费了一个晚上，就为了这个破玩意儿！”

福尔摩斯听后，扑哧一笑。

“我们的时间花得有价值。你真没看出来他们是怎么干的吗？”

“我知道这里面有鬼，”我懊恼地说，“不过，我只看到那家伙盯着卡片看，嘴里嘟囔着什么关于知识啦、权利啦、寻求真理啦之类的所谓哲理，然后那个女的就把卡片上的名字和那些信息打出来了。张伯伦教授不可能用手势传话，这一点是肯定的，因为那个女人看不见他。而他说出的那些信息又都是语无伦次的无稽之谈，这里面怎么可能暗藏玄机呢？”

“这很简单，伙计。虽然他的话很多，但是真正起作用的是那几句所谓来自另一个世界的信息。”

“你听到说我的那几句了吗？‘知识使对手受益。熟能生巧。先有时间，后有遗忘。’”

“是啊，对于头脑简单的人来说，这种胡言乱语乍听起来似乎十分玄妙，在他们忙于琢磨其中含义的同时，不知不觉就中了圈套。虽然我们这位张伯伦教授是个恶棍加骗子，但他还是有点儿小聪明的。”

“你是说，在那些胡言乱语中包藏着某种信息？”

福尔摩斯仰起头，呵呵一笑。

“当然了，华生，一点儿不错！请你试着把那几句话中每个单词的第一个字母挑出来。”

“可是，这样一来更加乱套了！”

“说实话，我也是试了三次才发现了其中的规律的。不过，这并不复杂。现在，请你按照单词表的顺序，把这几个字母的前一个字母找出来。”

我照此办理之后，发现那些字母拼在一起是“约翰·华生”。

“看到了吧？”福尔摩斯说，“你的名字就这样出来了。那个女人当时不可能看到他，所以，他们之间必然有某种暗号。而且，她不可能去破译他所说的每一句话，她必须在其中的几句里寻找线索，那么，还有什么比那几句所谓来世的信息更为合适的呢？另外，我估计她的头脑比较简单，因此，他们不可能总是变换暗号，这样看来，秘密很可能是每个单词的第一个字母。然而，我又往下听了一会儿，发觉并不是第一个字母，可是，那段信息的字数却和观众的名字中的字母数量相同，比如说，你的名字包含十个字母。你仔细观察，就会发现张伯伦挑选的名字都不算太长，我想我的名字大概是最长的了。对了，他居然对我的名字没有反应，这倒有点儿意思。我估计他以前一定是住在国外或某个殖民地。”

“请继续说下去。”我说。

“好的。我意识到他不可能用第一个字母做暗号，那样的话太明显了，观众中只要有人动动脑筋就能识破。然而，那个女人要想把每个字母的顺序稍微改动一下却并不难，而这样一来问题就解决了。当大多数人发现第一个字母并不是暗号时，他们就放弃追查了。况且，为了防人识破，张伯伦每周还可以把规律稍作改变。即便如此，假如他和那个女人在一个地方待的时间太久的话，他们最终可能还是会露出马脚的。不过，他们倒并没打算待那么久。”

“他刚才还说我是一位有学问的专业人士。”

“你的确是，这一点可以看得出来。比如说，由于长期佩戴听诊器，你的西服背心上被磨出了印。但我们没必要去琢磨这些，因为张伯伦还没精明到能看出这些细节的地步呢。可你去看看那个地方，再看看你周围那些乡巴佬吧！在那群人当中，就连哈德森太太的猫都会显得有学问！”

“我们跟这群人在一起，白白浪费了一个晚上！”

福尔摩斯停住脚步，压低嗓门说：

“华生，我们的时间并没有白白浪费。我已经知道这两个人打算逃跑，我很想弄清其中的原因。”

“真的?”

“你应该看到那个礼堂里几乎座无虚席，所以他们不可能是因为没有观众才走的。假如他们在其他地方安排了演出，那也应该早就知道了，没必要临时在广告牌上贴通知。总之，他们完全没有理由现在离开。而且，为什么走得如此仓促呢？今天是星期二，看来他们星期六就要溜之大吉了。”

“他们迟早要走啊，而且走前总得贴出通知。”

“此话虽不假，但他们为什么刚刚贴出那份结束演出的通知呢？他们选择在最火的时候撤离，又把消息封锁到最后，在我看来，这分明是想要逃跑的迹象。”

我们再次来到码头的旋转栅门，穿过海边大道回到旅馆。进了旅馆大堂之后，福尔摩斯走到前台，和值夜班的门房交谈了几句。门房拿给他一个大信封和一些邮票。福尔摩斯付过钱，从一个白瓷墨水缸里拿起一支蘸水笔，在旅馆的便签上写了些什么，又在信封上写上地址。接着，那位门房叫过来一个送信的孩子。福尔摩斯给了他一枚硬币，那孩子一转身，很快便消失在夜幕中了。

福尔摩斯从前台走回来时，我发现他刚才拿在手里的张伯伦教授的节目单不见了。那份节目单的封面有张伯伦和他搭档的照片，照片上的这位“教授”比他本人看起来要年轻得多。

“哪儿去了？”我问福尔摩斯。

他马上明白了我在问什么。

“我让那个小家伙赶在夜班那趟火车开车前把节目单送出去。我估计，明天一早，这两个有趣的人物的照片就会出现在苏格兰场的托比亚斯·格里格森警官的办公桌上。”

我们回到房间，一边喝着威士忌，一边抽着雪茄烟。

福尔摩斯似乎还不相信我当时居然没能马上看出张伯伦的鬼把戏。

“我的老伙计，你不可能相信一个人真能读懂别人的心思吧？”

“我没有认真想过，”我没好气地说，“我觉得不值得为这种事情费心思。”

“幸亏这是不可能的。”福尔摩斯说着，打了个哈欠。“假如人人都能看出对方在想什么，那么，凶杀案就会如同儿戏一样简单了。这样一来，你我二人恐怕不得不另谋生计了！”

“这件事和迪恩斯小姐又有什么关系呢？那个可怜的女孩儿

把饭碗丢了。”

“放心吧，我并没有忘记我们那位年轻的艾菲·迪恩斯小姐。不过，为了帮助她，我现在需要进一步的线索。下一步，我们将把注意力集中在那位神秘的艾德蒙·格尔尼先生身上，据说迪恩斯小姐对他曾有过不检点的行为。这位先生专门研究心灵感应，而不是来自鬼魂的信息。此人很有意思，他必须每天服用或吸入麻醉剂。据说那个女孩儿半夜进入了他的房间……我很想知道这种指控因何而来？想必答案就在那个房间里。我认为，我们接下来应该在格尔尼先生不知道的情况下，对他的房间进行彻底的检查，看一看那里到底有些什么。此事丝毫不能耽搁。”

3

“你不能这样做，”这话我已经说了三四遍了，“没有任何证据表明，格尔尼干了什么违法的事。你不能私自潜入旅馆客人的房间里去。即便是有个女佣夜间进入了他的房间，那也是旅馆内部的事。现在看来，这家旅馆认为，这个问题已经解决了，他们是绝不会让你进入那个房间的。”

“有人夜晚入室行窃，有人白天撬锁抢劫。”福尔摩斯紧皱双眉，像是在思索着什么。“我想，亲爱的华生，如果像你这样的人闯入他人的旅馆房间，也应该有个合适的词来形容。”

听了他这话，我的震惊是可想而知的。

“我可不能干这事！不管你认为我们能在那里找到什么……”

“我并不知道我们能在那里找到什么。不过，咱们暂且不谈这个，还是先来分析一下艾德蒙·格尔尼服用麻醉剂这件事吧。”

我没搭理他。

不过，他并未就此罢休，过了一会儿，他又把这个话题捡起来了。

“华生，作为一名医生，你应该对此事感兴趣。格尔尼先生似乎有吸食麻醉剂的习惯，很可能已经成瘾了。说得好听一点儿，这个可怜的家伙大概有神经痛的毛病，需要麻醉剂来镇痛才能睡着觉。”

“这又怎么了？”

“这种习惯有可能置人于死地。”福尔摩斯说。

“如果用量过大，自然是愚蠢的，不过，这种情况有时也在所难免。一个人一旦上了瘾，就很难戒除。”

“完全正确。如果我没记错的话，服用或吸入两盎司以上的氯仿就能致命。两盎司并不多，但它可以决定生死。如果一个人没有这方面的知识，那将是十分危险的。”

福尔摩斯往椅背上一靠。

我似乎开始明白他想要说什么了。

“华生，假如有人来找你，对你说，从某人睡觉的房间里传出一股很刺鼻的氯仿味儿，你肯定应该去调查一下，这就如同在一个地方发现了浓烟或瓦斯漏气一样。”

“我的确该去。可是，有谁会来找我说这件事呢？”

“我会让旅馆的经理来找你。我想，他肯定不愿意看到某个客人第二天一大早死在房间里，毕竟他不是这里的老板，如果发生了那样的事，我估计他的饭碗也难保。格尔尼先生吸食了氯仿之后，肯定会昏睡过去，必要的话，你可以把他当做病人，看护他几个小时。我和你一起去，好检查一下他的房间。”

我不得不承认自己的好奇心被勾起来了。福尔摩斯一开始提出的闯入那位先生的客房的建议现在变得不是那么大逆不道了。任何一个当医生的都反对滥用麻醉剂，无论当事人有怎样的病痛。滥用麻醉剂一旦成瘾，再想戒除就难乎其难了。虽然我对福尔摩斯的建议仍有些犹豫，但我觉得，自己应该去找格尔尼谈谈滥用麻醉剂的危害，劝导他采用正当的治疗方法，这至少符合一个医生的行为准则。况且，福尔摩斯只是想进去看一看，这和入室盗窃完全是两码事。

第二天晚上 11 点多，福尔摩斯走到旅馆前台，告诉经理说，格尔尼房间外面的走廊上有一股刺鼻的氯仿味儿，他担心那位客人可能出事了。他还说，自己有位同伴刚好是个经验丰富的医生。

那位经理是意大利人，原是个开餐馆的，后来被这家旅馆的老板雇来当经理。此人并不糊涂，一听就明白他的客人大概吸食了麻醉剂。

五分钟之后，我们三人一起来到那个走廊上。在经理先生的询问下，我说，空气中有一股特别的氯仿的气味，据此判断，住在那间客房的人可能有生命危险。

经理轻轻敲了敲门。不过，福尔摩斯是看着格尔尼吃过晚餐回房间，把时间算准了之后才去找经理的，所以，此刻那位老先生想必已经昏睡过去了。当然，他不会像手术中被麻醉的病人那样全无知觉，但至少一两个钟头内是不会轻易醒来的。果不其然，没有人前来开门。

福尔摩斯和我瞧着那位经理，似乎在向他暗示，如果出了事他将难逃其责。

旅馆经理先生是个典型的米兰人，干瘦干瘦的，像个十足的可怜虫。

他示意让我们退后两步，然后掏出备用钥匙，将客厅门打开。

房间里的确有一股药味儿，但那是一般手术室的气味，并不能肯定就是氯仿。

我们在房间里等了一会儿。有些读者可能知道，根据1882年的供电法案，布莱顿是英国最先供电的城市，所以，经理一按开关，客厅的灯就亮了。我们看到屋里有一对沙发、一张桌子、两把椅子和一个柜子，房间的一头是通向卧室的门，门虚掩着，里面才是卧室和浴室的门。

打开里面的第一道门之后，一股氯仿味扑鼻而来，气味如此强烈，令我不免有些担心。我知道，艾德蒙·格尔尼所服用的剂量足以使他顷刻之间昏迷过去。尽管心理上已有准备，但我还是被眼前怪异的景象吓了一跳。只见电灯大亮，格尔尼穿着睡衣靠在床头，身体向前倾斜，头部几乎整个埋进了一块海绵垫，鼻子和嘴都裹在里面。显然，他在临睡前先把那块海绵垫在氯仿中浸湿，然后将其蒙在了自己脸上。此举实在太危险、太愚蠢了！因为这样一来，他根本无法控制氯仿摄入的剂量，这种可悲的结局在患忧郁症的病人当中是很典型的。

我先把那块海绵垫从他脸上拿了下来。这时，他仍然一动不动。我真怕他醒不过来了。此人脸色惨白，瘦骨嶙峋，大约四十岁左右。虽然他的眼睛睁开了一道缝儿，露出一点儿蓝眼珠，但我敢断定他什么也看不见。他留着稀疏的小胡子，头发乱蓬蓬的。我摸了一下他的脉搏，发现还不像我想象的那么糟糕。也许由于常年吸食毒品，他的身体已经具备了一定的抗药性。

这时，福尔摩斯已经把窗户打开，好让新鲜空气进来。

我转过身，看看那位惊慌失措的经理。眼下没有什么好隐瞒的，我把情况如实对他讲了：

“你最好把他交给我看护一两个小时。他还不至于被氯仿毒死，药力会慢慢减弱。不过，有时氯仿会引起呕吐，假如他在沉睡中呕吐，就会有窒息的危险。”

我并没有告诉他这种情况十分少见，不过不说也罢，因为，万一我把他一个人留在这儿之后出了事，事后调查起来将对我很不利。

听我这样说，经理松了口气，但仍有些不放心。

“你不需要我叫救护车或到医院找个医生来吗？不需要报警吗？”

“不必。我们只需看护他一两个小时就行了。”

经理感激万分，恨不得攥住我的手亲一下。当然了，他最怕的就是让医生和救护车跑到旅馆来，更别提警察了，这事传出去就麻烦了。显然，在他眼里，我和福尔摩斯不像那种多嘴多舌的人。

“福尔摩斯先生也懂些医学，”我对他说，“如果我临时有事需要出去，他也可以帮我照看一下。”

我并没有告诉他，我这位朋友在医学方面的经验通常是用于研究死人的。

其实，这位经理瘦骨嶙峋、罗锅驼背的样子，加上他身上的一身黑衣，倒也蛮像是在殡仪馆工作的。听完我的话，他千恩万谢地离开了房间，临走时保证，若有需要，他随时愿为我们效劳。

福尔摩斯随后关上房门，回到卧室。

“干得好，华生！你的演技堪称一流！”

我看看格尔尼，确信，此刻就算我掏出手枪朝房顶上开两枪他也醒不了。

“我真不是在演戏，福尔摩斯。他的脉搏较快。一个氯仿中毒的人，脉搏可以升到一百四十多下，那时就会有生命危险。如果他的脉搏继续加快，我真要找人帮忙了。他吸入的剂量足以使他昏睡不醒，不过，至少他不是想用氯仿来自杀。”

“也不是别人干的。”福尔摩斯说，“在医学手册上，最近这种案子至少可以找到三例，但愿我们可以避免这种事情发生。如果有人进来，趁这个可怜的家伙不省人事之际，往那块海绵上再倒上一两小瓶氯仿，这将是多么轻而易举的事呀！你是知道的，那些验尸官根本就靠不住，这样一来，人们肯定会认为这家伙是自杀身亡了。”

说罢，福尔摩斯转身进了客厅。听到他在那里走来走去，我也起身走进浴室，去找存放氯仿的地方。我需要尽可能地把他吸入毒品的剂量算出来。我打开壁橱，拧开一个深绿色的瓶子的盖子，嗅了一下里面无色液体的气味。我知道，氯仿这种毒品的危险摄入剂量是四到六盎司，这个瓶子里统共才用去了一两个盎司，而且其中有些也许是前一天用的。这倒是个值得欣慰的发现。

我在那个壁橱里还找到其他不少乱七八糟的药物，基于我对此人的了解，这倒并没让我感到奇怪。壁橱里有卡尔特保肝药、比查姆氏药粉、治肩膀痛的药膏、预防感冒的药丸、治痢疾的烟土，还有普劳波特尔的“返老还童丹”、深棕色的补血糖浆和一些叫不出名字的药物。

我正看着，福尔摩斯来到了门口。

“你发现了什么?”

“我只知道这个可怜的家伙让自己的肠胃成了药房的试验场。”我说，“不过，至少他吸食的氯仿剂量不大，还不足以要他的命。”

“你过来一下。”他招呼我说，“我想，对于那位张伯伦教授，我们又发现了一点儿线索。这家旅馆的柜子太容易打开了，而且格尔尼还把钥匙放在了上边那个抽屉的一沓纸下面。我总是说，那些把重要文件或珠宝锁起来的人，大可不必过分担心钥匙被小偷找到，他们需要担心的是自己把钥匙弄丢了，或者，更常见的是忘了自己把钥匙放在哪里。这个柜子里除了一些往来的信件之外，没有其他值钱的东西。”

柜子两边的活动板被放了下来，下面是两个拉出来的活动抽屉。房子中间的一张桌子上放着一个长方形的木质信件盒，里面的文件码放得井井有条。显然，格尔尼是个十分严谨的人，他不但将收到的信件按先后顺序排好，而且还用铅笔在信封上注明了收到信的日期。

福尔摩斯从那沓信札中取出一封信，然后把那个木盒子放回了柜子里，又将两块活动板重新盖好，却没有锁上。

见福尔摩斯这样随意翻看格尔尼的东西，我心中有些不安，但福尔摩斯却说：

“我们必须这样做，华生。如果我没搞错的话，这些文件里隐藏着一个不可告人的秘密。这家伙可真够细心的！这些信都是最近这几个星期寄到这里的。对比一下我们在贝克街的公寓里胡乱插在壁炉台上的那堆信件，我发现，自己的生活太无序了。你看这个！”

他把一个信封拿给我看。

这是他最近收到的一封信。信封上面用打字机打了“布莱顿市，皇家埃尔比恩旅馆，艾德蒙·格尔尼收”的字样，邮戳是几天前的。格尔尼用铅笔在信封上写下的日期比邮戳上的晚了一天。

“怎么了?”我问福尔摩斯。

“你再看看这个。”

他把另一个信封拿给我看。

信封上同样有邮局的邮戳和格尔尼一天后收到后用铅笔写的日期。信寄出的地址是“布莱顿市,海滨路”,寄信人是“乔舒亚·张伯伦教授”。

我没再问什么,先把信看了一遍。

亲爱的格尔尼先生:感谢你的来函。我高兴地看到,我们之间的分歧已经消除了。我意识到,这不过是一场误会,而且责任完全在我。我当初应该讲明,我的表演,尽管和你所研究的领域有某些相通之处,但它们仅仅是娱乐性质的,而你却是大家公认的在特异功能和幻象学方面的专家。不过,我仍旧相信埃尔维拉小姐具有超常的特异功能。我承认自己的行为对你造成了伤害,在此,我谨向你表示由衷的歉意。

值得欣慰的是,我们今天有可能成为合作伙伴而不是竞争对手。假如我们真能像你所提出的,联手在美国东部举行一次巡演的话,我将十分荣幸。至于我们是合为一体,还是我作为娱乐艺人、你作为学者专家出场,这些具体问题或许还有待于进一步商讨。你的那本《幻象之谜》引起了不小的轰动,我相信,你在这里将会获得在贵国从未有过的成功。你也知道,我和埃尔维拉小姐有关推广心理咨询的文章在我们不知情的情况下,获得了费城心理研究学会大奖的提名。我们由衷地希望能够撤销这个提名,由你来取而代之。

最后,请你接受我和我的搭档最诚挚的敬意。

我抬头看看福尔摩斯，说：

“这封信很奇怪。这家伙昨天晚上还口口声声地吹嘘他的通灵术呢！”

“是啊，是啊。”福尔摩斯有些不耐烦地说，“可是我没让你读这封信，华生。你别读内容，只看这个信封！”

然而，我却看不出个所以然来。信和邮戳上的日期是同一天，又隔了一天，格尔尼用铅笔注明了收到的日期，那是几天前的事。

“华生，你看看这个字体！”

凡是熟悉我们的读者一定还记得，福尔摩斯对打字机的发明产生了浓厚的兴趣。“我将来准备写一篇论文，”他曾经说过，“专门论述和打字机相关的罪案，这方面我最近做了一些研究。”按他的话说，“一台打字机和一个人用手写字时一样，有它与众不同的特点。”

他从口袋里掏出一个放大镜递给了我。

我仔细查看着那些打印出来的字。

“如果这些字是由印刷机印上去的，”福尔摩斯解释说，“那么，印出来的每个字母都应该一样齐。但是，这些一看便知是打字机打出来的。每个按键的后面都有一个细细的金属棍，这一个个金属棍在打字机的色带上方围成了一个半圆形。你按动某个按键时，那个金属棍就会落下来，敲打在色带上，这样就把那个字母印在了纸上。”

“我想，这封信和信封上的地址肯定是埃尔维拉小姐表演时用的那个打字机打的。”我说。

“没错，虽然这并不是最主要的。如果你把这信和信封和你差一点儿丢进海里的那份东西对比一下，你会发现，它们之间有些共同之处。用尺子比一下，可以看出 e、s、a 和 t 这四个字母略微有些低，而 h、n 和 m 这三个字母又稍稍高出了一点儿。字母 c 小写的时候较低，而大写的时候又变高了。这是因为那些金属棍在制造时会有细微的差别，这种大批量的机器生产出来的东西是不可能保证分毫不差的。另外，几个较低的字母按键都在左边，而那些高出来的字母都在右边，这种现象也是比较普遍的。”

说到这儿，福尔摩斯看看我，嘴里念念有词，像是在计算着什么。

“金属棍上面各有两个符号，一共是四十根金属棍，每一根都可能有细微的差异，再加上那八十个符号在铸造过程中可能出现的差异，这样算来，两台打字机分毫不差的几率只有五十万分之一。何况，不同的人使用打字机的磨损程度也不尽相同。所以，对罪犯来说，伪造自己的笔迹要比用打字机更保险些。”

尽管福尔摩斯说得头头是道，但我还是不明白他想说什么。

“既然这封信是张伯伦写的，我估计那打字机也是他的。福尔摩斯，我实在搞不懂这里面有什么名堂。”

福尔摩斯严肃地看着我，说：“等到法庭受理这个案子的时候——我坚信会有这一天——这里面的名堂就大了。你不能说你估计这台打字机是他的，你必须有确凿的证据，可是到那时，打字机很可能不见了。这样的话，你差一点儿扔进海里去的那张纸或许会成为唯一的证据，它可以把张伯伦和这封信联系在一起，进而有可能把他送上绞刑架。”

“绞刑架?”

“对于此案我们切不可掉以轻心。难道你看不出来他言谈话语中包含着某种邪恶的东西吗？此人是个十足的笑面虎。现在，请你再看看这封信和信封。不要读里面的内容——只看字迹。”

我看了半天，却只看出信和信封上的字可能是用同一台打字机打的。我把这一点对福尔摩斯讲了，但显然，这并不是他想让我注意的地方。最后，我仿佛终于发现了什么。

“信上的字比信封上的更清晰。”

“更清晰？怎么讲?”

“我觉得信上面的字更黑些。”

“很好，华生！打信封时用的那条色带已经磨旧了，而打信时用的色带虽然不是全新的，但磨损的程度轻得多。由此可见，尽管表面上看信封和信纸上的字是同一天打的，但它们之间却隔了一些日子——可能隔了一两周的时间。”

“格尔尼用铅笔注明的收到的日期却是同一天。”

“像这样随手写的日期是很容易模仿的。”

“也可能信和信封上的字是同一天打的。他先打完信封之后，为了使字迹更清楚些，又换了一个色带。”

“亲爱的华生，我敢跟你打赌，在一百个人里面，恐怕没有一个人是先打信封，然后才打信件的。再说，通常人们要么在开始打字之前换色带，要么就干脆不换，而不会在打信封和信的内容中间更换色带。而且这封信也不是用全新的色带打出来的，只不过这条色带磨损的程度要轻很多罢了。我可以认定，写这封信的时间要比这上面注明的日期早得多。其实，如果你用放大镜仔细看一下，就会发现信上的日期的字迹比其他地方稍微模糊一些。根据我的判断，这台打字机是纽约伊里安雷明顿父子公司的产品，品质相当好，如果你打出来的字体不清楚或需要改动，可以倒退一个键重打一次。打这封信的人用旧色带将日期打了两三遍，为的是想使这里和其他字体保持一致。”

“那他为什么写信向格尔尼认错，却不把日期写上，而要等上一两周，然后再写上日期寄出去呢?”

福尔摩斯把信装进信封，又放回了抽屉里。

“因为这封信根本就没有寄出去过。”

“那这信封又是怎么回事？上面还有邮票和邮戳呢!”

“信封里原本装的是别的无关紧要的东西，而且也看不出是张伯伦寄来的。那么，他为什么要这样调换呢?”

“是啊，张伯伦为什么不把那封信直接寄过来呢?”

“老伙计，那信上不过是瞎说一通！我们都看到了，信寄出去之后张伯伦还在招摇撞骗呢。这封和解的信本来就不是给格尔尼看的，它是准备在格尔尼不在场的情况下给别人看的。”

“除了格尔尼，还有谁会看到它呢?”

“他的遗产执行人，也许还有警方。干这件事情的人知道，当格尔尼把看过的信件整理好之后，在几天之内，他肯定不会再把例如上周六的报纸上的某个无关紧要的剪报之类的拿出来看第二遍。”

“那过了这几天之后呢?”

“那就没关系了，华生。依照这个计划，艾德蒙·格尔尼活不了几天了!”

我从这件事里看不出有人想要谋杀他的迹象，所以，对福尔摩斯的这番话我并没有在意，以为他不过是在夸大其词罢了。

我们又去看了一下仍昏睡在床上的格尔尼。此刻，他已经脱离了生命危险，但我还想再观察他一段时间。

这时，福尔摩斯打开了放药品的壁橱，查看着里面的片剂和药粉，还时不时把药名念出来，问我里面都有哪些成分。

当看到一种叫尼克迪姆斯的号称可以“返老还童”的药片时，福尔摩斯嘲讽地一笑。

“这种药怎么可能如此神奇呢?”

“这不过是骗人的鬼话罢了。”我边说边走进卧室，生怕吵醒了格尔尼。“我的一些病人就吃过这种所谓的灵丹妙药，它们毫无疗效，只不过通常对人体无害罢了。这种尼克迪姆斯药片里面含有一定剂量的砷，可是即便你吃上一整盒也不会出事。药里面还有少量的壮阳剂，但这绝不会使一个上年纪的人返老还童。”

福尔摩斯从那些药瓶旁边抽出一个信封，里面装的是为格尔尼提供药品的商家寄来的清单和收据，显然，他留下这些单据是为了下一次订购时方便。这里面也不乏药商的宣传，比如，“碳酸烟球公司向消费者保证，本公司已在市郊银行设立了账户，凡是服用了我公司生产的烟球为期四个星期，每日三次者，如在六个月之内患有流感，将会得到一百英镑的赔偿。”还有，“里尔蒙特牌专利巧克力补铁剂，每日起床时用温水冲服，睡前可加服一汤匙。本品对五岁以上的儿童绝无任何副作用。”

在海克尼唐思出厂的烟土和肯提斯城弗迪斯路生产的尼克迪姆斯药片里都附有药厂的广告，上面列举了全国各地的患者在服用了它们的产品之后身体康复的例子。药厂还专门给它们的老客户送上了一盒“经过改良的”药片，上面注明：“此药可避免以前用药后可能出现的失眠反应。患者需依照说明，严格按顺序服药，每日服用两次。”

“不管怎么说，”我说，“这些药并未给他带来什么不良后果。这一盒原有二十片，他已经吃了十八片了，另外一盒还没开封呢。”

我们回到客厅，在那两把扶手椅上坐了下来。现在似乎可以让格尔尼自己从麻醉剂的作用中慢慢恢复过来了。我想明天上午过来，给他读一篇有关滥用麻醉剂的危害的文章。

“至于刚才那封张伯伦寄来的信，”我对福尔摩斯说，“我们很难向他提起，除非你打算承认我们撬了他的抽屉。”

“我们并没有撬他的抽屉呀。”福尔摩斯随口说道，“不过，正如你所说的，这件事没必要说。我想先调查他的对手。从明天早晨起，我们要把张伯伦在海洋路的寓所监控起来。我必须了解有关他的一切——他去了哪里，做了些什么，和谁在一起。为此，我需要你的帮助，仅靠一个人跟踪很容易出纰漏。张伯伦是一个极端危险的人物，可以说他是一名丧心病狂的恶棍，为了达到自己的目的，他完全可能痛下杀手。华生，我并没有忘记艾菲·迪恩斯小姐，但是我坚信，解决了这个案子之后，那个可怜的女孩子的问题也就迎刃而解了。”

此刻已将近凌晨 2 点。我们把经理找来，告诉他，艾德蒙·格尔尼已经脱离了危险，可以不必再有人看护了。

这位客气的意大利人千恩万谢，一再说，如果我有事情，他将乐于帮忙。

在福尔摩斯的暗示下，我说，我的确有一事相求：请他告诉格尔尼，在和我谈话之前先不要离开旅馆。我向他保证，我会在第二天晚上之前找格尔尼谈谈，劝他戒掉滥用麻醉剂的恶习。

我的这个要求似乎使这位身着黑西装、面色苍白的经理有些犯难，但他最后还是答应照我说的办。

4

我和福尔摩斯回到旅馆的包房时，已是凌晨 2 点多钟了。忙了一个晚上之后，我脑袋一沾枕头就睡得死死的。不一会儿，我觉得有人戳我的肩膀。我睁开眼睛，见房间里电灯大亮，福尔摩斯精神十足地站在我的床前。

我正要问他是不是格尔尼的情况有所恶化，他却开口说：

“快起来，华生！都6点多了，我们得马上行动！如果我的判断没错，我们的目标很快就要溜了！”

他显然是在说张伯伦教授和埃尔维拉小姐。福尔摩斯一大早就下楼叫醒了门房，让他再送一封电报给苏格兰场，等邮局一开门就发出去。

“老伙计，我们两个可不能再等了，我们必须在码头一开门就赶过去。7点钟将有一条去布伦的船。”

“他们不可能去布伦，今天晚上他们还有最后一场演出呢！”

“为了保险起见，我刚刚到剧场的布告栏看了一下。就在昨天夜里或今天凌晨，他们又贴了一条通知，说催眠术和心灵感应的表演取消了。海洋馆的管理方因埃尔维拉小姐身体欠佳而取消了这次表演，他们对此向观众表示歉意。如果这两个人想乘去布伦的那条船溜走，我们一定能拦住他们。码头的平台正对着海洋路的那些公寓，他们的一举一动都逃不出我们的视线。”

此时，我已睡意全无，不一会儿就做好了出门的准备。

我们在7点前赶到了码头。那艘开往布伦的船已经停靠在岸边，第一批乘客正在排队准备登船。这是个寒气袭人的早晨，海面上的浓雾仍未散去，天边的朝阳在雾气的笼罩下显得苍白暗淡。我们在乘客中没有找到张伯伦和埃尔维拉小姐。不久，人们解开缆绳，拽起跳板。接着，桨叶开始传动，这艘海风号渡船尾部朝前，驶向了法国的海岸，在它身后的水中泛起了一堆白色的泡沫。

我和福尔摩斯在码头的折椅上坐下。我随身带了一副高倍军用望远镜，用它几乎可以看到对面海滨大道上张贴着的报纸的标题。我们两个守候在那里，假装埋头阅读《泰晤士报》和《晨报》。不一会儿，太阳渐渐升起，海边大道上开始有了行人。我对这样蹲守的前景并不乐观，心想，也许我们等上一整天也看不到目标。

我刚要开口抱怨，却听到福尔摩斯激动地叫了起来：

“他出来了！还有她！据我看，那个女人虽然显得有些慌张，但并没有身体欠佳的迹象。”

他把望远镜递给了我。

我看到张伯伦和埃尔维拉小姐正站在公寓门口，激烈地争论着什么。

福尔摩斯又把望远镜拿了过去，略微调整了一下焦距。

“看来张伯伦要溜，而那女人却要留下来。幸亏我们是两个人。她拿给他两本书。”

“我估计他不过是想在阳光下找个地方看看书，消磨时间而已。”

“不，华生，这不可能！要是找地方看书，一本就够了。可他拿了两本书，这更像是要把书送到什么地方去。”

“这个时候？图书馆还没开呢！书店也没开呀。”

“那他一定是要去一个等他到了就会开门的地方。我好像看到其中的一本书的外面贴着标签，黄颜色的，黑字……这下我可知道他要去哪里了！”

见福尔摩斯如此兴奋，我的情绪也受到了感染，但我仍不明白他怎么会知道张伯伦要去哪里。

“一定是圣·詹姆斯街的图书馆！这家图书馆位于皇宫的一侧，已经有大约五十年的历史了。它是约翰·斯特劳尔特·米尔和他的朋友为公益事业建造的，里面的资料浩如烟海，可算是学者的天堂。多年以来，我一直是这家图书馆的会员。现在看来，我们这位朋友张伯伦也喜欢光顾那里。不过，我估计他只是临时会员。我敢肯定，华生，他马上要去伦敦——我们必须跟着他。”

我们离开伦敦才刚刚两天的时间，这简直让人难以置信，可是，直觉告诉我，福尔摩斯的判断是不会错的。

我看到张伯伦打开一个旅行袋，把那两本书装了进去，然后转身朝西街和那条长长的通往火车站的坡道走去。

“华生！你迅速从皇宫旁边的小路穿过去，赶在他前面到车站，订两张回伦敦的头等车厢的车票。我估计，他就是看到你也不一定能认得出你，因为他的观众太多了。但我们还是不能冒险。我跟在他后面，以防他有别的打算。不过，根据他那只旅行袋，我敢断定他一定是要乘火车去伦敦。”

福尔摩斯说完之后，跟在张伯伦后面朝西走了。

我依照他的吩咐，迈开大步疾速前行。一路上，我路过了几块草坪和几栋乔治国王时代的房屋，还有几个东方风格的圆顶建筑和海边的那座雷根特王子的宫殿。我一直是布莱克西斯橄榄球队的队员，多年来的运动造就了我良好的体质。此刻，我飞快地经过我们的客户迪恩斯太太家附近的那些小路，从弥漫着煤烟的车站旁边穿了出来。接着，我来到车站，订了两张去伦敦的车票。这时，售票厅里空无一人，看来，我赶在了张伯伦前面！

不一会儿，我看到他沿着长长的女皇路走了上来。我躲在不远处，听到他买了一张去伦敦的单程车票。看来福尔摩斯的判断完全正确，张伯伦教授不打算回布莱顿了。那么，埃尔维拉小姐又将如何呢？

我始终没有看到跟在张伯伦后面的福尔摩斯。直到我走进站台，才听见身后有人轻声说：

“请把车票给我，华生。路上我们要假装不认识，一小时之后到了终点再碰头。”

于是，我和福尔摩斯分别坐在了张伯伦两边的包厢，这样，他下车时肯定逃不出我们的视线。

火车穿过横跨泰晤士河的切尔西亚大桥，驶进了维多利亚车站。张伯伦站起身，手里拿着旅行袋，准备下车。

我们尾随其后，尽量不让他发现有人在跟踪。

车站旁这时仅有的一辆出租马车被张伯伦叫走了。等第二辆车来时，他的车子已经上了维多利亚街，沿着长长的格劳斯弗路走远了。

福尔摩斯把车顶的盖子打开，朝我们的车夫喊道：“跟上前面那辆马车！顺着格劳斯弗路全速行进！如果你能不被甩掉的话，我给你五个金币！”

我们还算走运，碰到了一位拼劲儿十足的车夫，他扬鞭催马，紧紧追赶那辆远去的马车。路边的一名警察朝我们直皱眉头，但这位车夫只是略微放慢了速度，等车子一拐过弯，他又加速前进。车子到下一个路口时，刚好一辆有轨电车开了出来，差点儿把我们挡在那里，不过车夫设法从电车后面绕了过去。接下来，马车在鹅卵石路面上一路颠簸着朝海德公园的路口狂奔。坐在前面车子里的张伯伦始终没有回头看一眼，因此也不可能知道我们在跟踪他。

马车在海德公园路口那条繁忙的街道上狂奔着，路的两旁是公园高大的树木和漂亮的街区。我们的马车如同脱缰了一般，任意穿行，途中有一两次，马蹄在鹅卵石地面上打了滑，但所幸没有出事。沿途还有一名男子以为我们的马受惊了，跑过来想用手拽住它的缰绳；还有一次，一辆运送面包的车子突然从一条小巷钻出来，差点儿和我们撞上。最后，我们终于到了皮卡迪利大街。这条街十分繁忙，我们的车走不快，但他们也同样如此。有一阵子，前面的目标不见了，但车夫设法从一条缝隙之间挤了过去，险些撞上一辆大客车。张伯伦的车子到达草市时，我们已经快要追上他了。

不一会儿，他的车在马路尽头的约克公爵路对面停了下来。张伯伦下了车，朝前面走去。我也随之下了车，跟在他后面。

福尔摩斯把七个金币放到那位车夫的手中。我听到车夫感激不尽地说着："您太慷慨了，先生！"

张伯伦对他身后发生的事情全然不知。我见他拐进了远洋航运公司，这家公司经营从法兰西到北非、印度支那、南安普顿和纽约等航线的许多客轮。福尔摩斯示意我跟着他进去，他自己则留在外面。到了里面，我假装浏览时刻表，听到张伯伦向职员索要他此前订好的第二天从南安普顿经切尔伯格到纽约的船票。

从航运公司出来之后，我和福尔摩斯像往常一样，在不暴露自己的同时，始终把跟踪对象处于我们的视线之内。我并不认为张伯伦已经认出了我，但我还是退到了远一点儿的地方，由福尔摩斯紧跟在他身后。我们沿着繁华的波尔摩尔大道，朝着马路另一端的古老的圣·詹姆斯宫一路西行。张伯伦手里仍提着那只旅行袋。

我们一行三人走到波尔摩尔大道的尽头，然后拐进了圣·詹姆斯街。大约又走了半条街后，张伯伦停住脚步，四下看了看，然后迈上了圣·詹姆斯图书馆的台阶。福尔摩斯悄然尾随其后。透过玻璃窗，我看到张伯伦站在前厅，从旅行袋里掏出那两本书递给了一位职员。

过了一会儿，张伯伦从里面出来，顺着马路走开了。

福尔摩斯在干什么？我心里暗想，他为什么没跟在后面？

又过了一会儿，福尔摩斯才走出图书馆，站在台阶上，看着渐渐远去的张伯伦。

“我们早晚可以找到他。”他说，“眼下，我们必须先去救艾德蒙·格尔尼。”

我这时才发现，福尔摩斯腋下夹着一本从图书馆借来的书。书薄薄的，蓝布封皮，上面还有金色的印章，这正是张伯伦几分钟前还给图书馆职员的那本书。书的作者叫康特·亨利·伯特兰德，这个名字我开始没想起来，过了一会儿才隐约想起，此人似乎曾做过拿破仑的随从。不过，即便是福尔摩斯在工作中所涉及的领域包罗万象，我也很难想象这个人同眼下的案子有什么关联。那本书大概是伯特兰德的私人日记，记述了流亡的拿破仑在海林纳最后的岁月。福尔摩斯对这种猎奇类的书籍情有独钟，我估计，在一万个读者当中都很难找到一个听说过伯特兰德的。

福尔摩斯把书打开。我看到书中夹着一张写有字迹的纸条，似乎是上一位读者无意中落在里面的，而这位读者应该是张伯伦。纸条上面写着：“464页，468页，这部分应再读一遍，19A+1C。6月19日到28日。”上面说的那两页在书的末尾，记述了拿破仑临死前那几天的事，而6月28日正是今天的日子。

“19A+1C，6月19日到28日。”福尔摩斯自言自语道，“患者必须依照说明，严格按顺序服药，每日两次。华生，我们必须立刻动身。但愿还来得及！”

“回布莱顿吗？”

福尔摩斯一边招呼着一辆从皮卡迪利大街过来的马车，一边用异样的眼光看着我，仿佛我是个呆子。

“回布莱顿？当然不是了！车夫，以最快的速度，去肯提斯城，弗迪斯路!”

如果说刚才跟踪张伯伦的那位车夫赶车不要命的话，这一位比他更厉害。我们的车子飞一般地驶过多弗尔街，横穿牛津街，到了汉普斯泰德路，然后穿过坎登城到了弗迪斯路。

一路上，福尔摩斯一直在喃喃自语，仿佛生怕忘记了这句话："患者必须按照说明服药，每日两次。"

我们的车子在伦敦北部的尼克迪姆斯制药厂前面停了下来。这是一栋暗红色的砖房，工厂的牌子上落了一层煤灰。

福尔摩斯径直走了进去，要求厂长出来，说有一件人命关天的事情，并口口声声说将以谋杀罪提出起诉。

厂长不在，也许是吓得躲起来了。我们被领进了经理办公室。房间里堆满了账本和单据，却看不到什么和治病有关的材料。这种地方一看便知是专卖假药的。

福尔摩斯没有坐下来，而是像一只凶猛的老鹰一样站在那里，眼睛咄咄逼人地盯着他的对手。他甚至没有问那位经理的名字。

"你听好了，"他轻声说，"想清楚了再回答我。除非你如实回答，否则，你们很有可能将被指控谋杀未遂或者谋杀。这位是我的同事，圣·巴瑟罗密医院的华生医生。如果你想隐瞒事实，他会马上发现，那样一来，你们将要承担严重的后果。"

那位经理一开始还以为福尔摩斯是个疯子，但知道了我的身份之后，马上显得惶恐不安起来。

"我叫乔伯森，我没有犯法呀!"

"很好，没有犯法的乔伯森先生，你告诉我们，在最近的几个月里，你们有没有向老客户邮寄过免费的改良型尼克迪姆斯药片?"

乔伯森好像生怕这里面有圈套，一时没吭声。

“没有，”他终于回答说，“当然没有。我们从不向客户邮寄免费药品。”

“药品的说明是这样写的：‘此药可避免以前用药后可能出现的失眠反应。患者需依照说明，严格按顺序服药，每日两次。’”

“我从来没听说过这件事！”看来乔伯森先生这话是真的。

“你们生产的这种尼克迪姆斯片，它的主要成分是什么？”

“主要是牛奶和糖，还有盐、淀粉、甘草、砒霜、斑蝥代用品、咖啡、撒尔沙根……”

“有没有甘汞？”

乔伯森显然不知道福尔摩斯在说什么。

“一种从水银里提炼出的物质，”我解释说，“通常是用来通便的。”

“没有，”他赶紧说，“绝对没有！”

“你们的药也不是装在胶囊里的吧？”福尔摩斯问道。

“不是。”乔伯森说，“胶囊成本太高了。我们的药粉是压成片剂后出售的。”

福尔摩斯看看我，一副大功告成的样子。

“好吧。”他说，“我们的车子还在外面等着呢。乔伯森先生，苏格兰场的人可能还会来的。我想，托比亚斯·格里格森警探在调查此案时肯定要来找你谈谈。”

福尔摩斯吩咐车夫在最近的邮局停下，他走进邮局，给格里格森发了一封电报，让他立刻赶到布莱顿的皇家埃尔比恩旅馆和我们见面。如果他脱不开身，就请派一名“最得力的”警探来。

我们从邮局直接前往维多利亚车站，刚好赶上了去布莱顿的火车，即便如此，我们抵达布莱顿时，已经是下午 6 点钟了。从昆士路和西街远远望去，夏日的太阳已渐渐沉没在海天之间。当我们赶到皇家埃尔比恩旅馆时，一些客人正在餐厅就餐，其中就有那位萎靡不振的艾德蒙·格尔尼。看来，他对前一天晚上我为他做的那些事仍一无所知。

福尔摩斯像一只猎鹰，透过餐厅的玻璃门密切观察着格尔尼的一举一动。然而，我却不明白他在等什么。如果格尔尼真有生命危险，福尔摩斯为何不上去对他讲明呢？大堂的角落有一对沙发，旁边的一只铜盆里种着一棵小小的棕榈树。我们在沙发上坐了下来。格尔尼的晚餐已经快要吃完了，只见他从水瓶里倒了一杯水，打开身边的一只小铁盒，从里面取出一粒胶囊。那应该是尼克迪姆斯药厂免费赠送的最后一粒胶囊。我仍然认为，既然他吃了那么多都没事，这最后一粒也不应该有什么问题。

这时，福尔摩斯突然从沙发上站了起来，箭步冲进餐厅，一巴掌将格尔尼手中的小铁盒和那粒胶囊丸打飞了。

格尔尼被这突如其来的攻击吓呆了，他面如死灰，坐在那里直发抖。

餐厅里霎时鸦雀无声，所有客人的目光都集中在他们这张桌子上。当时的景象，包括身材消瘦的福尔摩斯那副咄咄逼人的样子，简直就像一幅静止的画面。

突然，从我身后的走道上传来一个声音，打破了现场的寂静。

“福尔摩斯先生！福尔摩斯先生！”

我转过身，看见了托比亚斯·格里格森警探。他手里拿着帽子，身穿一件短大衣，急匆匆地走了进来。

5

那天晚上，我们三个人坐在我们的房间里。

格里格森警探把酒杯往桌上一放，摇着头说："这分明是暴力行为，福尔摩斯先生！我亲眼看到了！"

"格尔尼手里的东西十分危险，格里格森，"福尔摩斯说，"它就像一颗炸弹，随时都会爆炸！"

"何以见得呢？你又不知道那个胶囊里装的是什么。"

福尔摩斯点燃了一支火柴，将它凑到自己的烟斗上。

"亲爱的先生，我完全知道那里面是什么。化验结果将会证实胶囊里面含有甘汞，据我估计大约有六百五十毫克。"

"可是，六百五十毫克的甘汞是不会要他的命的，"我不得不插了句嘴，"最多让他的胃不好受罢了。"

但福尔摩斯却没有接我的话茬儿。

沉默了一会儿之后，格里格森把话题转到了和刚才那场意外不大相干的事情上。

"福尔摩斯先生，在收到了你的电报以及那两个人的节目单和照片之后，我对张伯伦教授和埃尔维拉小姐这两个人做了一番调查，以便做到心中有数。先生们，我必须承认，对于埃尔维拉小姐的照片我毫无印象，但我认出了张伯伦教授，其实，我们的罪犯档案里就有他的照片。不过，他可不是什么通灵术大师。他曾经因伪造米德兰郡银行的支票而被捕，并且被判了六个月监禁。不过，他在宣判前跑到北美去了，差一点儿逃脱了法律的制裁。后来，在我们的要求下，魁北克警方将他引渡了回来。"

"这么说，你已经安排人明天一早赶到南安普顿去了。"福尔摩斯轻声说，"我们可不希望张伯伦再次逃之夭夭。"

“我派了两个人监视布里塔尼号客轮，从它一进港，到开船驶往切尔伯格和纽约，一刻也不会脱离我们的掌控。张伯伦肯定逃不掉。”

“你最好去找找他的同伴，”福尔摩斯说，“那个女人或许已经上了布里塔尼号了。我确信，埃尔维拉小姐今天已经从海峡隧道进入了法国，然后乘火车去了切尔伯格。她也许在切尔伯格等张伯伦，也许已经上了准备开往南安普顿的布里塔尼号客轮。”

从格里格森的眼神里可以看出，他没有想到应该去监视埃尔维拉小姐。

他呷了一口威士忌，又接着说：

“先生们，昨天下午，我花了一个小时的时间，在伦敦的档案馆查找乔舒亚·张伯伦在美国的背景。此人虽然生长在英国，但他在美国待了很长时间。昨天，我发现了一件十分有趣的事：大约一年前，张伯伦给在费城的玛格丽特·莱谢尔夫人留下了深刻的印象。这位莱谢尔夫人是个中年寡妇，她从前的丈夫是费城的铁路大亨。张伯伦力劝莱谢尔夫人通过一位中间人和她已故的丈夫进行交流，而这位中间人就是埃尔维拉小姐。经证实，这个所谓的埃尔维拉小姐其实是张伯伦的妹妹。莱谢尔夫人给了张伯伦不少好处，并承诺会继续支持他，而张伯伦是个聪明人，他假作承受不起，回到了英国，让莱谢尔夫人往各处给他写信。最后，莱谢尔夫人还出钱成立了一个费城心理研究学会，并通过它向张伯伦颁奖。”

“这样一来他在英国就暴露身份了吧？”我问道。

福尔摩斯摇摇头，把话题接了过去。

“我想，还没有。显然，他和他妹妹开始在舞台上招摇撞骗。最初，像格尔尼和迈尔斯那些认真研究心灵感应的人并没把他当回事。后来，格尔尼来布莱顿休养，正赶上张伯伦教授的演出大受追捧。格尔尼一眼就看出，此人是个江湖骗子，他的那一套东西对那些真正研究这个领域的人来说是极大的讽刺。接着，我们都知道，他们两人在当地的报纸上展开了激烈的论战，甚至互相进行人格攻击。张伯伦当然不敢去告格尔尼，因为那样一来就会证明他是个骗子，而费城那边迟早也会知道。因为他和格尔尼的争论肯定会在伦敦他们这个圈子里传开，然后自然会有人写信告诉费城和其他地方心灵感应方面的专家学者。那样一来，由于张伯伦自己在布莱顿不光彩的庸俗表演，他将失去莱谢尔夫人为他争取到的一切。"

福尔摩斯停顿了一下，拿过酒瓶，在格里格森警官的杯子里又倒了些威士忌，然后接着说：

"对张伯伦来说，要想恢复到从前的地位恐怕已经太晚了，除非……"

"除非怎么样，福尔摩斯先生？"格里格森问道。

"除非艾德蒙·格尔尼撤回他的指控并承认张伯伦的那套东西有道理。张伯伦可以对费城的那些人说，格尔尼已经撤回了指控，但是，格尔尼当然会否认，这样一来，他的谎言就会被戳穿。所以，对张伯伦来说，格尔尼不但要撤回指控，还必须无法否认。"

"就因为他服了甘汞吗？"我对此表示怀疑。

"不，亲爱的华生。张伯伦一向诡计多端，在加害格尔尼这件事情上，他做得比舞台上那些骗术还要恶毒。究竟这种杀人的手段是他从伯特兰德关于拿破仑的回忆录里学来的，还是他原本就知道，我不得而知，不过，在过去的六周内，那本描述了拿破仑如何在海林纳被毒死的书一直在他手上，书是从圣·詹姆斯图书馆借来的，上面印着借出的日期。”

“你把我搞糊涂了，福尔摩斯先生。”格里格森说，“伯特兰德是怎么回事？拿破仑又是怎么回事？”

“这很简单，警探先生。如果说伯特兰德的叙述是真实的，那么，拿破仑是在海林纳被谋杀的，这很可能是他在巴黎的政敌指使干的。在一段时间里，他们在他的药物中加进了一些砒霜。剂量不足以致命，但也许会对他的中枢神经起到某些刺激作用，格尔尼的情况也是如此。这种剂量的砒霜通常会产生烦躁和便秘的副作用。为了缓解这种现象，一天晚上，他们为拿破仑开了解药，六百五十毫克的甘汞、一杯葡萄酒和一块饼干。当夜，拿破仑病情恶化，第二天就去世了。没有人对他的死因提出疑问。”

“他不可能是被甘汞毒死的吧？”我说。

“的确不是，华生。到目前为止，这个秘密还没有对外公开。长时间地服用剂量不大的砒霜，虽然对人体没有什么好处，但并不会置人死地。但是，假如几个星期之后，这个人服下了一定剂量的甘汞（六百五十毫克就足够了），这些甘汞将会和他胃里的砒霜产生化学反应，产生氢化氧，瞬息内就能置他于死地。不但如此，甘汞还会将此人体内砒霜的痕迹清除掉，这样一来，使用目前的方法在验尸中几乎是根本无法察觉的。所以，关于拿破仑的死因，目前仍然众说纷纭。”

我和格里格森聚精会神地听他讲，谁也没插话，等着福尔摩斯将谜底揭开。

“张伯伦这个恶魔干得十分巧妙。他从伦敦给格尔尼寄来了一盒药厂免费赠送的尼克迪姆斯，药是装在胶囊里的。当然，他是先买的药片，然后把药换到了胶囊里。他在其中的十九粒胶囊中放进了少量的砒霜，在最后的一粒中加入了足量的甘汞。病人被告知，这些药一定要按顺序服用，所以，含有甘汞的那一粒将最后服用。现在这样的说明很普遍，病人也不会多想。张伯伦还专门找印刷厂印了那份说明书，这种说明书看上去毫无问题，印刷厂自然不会怀疑什么。那些空胶囊从任何一家药店都能买到，甘汞也是如此。在新制定的毒品法案生效之前砒霜也是很容易搞到的。就这样，此事干得神不知鬼不觉，直到今天晚上格尔尼服下最后那粒药——更确切地说，是明天早上人们发现他的尸体的时候。可是到那时，张伯伦和他的妹妹早已远走高飞了。况且，格尔尼的死因看上去很像是氯仿中毒，他这种不良生活习惯刚好掩盖了事实真相。”

原来如此！

在过去的几天里，福尔摩斯的举止令人十分困惑，现在，我终于恍然大悟。

格里格森离开之后，福尔摩斯又对我解释了更多的细节。

“至于那封张伯伦写给格尔尼的求和信，”他说，“他只需让一个人假扮旅馆的女佣，趁格尔尼不在或睡觉时溜进他的房间，把信件换一下就行了。无论是张伯伦自己或是他妹妹都可以轻而易举地进去，用钥匙打开那个抽屉，然后用我们看到的那封信换掉信封里原有的信件。他们只需从佣人的衣帽间里偷出一条普通的黑裙子和白围裙，如遇到人盘问，埃尔维拉小姐完全可以把自己装成是旅馆的佣人。那位值夜班的门房半夜时在黑暗的走廊上看到一名女佣，或者是一个穿着女佣衣服的女孩儿，而负责那几个房间的女孩儿只有艾菲·迪恩斯，所以，那家伙自然而然地认定，格尔尼先生所说的他房间里的那个黑影就是迪恩小姐。”

“他们能这么轻易地进入他的房间并打开他的抽屉?”我仍有一丝怀疑。

福尔摩斯呵呵一笑。

“我们也许永远都不会知道他们是在什么时候以何种方式弄到并配制了格尔尼房间的钥匙的。不过，我敢断定，张伯伦先去查看过格尔尼的房间，看到了那些尼克迪姆斯药片，于是想出了除掉自己对手的办法。至于其他的事情，只要有一把钥匙，埃尔维拉就能做了。其实，像这种旧式的旅馆房间的门锁，凭我手里的那套撬锁工具瞬间就可以打开。张伯伦的妹妹肯定在某个时候，把别人平时写给格尔尼的信件换成了现在的那封充满感激之情的信，张伯伦还在上面添上了他认为合适的日期，让所有的人，包括玛格丽特·莱谢尔夫人，都知道他们已经和解，这样一来，张伯伦的名誉也就不会受到任何影响了。如果这个恶棍的阴谋得逞，那些投票支持张伯伦获奖的人将会听到这样的消息：心理学专家艾德蒙·格尔尼因服用过量氯仿不幸死于布莱顿一家旅馆的房间里。”

“在本案中，埃尔维拉小姐也犯了谋杀罪吗?”我问福尔摩斯。

“我估计在偷换信件这件事上，她只是受了她哥哥的指使，她对下毒的事并不知情。不过，这要等到他们兄妹俩被起诉之后，由法庭来决定。根据我的判断，如果说张伯伦的确进过那个房间的话——这一点看来几乎是毫无疑问的——他主要的目的不是去换那两封信，而是去检查那瓶尼克迪姆斯药片，看看格尔尼是否服用了他配的药。”

以上的这些细节在几个月后法庭审理此案时并没有完全公开。经查实，张伯伦在上次伪造那两封银行证明之前就曾犯过几次欺诈罪，那次的伪造罪使他在本登维尔监狱服了六个月的刑。这一次，法庭判他企图“用砒霜”杀人，却完全未提及甘汞的事。张伯伦后来被判了七年监禁。没有证据表明，埃尔维拉小姐知道张伯伦企图杀害格尔尼，因此，她的罪名仅仅是潜入了格尔尼的房间，为此，她被判在米尔班克监狱服刑六个月。

至于我们那位委托人艾菲·迪恩斯小姐，在歇洛克·福尔摩斯的一再要求下，皇家埃尔比恩旅馆的经理重新雇用了她。那位经理的确欠下了我们的人情。不过，这还不算完，几个月之后，旅馆的老板在迪恩斯小姐十七岁生日的那天宣布，提升她为负责客房卫生的副领班。对于迪恩斯小姐和她的父母来说，这是他们梦寐以求的升迁机会。

那位被我们拯救了的格尔尼先生的结局却并不那么圆满。过了一年多，有一天早晨，我吃过早餐，一边听着外面贝克街来来往往的车马声，一边翻阅着《泰晤士报》。突然，我的目光落在了讣告栏里的一条消息上：

> 我们在此沉痛宣告，心理学会的轮值秘书，《声音的威力》等专著的作者，艾德蒙·格尔尼先生不幸突然辞世。格尔尼先生生于 1847 年，其父汉普顿·格尔尼牧师曾任玛丽拉伯恩教区的教区长。格尔尼先生毕业于剑桥的特里尼蒂学院，1871 年获得学位之后担任教职。格尔尼先生是《生命的遐想》一书的作者，他还出版过两本论文集。格尔尼先生长期失眠并伴有神经痛。上星期五，在出差途中，他独自一人入住布莱顿市的皇家埃尔比恩旅馆，当晚，由于不慎服用了过量的氯仿不幸身亡。

我未做任何评论，只把报纸递给了歇洛克·福尔摩斯。他当时正在调查一起暴力抢劫案。我见他穿着那件黑色的丝绒上装，手持一把小刀，正在小心翼翼地把烟丝从一个香烟头中取出来。

看过报纸上的那条消息后，他并未马上发表评论。

见他没反应，我说：“看来，我的有关氯仿的那番警告对他没起什么作用。”

福尔摩斯放下报纸，拿起那把小刀，又接着去检查那个香烟头。过了一会儿，他一边埋头工作，一边说：“要不是张伯伦还在本登维尔监狱服刑，我脑子里难免会出现这样的画面：他悄悄进入旅馆房间，果断地将一块沾满氯仿的毛巾蒙在熟睡着的格尔尼脸上，直到他停止呼吸。你是知道的，我对那些验尸官和陪审团向来不敢恭维，你尽可以把半个伦敦城的人都杀掉，而他们的调查结果总不外乎是意外事故。我想，他们肯定把格尔尼的死亡归为意外，不是自杀，更不是谋杀。造成这个结果，归根结底还是这可怜的家伙自己有弱点，否则，张伯伦也不可能得手。”

“我对他好言相劝，但他大概以为我是别有用心。”我无奈地说。

福尔摩斯皱着眉头，专心致志地忙于手头的工作。

“那你就试试另一种方式，亲爱的华生，”他说，“让大家都知道这种恶习的危害。我想，你大概是打算把我们这次的经历写出来吧。那好，你可以尽量宣传滥用麻醉剂的恶果，另外，你的故事不妨采用这个标题：《布莱顿吸食氯仿者的死亡之谜》。”

正如读者所看到的，福尔摩斯提供的这个标题我并没有采纳。

星夜女皇钻石

在我和福尔摩斯的客户中，很少有同一个人为不同的案子来找过我们两次的，而豪尔德爵士正是这样的一位客户。他第二次来找我们是在 1902 年初，那时，福尔摩斯刚刚经历了一场劫难，他本人把这场劫难称之为纽盖特历险，在那期间，犯罪组织利用废弃的纽盖特监狱策划了一起重大阴谋活动，结果被福尔摩斯挫败。

在爱德华七世加冕典礼前不久的一个早晨，福尔摩斯对我说，豪尔德爵士要来我们的住所。我说，我记不得这位客人了。

福尔摩斯把正在看着的报纸叠起来，说：

“如果我告诉你，他是特莱德尼德尔街豪尔德和史蒂文森银行的亚历山大·豪尔德先生，你就该想起来了。他如今既是贵族，又是伦敦市的议员。”

我立刻想起了我们早期调查过的那起绿宝石王冠案。当时，一位身份显赫的客户来找豪尔德先生，想用一顶绿宝石王冠作抵押借一笔短期贷款，那顶王冠上镶有三十九颗淡绿色的宝石，是皇室流传在外面的为数不多的稀世珍宝之一。

接下来的事情我就不细讲了。总之，当那顶王冠在豪尔德手上时，发生了一起盗案，三颗宝石被从王冠上偷走了，而疑点集中在了豪尔德先生的儿子身上。后来，福尔摩斯为那个青年洗清了罪名，证明了他是一个天性善良、值得每一个父母骄傲的好孩子。在那之后，由于银行家豪尔德对国家的杰出贡献，特别是他大力协助皇室贵族典当珠宝和艺术品，使他们得以渡过难关，英国皇室授予了他爵位称号。

豪尔德走进我们的客厅时，我发现他的模样和从前没有多大变化。尽管他已经将近六十岁了，但仍然精神矍铄，仪表堂堂。他高大魁梧，眉宇之间透着一股威严之气，身上的衣服虽不奢华，但很时尚：一件黑色的毛料上装、一双棕色的高筒皮靴和一条剪裁得体的灰裤子。

我们先聊了一阵他儿子的事。这位年轻人已经当上了凯普领地米尔纳勋爵的私人助理。过了一会儿，豪尔德先生开始谈起他此番来访的目的。

“先生们，这件事情很微妙。我能否问你们一下，二位对模仿或复制蓝宝石和巴西钻石这样的事有何了解？”

福尔摩斯把烟斗从嘴里拿开，皱起眉头说：

“这二者之间全然不同，爵士先生。蓝宝石可以用钴类氧化物来仿造，这和仿造红宝石的办法相同，而且比较容易成功。但是，纯粹的巴西钻石是不可能仿造的。只要仔细查看，就连一名普通的珠宝商也能马上识别出赝品来。当然，如果是草草地看一眼也可能会蒙混过去，尤其是在某种光线下，但时间长了肯定会露馅儿。”

我看看豪尔德，说：“你问这个干什么呢，爵士先生？”

豪尔德爵士显得有些不安。

“我知道我们之间的话是不会传出去的，所以，尽管这其中有难言之隐，我还是应该向你们开诚布公。你们一定听说过朗斯塔夫伯爵家族吧？”

听到这话，我不禁笑了出来。

“凡是读过赛马消息或绯闻专栏的人都知道他们。”

“多年以来，我们的银行一直和他们家族保持业务上的往来，现在是和阿道夫斯·朗斯塔夫勋爵，以前是和他的父亲艾尔弗莱德勋爵。他们经常会先拿出某种抵押品变现，然后再通过租赁或变卖家族的部分资产来还款。”

“恐怕更多的情况下是变卖，而不是租赁。”福尔摩斯说话的时候，眼睛盯着自己的烟斗。“朗斯塔夫家族被已故的艾尔弗莱德勋爵搞得元气大伤。在德国的那些旅游城镇，还有巴黎和比亚里斯，他的生活方式使家族负债累累、官司不断。我想，他是死在德国的温泉城市巴登的牌桌上的，当时，他左手拿着一瓶矿泉水，右手握着一把蹩脚的纸牌。我估计，他的继承人阿道夫斯·朗斯塔夫勋爵现在的情况也和他当年大同小异。”

“恐怕是这样的，福尔摩斯先生。”豪尔德说，“为了保险起见，我们银行收存了他们家族的一些珠宝，必要的时候用来当做变卖房产之前的抵押，在这些珠宝当中，有一枚极为精美的皇室别针，号称星夜女皇，它是威廉四世七十年前赠给他所宠爱的年轻的艾德兰·朗斯塔夫太太的。”

“这枚星夜女皇别针我早有耳闻，”福尔摩斯说，“在巴黎展览会的展品目录上对它有过详细的描述，别针的长度和宽度各为三英寸。”

福尔摩斯用纤细的手指敲打着座椅的扶手，似乎在思索着什么。

“我倒从未听说过这件珠宝。”我坦诚地说。

豪尔德爵士转过脸来对我说：“作为家族中最年长的男子，阿道夫斯·朗斯塔夫勋爵成了威尔士王子或任何王位继承人的仪仗官。其实，这只是一种礼仪上的职位而已。在出席一些正式场合时，勋爵都要在皇家礼服外面的长袍的衣领处别上这枚极为珍贵的星夜女皇别针。同其他许多无价之宝，包括皇冠上的柯伊努尔钻石一样，这枚别针并不是很大，你可以把它放在手掌上，只是无法攥在手心里罢了。”

“我还是想象不出它究竟是什么样子的。不就是领口上的一枚别针嘛！”

“华生医生，”豪尔德爵士耐心地解释说，“这枚别针上镶嵌着一颗精美的巴西钻石，钻石是棱形的，共有十二个切面，周围环绕着一圈纯正的蓝宝石。钻石附在一个小别针上，需要时可以把它取下来单独佩戴。人们传说，皇冠上的那颗柯伊努尔钻石，又称湖上之光，重量为一百八十四克拉，尽管最近有人对此持有异议。而这颗星夜女皇别针上的钻石，虽然说法不尽相同，但至少也应在一百四十克拉以上。整个别针除了珠宝的价值之外，在设计上也堪称艺术珍品，它如同蓝色的夜空衬托下的一颗晶莹闪烁的明星。像许多同类的珍宝一样，精湛的做工使它的实际价值无法估量。总之，它是件无价之宝。”

“这枚别针是从何而来的呢？”我问道。

福尔摩斯把话题接了过去。

“这要看你相信哪一种说法了，华生。有人说，这枚别针是巴西独立战争时，一些欧洲商人从葡萄牙总督府里抢出来的，据说它曾是一笔赎金，用以换取总督的性命和总督夫人的名誉。我倒更相信另一种说法：这枚别针曾被用来当做赌注。一位王子和一名未来的首相在卡尔顿宫当着摄政王的面赌了一把纸牌，看谁能博得一位女士的欢心。”

“你的消息可真灵通啊，福尔摩斯先生。”豪尔德爵士微笑着说。

“这枚钻石现在遇到了什么麻烦吗？”我问道。

豪尔德摇摇头。

“暂时还没有，但我担心它会出事。几周之后，爱德华七世的加冕典礼即将举行，阿道夫斯·朗斯塔夫勋爵将作为威尔士王子的仪仗官出席盛典，届时，这枚星夜女皇将会别在他的礼服上。”

“这枚别针现在何处？”

“问得好，华生医生。现在，它被放在一个天鹅绒衬里的盒子里，锁进了我们银行金库的保险箱，保险箱的钢板足有两英寸厚。除了有特殊仪式或展览需要，这枚别针一直都锁在那里。”

“那为什么偏偏这一次会出事呢？”

豪尔德爵士将双手合拢在一起，神色显得十分不安。

“星夜女皇在许多地方出现过，它曾在伦敦和巴黎展出并被人拍成照片。在全世界的珠宝商和鉴赏家当中，它的知名度甚高，你几乎找不到一本没有登载它的照片的关于珠宝的书籍。”

“在我看来，这没有什么呀。”我说。

“是没什么，华生医生。可是，那些照片和展览为伪造者提供了可乘之机。根据可靠消息，自从三个月前加冕典礼的日期向公众宣布后，有人在布鲁塞尔的一家珠宝行订制了一枚星夜女皇的仿品。只有盗贼才会这样做，尤其是在这种时候。”

“你说的是洛尔·格雷尼父子珠宝行。”福尔摩斯不动声色地说。

豪尔德爵士一下子直起了身子。

“福尔摩斯先生，整个伦敦只有两三个人知道这件事！这消息是严格保密的！你怎么会知道呢?”

“因为，”福尔摩斯慎重地说，“那个仿品是我订的。”

房间里鸦雀无声，如同雷鸣之前的寂静。

“是你，先生？这怎么可能呢!”

“豪尔德爵士，这不但可能，而且是事实。你得信任我，我这么做肯定是有正当理由的，否则，我现在也不会将此事告诉你了。”

“可是，如果有了仿制品，窃贼岂不是更容易得手了?”

“恰恰相反，豪尔德爵士。我认为，只有这样，才能够从根本上防止这枚别针被盗走。你一定还记得自己刚才说过的话，这件宝物的价值很大程度上取决于它的做工。星夜女皇不是像柯伊努尔那种单独的一颗钻石，你可以把星夜女皇分割开来变卖，只是价值要大打折扣罢了。”

“可你为何会对星夜女皇如此关心呢？没有谁请你来保护它吧?”

福尔摩斯摇摇头。

“我并不在乎这枚别针，它是否被盗与我毫不相干。我是要下一盘更大的棋，在这盘棋里，这枚钻石和那些蓝宝石都不过是些棋子而已。关于此事我只能说这些。你可以把我交给拉斯特雷德或格里格森警官，也可以相信我的话，并且对我们今天说的事严守秘密。”

“你就不能再解释清楚些吗?”

“对不起，豪尔德爵士，这恐怕不行。”

半小时之后，我们这位访客起身下楼时，脸上仍是一副震惊和惶恐的表情。如若不是福尔摩斯多年前曾为他的儿子洗清了冤屈，我相信，他一定会将此事报告给拉斯特雷德和格里格森两位警官，请他们将福尔摩斯逮捕法办。

2

“福尔摩斯，这究竟是怎么回事呀？”

他示意让我等一下，然后起身进了他的房间。不一会儿，他手里拿着一个浅黄色的大信封走了出来，在餐桌旁坐下，将信封放在桌子上，看着我说：

“你想知道这是怎么回事吗？我的老伙计，这件事除了你，我对谁都不能说，就连像豪尔德爵士那样忠厚老实的人也是一样。”

“这和你几个月之前失踪的那件事有关系吗？”

福尔摩斯笑了。

“亲爱的华生，要想瞒过你的眼睛可真不容易呀！”

“但愿如此！”

“还记得在纽盖特监狱宣判我死刑的那个邪恶的法庭吗？我对你说过，当时，他们强迫我服下麻醉剂，使我丧失了大部分记忆，但是，我尽量让自己在梦中将一些支离破碎的细节回忆起来。我记得，亨利·凯尤斯·米尔弗顿当时曾说过一句话，是关于我的老对手、已故的摩利亚迪教授的哥哥詹姆斯·摩利亚迪的。米尔弗顿说，可惜摩利亚迪临时需要处理一件有关家族遗产的纠纷，所以不能前来。你应该记得我说过，这位摩利亚迪上校一直想把我千刀万剐，然后吊死在绞刑架上。”

“很难想象，他们这种家庭会有什么值得争的遗产。”我说。

听到这话，福尔摩斯又是一笑。

“我想，那肯定不是他们家的遗产，华生。摩利亚迪家的人都是彻头彻尾的强盗，我当时就估计他所说的那件遗产一定是别人的。就在不久前，我应洛尔·格雷尼先生的邀请，到维多利亚车站的格劳斯弗努尔饭店去和他见面。”

“你说的是那位布鲁塞尔的珠宝商?”

“正是他。他是乘渡轮从奥斯坦德到多佛，然后再到伦敦专程来找我的。这件事十分微妙，格雷尼先生在告诉我之前提出了一个条件，那就是我必须保证不向任何人说起——这也包括你在内。”

“对豪尔德爵士也不能说吗?”

“在格雷尼先生的眼里，无论是豪尔德爵士还是其他任何人，都不可轻信。他当然知道即将举行加冕典礼的事，他也知道，这个时候，人们都会把最有价值的珠宝拿出来佩戴，就连平时被皇宫卫队昼夜看守着的皇冠都会被从皇宫里请出来。我估计这个背景和纽盖特那起阴谋有关联。前些日子，有两个欧洲王室也找过格雷尼，请他将他们的王冠依照现在王位继承人的头型加以修改。要知道，自从上一次我们的女皇加冕以来，已经过了六十四年了。”

“看来这位格雷尼先生的运气不错嘛。”我说。

“我看未必。他对我说，一位叫佛斯科的伯爵让他做一个玻璃的星夜女皇复制品。这使我想起了亨利·米尔弗顿说的有关家族遗产的那番话，我隐约感觉到，这件事后面有摩利亚迪的影子。”

“这个佛斯科伯爵肯定是意大利的某个黑社会成员冒用的假名字，大概是从一本小说里找来的。”

“格雷尼找我就为这个。他估计名字是假的，但他又不敢拒绝那个人，怕黑社会和他过不去。据他的判断，他们想复制星夜女皇肯定怀有不可告人的目的。这种稀世珍宝的主人有时的确会复制一个一流的赝品，把真品锁进银行的保险箱里。此外，有些买不起真品的人有时也会用赝品来满足他们的虚荣心。但是，那个来找格雷尼的人并不属于这两者。可怜的格雷尼对我说，那家伙浑身散发着一股邪恶。我们的珠宝商十分清楚这枚别针是朗斯塔夫家族的宝物，他担心出现最坏的两种情况：或者是这个所谓的伯爵准备用赝品替代，达到盗取那颗宝石的目的，要不然就是朗斯塔夫家的人想复制一颗假宝石去诈骗银行。”

“这怎么可能？”我说。

“我想也不会。不过，阿道夫斯·朗斯塔夫的生活方式像他父亲一样放荡，这也是不争的事实。他们家族在萨福克郡开福尔山的田产大都被卖光了，苏赛克斯郡皮克林园的府邸和它周围的土地也岌岌可危。”

“你还没说伦敦的波特曼广场和玛丽拉伯恩的房子呢！”

“是啊。”

“别忘了，如果阿道夫斯·朗斯塔夫勋爵真的破产了，那影响可就太大了！”

“一点儿不错，华生，而且，这种人一旦陷入绝境，是什么事情都做得出来的。伪造一颗珠宝押给银行，把真品打碎后变卖，这不过是小事一桩。”

“那格雷尼的事怎么办呢？”

“我想请他帮我一个忙，因为以前我也帮过他。这一次，我让他复制一枚廉价的仿品。想想看，这对他的职业道德将会是多大的侮辱啊！我请他对此事严守秘密，同时，尽量把时间拖到加冕典礼跟前，使那位佛斯科伯爵来不及找别人，然后，我让他向那位冒牌的贵族赔礼道歉，说由于庆典之前订货的人太多，所以他的活儿要到几个月之后才能完工。”

“你这不是害了格雷尼吗？”

“那倒不会。”

福尔摩斯打开一个信封，边从里面取出几张照片边说：

“佛斯科伯爵这个名字显然是伪造的。意大利黑社会的确存在，但这件事却不是他们干的。那人之所以编造了这样一个名字，是为了吓唬那些白痴，但格雷尼却并不是那么容易被吓唬住的。”

“这些照片是什么？”我问他。

福尔摩斯将手里的照片在桌面上摊开。

“你应该记得我们的老朋友皮卡尔特上校。在巴黎的那起不幸的德雷福斯事件中，我们曾帮过他的忙。后来，他当上了乔治·克莱门斯政府的国防部长兼情报局长。皮卡尔特上校花了一天的时间，查出来那位佛斯科伯爵留下来的圣·吉尔曼街的地址的真相，发现在过去的几个月里，那里不过是一间用来接收信件的办公室，它是由一个叫杰克斯·摩利亚迪上校的先生租下来的，此人住在蒙特马特雷贫民窟的查伯尼尔街。如果你到蒙特马特雷查一下的话，你会发现有关那个住所的信息也和第一个一样，并不准确，它的承租人当然不是杰克斯，而是詹姆斯。你自己看看就知道了。我认为，格雷尼先生大可不必担心那位佛斯科伯爵和意大利红圈党的杀手。这件事情显然是单独一个人策划的。”

照片上有一名身穿外衣、正在行进中的男子，在他身后是一个光线很暗的院子，院门的油漆已经剥落了。显然，照片是偷拍的，或许是趁当事人不注意从一辆汽车里拍下来的，所以图像不是很清晰。

从几张照片上，可以明显地看出一名黑发男子，虽然有几分军人的气质，但背却有些驼。此人看上去要比他的实际年龄苍老一些，根据我的经验，这通常是由于常年在海外服役造成的。当年，法国在北非的地中海周围获取了大片殖民地后，曾派了许多士兵去那里驻防。在我看来，照片上的这名男子既不像一位伯爵，也不像一名意大利杀手。

“怎么可能是他?”我盯着那几张照片反复细看。

“完全可能。虽然上次在纽盖特监狱囚禁我的那几个人的死讯已经得到了证实，但是他们有一两个同伙仍下落不明。在我看来，华生，这件事并非仅限于几件珠宝，这牵扯到摩利亚迪上校是否还活着，而我和他之间，只要一方还活着，另一方就会永无宁日，所以，他才来伦敦找我。到了伦敦之后，他肯定要对星夜女皇下手，即便是搞不到复制品他也不会放弃的。”

“你就那么有把握?”

他若有所思地看看我，说：“你还记得那枚领带别针的事吧，华生?”

“我记不得了。什么领带别针呀?”

“那是一枚绿宝石做的蛇形领带别针，摩利亚迪教授在雷肯巴赫瀑布的那个傍晚就戴着它。那一次是我们两人最后的决斗，当他翻身滚下深涧的一刹那，我把那枚别针从他的衬衫上扯了下来，装进了自己的口袋里。”

“那枚别针现在何处?”

“这个问题问得好，亲爱的华生。”

他从信封里取出另一件东西。那是几周前《巴黎晚报》上的一条英文广告：请住在查伯尼尔街的詹姆斯·摩利亚迪上校到歌剧院路的东方银行去领取一件属于他的物品。

“这么说那枚领带别针现在在他的手上?”我问道。

“他是几周前取走的。我要求银行，东西一旦被领走，马上通知我。毫无疑问，他肯定认得那件东西。我承认，这个办法不像从前骑士们决斗时丢手套那样有风度，不过，既然他决意找我复仇，我也只好奉陪到底。我敢断言，国王加冕典礼时他肯定会在伦敦，我甚至可以猜到，他将住在库尔松街的代舍伍德俱乐部。”

“你说的是18世纪60年代，以地狱之火俱乐部的主人弗朗西斯·代舍伍德勋爵的名字命名的那家俱乐部?”

“是啊，这名字就说明了问题，对吧?”

3

那天下午，我一直心神不安。想到詹姆斯·摩利亚迪这个名字，上次遭遇的那场劫难带给我的种种忧虑和恐惧又一次浮现在我的眼前。

晚餐后，福尔摩斯起身走到壁炉旁，背着手站在那里，说：

“亲爱的华生，你其实大可不必这样忧心忡忡。在这场较量中，谁更了解对方，谁就一定会取胜。我已经抽时间把我们这位死对头的情况做了一番了解。摩利亚迪上校的确在军队中干过，而且，此人还是贵族出身。奇怪的是，直到今天，他在名义上仍然是多尔赛特郡的卡皮侯德巴顿庄园的主人。可惜，除了显赫的身世之外，詹姆斯·摩利亚迪如今无论是在卡皮侯德巴顿还是在其他任何地方，都没有一寸土地。他贫困潦倒，跑到巴黎最最破落的地方找了个栖身之处，住在那里的人不是盗匪就是娼妓。看来，只有这种弱肉强食、靠暴力说话的地方才真正属于他。”

他捅了捅手中的烟斗，又抬起头，接着说：

“外界对此人的情况一无所知。在多尔赛特郡，他依然是一位可敬的贵族，人们只知道他的祖父被迫卖掉了家族的产业，但保留了贵族的头衔，至于这个孙子的种种劣迹，人们就不得而知了。那个贵族的头衔是当年他的祖父在投资某个外国铁路的股票时，为了炫耀自己花了五十英镑买来的。”

“可是如今的摩利亚迪却是个不折不扣的罪犯。难道法律对他就没有办法吗？”

福尔摩斯摇了摇头。

“那些违法的事没有一项能和他连在一起，在警察局也找不到任何有关他的记录。如果我为几个月前那件事以试图谋杀罪起诉他的话，他完全可以去告我诽谤，因为我拿不出半点儿证据来支持我的指控。”

“那除了死去的摩利亚迪教授之外，他们家族里还有什么人呢？”

福尔摩斯叹了口气，坐下来盯着壁炉。

现在仍是夏季，壁炉没有点火，外面罩着一块丝巾。

“虽然那片庄园的头衔分文不值，但它却继承了某种特权。五百年来，这种头衔的拥有者作为一名中世纪的议员的子嗣，有权出席诸如加冕典礼、新一届议会产生、女皇生日游行以及其他皇室的庆典仪式。其中的两位庄园主将作为多尔赛特伯爵的侍从出席。其实，这些人不过是那些王公们的仆人而已，但他们却为自己在这种皇室贵族云集的场合赢得了一席之地。”

“目前我们掌握的情况就是这些吗？天哪，这个流氓也许会出现在加冕庆典上！”

福尔摩斯微微一笑，身体靠在了扶手椅上。

“在探访杰比茨·威尔逊先生的时候，我顺便到索莫尔赛特宫去了一下，那里存有过去四五十年的人口统计、出生证明、婚姻死亡证明等档案材料。我查了每年的入伍军人名单，摩利亚迪这个姓氏在名单上只有为数不多的几个。没想到，我的对手对于他们家族的秘密并没有刻意去掩饰。”

“他们大概以为你早就死了。”我说。

“恐怕是这样。教授和上校的父亲是罗伯特·摩利亚迪少校，据军队名单记载，此人在印度服役期间因发高烧死在了那里。他的妻子叫海恩利达·简，这个女人体弱多病，适应不了印度的气候，根据1851年人口统计资料，她当时一个人居住在海德公园门附近的一套房子里，那套房子是在她搬进去之前不久被艾尔弗莱德·朗斯塔夫勋爵租下来的。”

“她是被包养了？”

“华生，看来你对这些事情够敏感的呀！是啊，我们可以说她是被人包养了。我把出生人口的资料同军人的档案放在一起查对之后，明白了这个女人为什么会突然从某个不为人知的地方搬到了海德公园门附近的这套房子里。当摩利亚迪教授出生的时候，罗伯特·摩利亚迪少校至少已经在战场上服役八个月了；当另一个孩子出生时（这个孩子现已去世，他一生并无不良记录，曾经当过火车站站长），少校已经死了两个月了，而且他早在一年前就去了印度。这种时间上对不上号的情况究竟意味着什么，你应该不会陌生吧？”

“看来，做父亲的知道妻子何时怀孕以及孩子何时出生，也算是一种福气呀。”

“的确如此。”福尔摩斯点燃了烟斗，把火苗熄灭。“在这个案例中，只有第一个孩子，也就是摩利亚迪上校，才是他父亲的儿子。我们可以想象一下，当时艾尔弗莱德勋爵仍是单身，他肯定拒绝了海恩利达，没有认他自己的那两个孩子。根据档案记录，海恩利达后来只得靠一笔微薄的年金，在小镇维尔斯勉强度日。”

“那个长子，也就是摩利亚迪上校，后来继承了家族的头衔。”

福尔摩斯点点头，说：“据军人档案记载，这个长子在19世纪70年代曾在南非和特兰斯瓦尔的部队里当过小队长，如果说他真有上校头衔的话，那应该是在前线部队买来的。当时，对坎波里的钻石矿掠夺成风，许多人在矿井发了财，又把钱输在赌桌上。从军队退役后，摩利亚迪比原来更富有了。”

“他是怎么跟米尔弗顿和卡尔洪恩勾结在一起进行犯罪活动的呢?”

“卡尔洪恩船长和亨利·凯尤斯·米尔弗顿都对海上的生意感兴趣。卡尔洪恩不过是个海盗，米尔弗顿至少还是伦敦到安特卫普的航运公司的股东，他们公司的招牌至今还在泰晤士河对面的沙德维尔码头的大门上挂着呢。不过，这个米尔弗顿和他哥哥一样阴险狡猾。1885年，当所谓的‘偷运白奴’案被揭露出来的时候，他设法逃过了人们的视线，但由于公众舆论的强烈谴责，这个行当无法继续下去了。米尔弗顿当时专门负责将英国的年轻女孩儿运到法国和比利时，再把那里的女孩儿运回英国的各个城市，就这样，他常年漂在海外，身边只有一些保镖相随。”

“你认识我之前就见过摩利亚迪上校吗?”我问福尔摩斯。

“我当时只是听说过他的名字而已。我那时帮助一个女孩儿的父亲打官司，将当时在切尔西和西区的一个臭名昭著的老鸨玛丽·杰弗里斯夫人绳之以法。1885年后，报纸上大声疾呼，要保护那些女孩子。在这种形势下，摩利亚迪上校在伦敦待不住了，于是，他去了巴黎。我估计，他后来仍然在和亨利·米尔弗顿合伙做贩卖妓女的生意。”

他抽了几口烟，又接着说：

“说实在的，华生，我始终不相信，米尔弗顿和卡尔洪恩在纽盖特监狱费了那么大心思，目的只是为了除掉我。当然，他们的确很想置我于死地，但是，他们只需从贝克街的某个楼顶上往下倒一车砖头就可以达到目的了。这里面肯定另有隐情。我的死只不过是其中的一个插曲，在这个行动的背后，隐藏着一个更大的有组织的犯罪阴谋。你知道当加冕典礼来临之际，人们对王冠上的宝石的种种流言吗?”

“那些话根本不可信!”我说。

“我没有理由不信。纽盖特监狱位于伦敦市中心，那里就像帝国银行一样保险。当盗案发生后，最狡猾的盗贼也难以逃过警方的追捕，这时，这所监狱就成了最好不过的藏身之处。有谁会想到去搜查一所监狱呢？苏格兰场的拉斯特雷德或格里格森肯定想不到！我相信，只要找几个帮手，这件事一定能办成。反正我可以办得到。”

“我仍然觉得这是无稽之谈。不管怎么说，现在卡尔洪恩和米尔弗顿都死了，这事也干不成了，仅凭摩利亚迪上校一个人是无法办到的。”

福尔摩斯看看我，耐心地说：

“所以，他会把目标锁定在他从一开始就想得到的那件东西上。他当然不可能把皇冠偷走，也不可能对皇室的宝球或权杖下手，据我看，他也没有这种打算，因为那些东西他根本卖不出去，尤其是在那个杀人不眨眼的强盗的圈子里。不过，摩利亚迪是个心血来潮的疯子，只要自己高兴，他可以把一个人从大街上劫走，弄到纽盖特监狱里去绞死。”

“那他现在想干什么呢?”我问他。

福尔摩斯将身体倚在壁炉上，接着说：

“摩利亚迪家的两个哥哥长大成人后，对朗斯塔夫家族怀恨在心，但苦于找不到报复的机会。他们既恨老朗斯塔夫不认自己的亲儿子，使他们陷于贫困，又恨他们的同父兄弟阿道夫斯·朗斯塔夫勋爵，认为勋爵夺走了本来应该属于他们的一切。于是，一个罪恶的计划产生了，而那颗宝石则成了复仇的目标。”

“你今天向豪尔德爵士隐瞒的就是这个吗?”

我的话里带着明显的质疑，但福尔摩斯却并没在意。

“丢失了星夜女皇将会使朗斯塔夫家族名誉扫地，人们会怀疑阿道夫斯·朗斯塔夫勋爵从中搞鬼，并对他铺张浪费的生活方式产生种种揣测。而且，朗斯塔夫家族当了几百年的仪仗官，如果这次他却因失去了宝石使他无法履行这个职责，将使整个家族蒙受莫大的耻辱。我认为，摩利亚迪想要的复仇就在于此，它决不仅仅是一颗漂亮的宝石。”

我曾在贝克街的商店橱窗里看到一些有关加冕盛典的明信片，其中的一张是威尔士王子和他的侍从，他们都穿着皇室特有的蓝色礼服，外衣上用白色缎带镶着边。我还注意到，其中一位侍从的蓝色天鹅绒披风的领口上有一枚别针，别针周围镶着一圈蓝宝石，簇拥着中间一颗闪闪发光的钻石。尽管明信片上有些夸大的成分，但那枚别针却是真真切切。

想到此处，我对福尔摩斯说：

“我们明天应该去找拉斯特雷德，听听他的意见。”

福尔摩斯走到工作台前，一边做他的化学实验，一边说：

“请你不要去找拉斯特雷德，也不要告诉我哥哥麦克劳夫特。我和摩利亚迪上校需要做个了断，我不希望任何人掺和进来。我们之间必须决一死战，否则谁也别想安生。在这一点上，摩利亚迪上校和我的想法是一致的，因为他现在肯定已经知道了我并没有在纽盖特监狱的那场爆炸中丧生。另外，如果你想让星夜女皇和其他那些宝石永远消失，让苏格兰场的警探介入是最好的办法。”

说完这些，他默默地站在工作台，仿佛在思考着什么，直到就寝的时间到了，才转身离去。

临上楼前，他对我说：

“你不必担心，华生，我已经算好了有关这次盗窃行动的全部细节。我已经知道此次作案的时间、地点和罪犯的姓名，现在唯一不知道的是他的作案方法。”

“这可不是轻易就能算出来的！”

“这也不难。既然摩利亚迪上校想盗取星夜女皇，我们就教给他怎样才能将钻石搞到手。”

至于如何做到这一点，福尔摩斯自然是不会细说的。

4

不巧的是，这个时候，麦克劳夫特·福尔摩斯偏偏卷了进来。他找到拉斯特雷德警探，同他谈了一次话。在麦克劳夫特眼里，拉斯特雷德不过是个打杂的，可以任他耍弄。作为一位高高在上的政府经济主管和部门协调顾问，麦克劳夫特老兄向拉斯特雷德提出了加冕庆典时的安全问题，这其中牵扯到英国皇室以及来访的王公贵族们的珠宝。麦克劳夫特向这位苏格兰场的警探建议，盛典期间的安全问题最好请歇洛克·福尔摩斯来监督执行。

拉斯特雷德警探一直盼着自己有朝一日能当上警长或局长，他明白，在自己的升迁之路上，麦克劳夫特·福尔摩斯的影响非同小可。于是，拉斯特雷德将此事向警长作了汇报。警长找了局长，局长找了警察总监，警察总监找了安全部长，安全部长找到他的顾问麦克劳夫特·福尔摩斯。麦克劳夫特认为这个主意不错，结果，建议被采纳，并自上而下地传达下来。

随后不久，在一个阳光明媚的下午，麦克劳夫特·福尔摩斯和拉斯特雷德来到我们的住所，向我们通告了这个决定。拉斯特雷德警探已被告知了8月2日加冕盛典那天的具体安排，他想知道，我的朋友福尔摩斯将用什么办法确保那些珠宝的安全。

“我整天待在家里，无非是抽抽烟斗，看看那些死刑犯的回忆录。”福尔摩斯一本正经地说，“比起你来，我能有什么更好的办法呢？”

拉斯特雷德脸涨得通红，但麦克劳夫特兄长却不是轻易就能被拒绝的。

“这可不行！”他朝着自己倔强的弟弟嚷嚷开了，“我已经答应了，由你来负责保护王室珠宝的安全。”

“我可没答应。”歇洛克·福尔摩斯低声说。

“这到底是为什么？你为什么不能干呢？”

“因为我不想跟着你们白白浪费时间。有一件更为有趣的盗案即将发生，到时候肯定会引起轰动，可这件案子和加冕典礼毫无关系。我已经把一切都弄明白了。”

“你都知道了些了什么？”

“任何一个稍有常识的人只要动动脑筋就可以算得出来。我知道这起盗案一定会发生，我还知道偷盗的目标以及盗贼的姓名。这些都算不上什么，连笨蛋都能猜到！不过，和笨蛋不同的是，我现在知道了作案的方式和地点，而且，我还知道作案的具体时间，误差不会超过五分钟。”

“五分钟？”

“好了，就算十分钟吧。现在就看那个盗贼在最后关头有没有胆量下手了，这我可不能打包票。不过，我看，你和拉斯特雷德最好把这件事交给我来处理。”

“至少你应该告诉我案发的时间、地点、方式和盗匪的姓名。”麦克劳夫特说。

“这可不行。”

我知道他说的是星夜女皇，但我不敢吱声。

麦克劳夫特·福尔摩斯气得肺都要炸了。

“怎么，你连你的亲兄弟都不信任了？”

此刻，我恨不得能找个地缝钻进去。眼前的场面似乎使我看到了这两兄弟小时候吵架时的样子。

“对我的亲兄弟，我是绝对信任的。”歇洛克·福尔摩斯心平气和地说。

“可是你现在却对我保密，让我无法制止这起事件。”

歇洛克·福尔摩斯看着他哥哥，平静地说：

“你根本不明白，麦克劳夫特。我并不希望制止这起事件，如果可能的话，我倒宁愿促成它。这里面牵扯到私人之间的恩怨，这个恩怨非解决不可，而这次的盗案恰恰为此提供了机会。此事没有其他解决办法。”

显然，麦克劳夫特听拉斯特雷德讲过有关他弟弟思想激进的事。他接着又问：“但愿这件事不是瞎胡闹，想要偷走皇冠上的珠宝，送还给印度王室吧？”

歇洛克·福尔摩斯摇摇头。

“不。要是那么简单的话，我会把事情都告诉你，和你联手干。可是，我已经答应了豪尔德勋爵，在节日期间保证市长和市政厅的安全。而你的建议和这件事有冲突。”

这我还是头一次听说，我不知道他又去找过豪尔德勋爵。

“我看不出来有什么冲突，歇洛克。”麦克劳夫特·福尔摩斯强忍着气说。

“我知道你看不出来。”

这无异于火上浇油。

麦克劳夫特·福尔摩斯一言不发，转身就走。拉斯特雷德紧跟其后走了出去。任何人也忍受不了我这位老朋友的态度。

两人离开之后，为了缓和一下福尔摩斯的情绪，我把话题转到了那颗星夜女皇钻石上，因为我知道，这才是他最关心的事。

“在我看来，这不过是别在脖领上的一颗纽扣而已，搞得如此富丽堂皇，岂不是有点儿不可理喻吗?”我说。

福尔摩斯把正看着的晚报放在一边，站起来，大步走到窗前，转过身来说：

“的确如此，华生，既富丽堂皇，又不惜工本。也许，想要富丽堂皇，就必须不惜工本，这方面我不敢妄加评论。不过，我敢断言，摩利亚迪上校的确是想要把星夜女皇搞到手，其他的事都不重要。他并不缺钱，他从贩卖娼妓中获利匪浅。依我看，他偷盗这颗宝石的目的只是要向那些曾经对他和他死去的弟弟不公正的人复仇，而我也是这些罪人中的一个。按照他的逻辑，这是在向朗斯塔夫家族和整个社会讨还正义。”

“他一定难逃法网。”我说。

福尔摩斯重新坐了下来，边摇头边说：

"靠拉斯特雷德那帮人是不行的。摩利亚迪上校极其阴险狠毒，人们对他并不了解，况且他又总是单独作案。冯·克拉夫特·艾平教授称这种人为杀人狂。他不要帮手，因此也就不会有人来告发他，这就给侦破工作造成了困难。他的行动非常隐秘，总是把自己包裹在厚厚的外壳里。"

这个令我十分难堪的夜晚就这样过去了。不过，在随后的几周里，拉斯特雷德每次来访时都千方百计地想套我们的话，使人不堪其扰。有时，他透过眼镜向我挤挤眼说，盛典当日将在维斯特敏斯特教堂里展示的珠宝非常值钱，这将给盗贼造成可乘之机。此外，他还说了些什么苏格兰场有足够的能力应对风险，不需要外界的帮助之类的话。这些话让人听了很烦，我担心，福尔摩斯早晚会和他吵起来。

福尔摩斯的忍耐超出了我的想象，不过，当那些话被反复说了四五遍之后，他终于忍不住回应道：

"我想，那些印度王子们不会把英国皇室珠宝的丢失看成一种盗窃行为，那些珠宝原本就是英国人从那里抢来的。如果我能确定那些人是想让珠宝物归原主的话，我倒真愿意给盗贼支上几招呢。"

拉斯特雷德听了之后，不自然地笑了笑。我想，他绝没想到福尔摩斯会说出这种大逆不道的话，他永远也无法理解福尔摩斯性格中的这种激进犯上的一面。

在随后的谈话中，拉斯特雷德没有再提皇室珠宝的事。不过，那天晚上这位警探离开之后，福尔摩斯还是难以掩饰他的愤怒。

"我早就知道，拉斯特雷德那帮人根本就没有能力应付这种威胁！我对他们已经完全失去了信心。幸亏我没有跟他提摩利亚迪上校的事，要是让他知道了，等于把星夜女皇拱手送给盗贼。”

又过了一两天，福尔摩斯出去了一整天，傍晚回来后对我说，他去了豪尔德爵士那里。尽管我这位朋友对他的兄长和拉斯特雷德发了火，但他还是答应爵士，带他沿着加冕典礼将经过的路线转了一遭，其中不包括白金汉宫，因为那里无论是摩利亚迪还是其他盗匪都无法靠近。他们去了维斯特敏斯特教堂，还有那里的前厅和贵族专用的衣帽间。届时，我们那位对手作为多赛特伯爵的侍从，将有机会进入那里。在豪尔德爵士的陪同下，福尔摩斯仔细查看了那些房间以及和它们相连的接待室。如果说，有人想以威尔士王子的仪仗官阿道夫斯·朗斯塔夫爵士为目标，暗中偷窃或公然抢劫的话，这里是唯一可以下手的地方。

福尔摩斯回来后显得郁郁不乐，坐在沙发上，烦躁地咬着手指甲。

“事情并不像麦克劳夫特兄长和拉斯特雷德所担心那样，在加冕典礼上偷盗星夜女皇是根本不可能的事。”他说。

“这么说宝石的安全没问题了？”我问道。

他不耐烦地朝我嚷嚷开了：

“天哪，华生！这家伙为了报仇，曾经打算要我的命！你难道不明白，如果他在典礼仪式上无法下手，他会另想其他办法吗？这是毫无疑问的！”

“也许，关于偷盗这枚宝石的事不过是凭空想象出来的罢了。”

福尔摩斯看了我一眼，目光中带着一丝怜悯，仿佛我根本没明白他的意思。

第二天一早，他又去了豪尔德爵士那里。爵士在前一年被选为伦敦市参议员，现在，为了迎接即将到来的庆祝活动，议会厅里专门为他提供了一个房间。加冕典礼本身只是一系列活动之一，一位在维斯特敏斯特加冕的君主几天之后还要参加伦敦市的游行庆典，这次的行动路线要穿过司法和金融区。当日中午，伦敦市的议长将在议会大厅里的埃及厅为新登基的君主举行一次盛大的午宴，豪尔德爵士将负责活动的安排和珠宝的保管等事宜。

“既然你已经认识豪尔德爵士了，”福尔摩斯第二天早晨对我说，“你最好亲眼去看看议会大厅的安全措施。”

大约一小时后，我们来到了爵士的房间。透过这个房间里的一扇拱形玻璃窗，可以看到泰晤士河和伦敦大桥。主人把我们介绍给了一位刚刚进来的男子，此人身材瘦小，穿一套棕黄色的制服，他的眼睛和胡子几乎和他制服的颜色完全一样。

豪尔德爵士说：“先生们，我本来很想带你们去看看宴会厅和接待室，但不巧的是，今天上午我要到法院去，所以，我只得请伦敦市警察局的哈戈警官来陪同二位了。”

“哈戈警官和我是老朋友了，”福尔摩斯客气地说，“我们一定会相处得十分融洽的。”

哈戈警官上来和我们握手。

“我们上次打交道是一两年前的事了，福尔摩斯先生。我记得，那是大英银行的一起案子，嫌犯是三名来自美国的年轻绅士，他们可是颇有些胆量啊。”

随后，他直接把我们领到了埃及厅，这个厅是根据古埃及国王的房间设计的，屋顶高高的，像教堂一样。

哈戈警官推开大厅的两扇房门，俨然摆出一副主人的模样，招呼我们进去。

大厅里面摆了两张长桌，每张的长度能坐下一百个人，最里面横放着一个高高的桌子。高大的古希腊式圆柱支撑着大厅的拱顶，衬托出了西面的那扇古希腊式的拱窗。眼前的景象如此宏伟，使我惊诧不已。两旁的圆柱中间摆满了古希腊的雕塑，大厅两侧的壁龛前面装饰着皇室的旗帜和烛台，屋顶上悬挂着数盏金碧辉煌的吊灯。新近加冕的爱德华国王将在这里享用午宴。

“这里同时能容纳四百名宾客用餐，先生们。”哈戈说话时声音很轻，仿佛我们置身于一座教堂里。“对于国王的来访，这样的场合还是不够大。所以，就连维尼提安厅、威尔克厅以及一切犄角旮旯的地方都将派上用场。总之，到时候我们肯定会忙得够呛。”

我瞥了福尔摩斯一眼，怕他嫌这位警官太啰嗦。

他却并没有显出过分烦躁，只是问道：“为这次的活动准备的其他房间是怎样的情况？”

哈戈警官拍拍脑门，仿佛刚想起来什么。

“对了，福尔摩斯先生，让我带你们去看看衣帽间。这里这么挤，客人们绝不可能穿着礼服吃饭，所以，我们专门为他们准备了存放衣服和贵重物品的地方。请跟我来。”

我们跟随哈戈警官，上了一段宽大的大理石楼梯，又沿着一条宽宽的走廊走了一会儿，来到两扇厚厚的橡木门前，门上装的各种锁和门闩令人望而生畏。

“先生们，这里就是市长先生专门为重大仪式预备出来的存衣处。当然，皇宫贵族们都有他们专用的衣物间。平时，这些房间是市议员们开会用的，房间占了整栋楼的一面，中间刚好对着外面的院子。这扇门是唯一的入口处，国王来访的那天，这里将由两名警察和两名预备役士兵把守，并由一位高级警官负责。贵宾们存好衣物去赴午宴时，所有的房门都会锁上，任何人不许进入，直到午宴结束。”

哈戈警官掏出钥匙，打开橡木大门，领我们走进一个长方形的大房间。在这里，那些王公贵族们将在自己侍从的帮助下脱去外衣，用餐后再重新穿上。房间的左边有三扇推拉窗，俯视着下面的庭院。房间的中央摆了一张大桌子，桌子周围是铺着黑色垫子的扶手椅，看来是市议员们开会用的。房间的一头是另一扇带锁的门，里面是存放宾客们衣物的地方。在这第二个房间里，原来的家具已经被搬走，现在只有三排衣架。衣架排列得十分整齐，很像是一个个接受检阅的士兵，每个衣架外面都蒙着浅黄色的布罩。

“这第二个房间几乎和外面那个一样大，”哈戈警官向我们解释说，“平时是议会的工作人员用的。除了我们刚刚进来的那扇门之外，这里没有其他出口。国王来访的那天，如果未经批准，连一只小老鼠都无法从这里出入。”

“我倒不担心小老鼠，”福尔摩斯轻声说，“我怕的是，你们会放过一个经过批准的大耗子。”

哈戈很勉强地笑了笑。

“这话让你说着了，福尔摩斯先生，这次还希望得到你的指点。在这第二个房间里，每件衣服都会被挂在衣架上，这里就像大英银行一样安全。每个房间中间的门都上了锁。”

“考虑到你我二人多年前承办的那件案子，”福尔摩斯冷冷地说，“‘像大英银行一样安全’用在这里恐怕不大合适吧。”

那些衣服架子共有三四十个，它们由一根黑色的铁棍穿着，中间从臀部到颈部是用帆布做成的人体模型。

哈戈警官的情绪并没有因福尔摩斯的嘲讽而受到影响。他捋了捋小胡子，颇为得意地说：

“先生们，我们大洋彼岸的朋友们称这种地方为储衣间，的确，衣物在这里被妥善地储藏了起来。”他把两个掌心向外一翻，似乎在变魔术。“这里除了我们进来的那扇门之外，还是没有其他出口，而且入口处将有警卫严加把守，像皇宫一样安全可靠。”

“你真的这样认为吗？”福尔摩斯说。

“是的，福尔摩斯先生，我的确是这样认为的。”

“里边的那个第三个房间是做什么的？”

“你想看就去看看吧，先生？我想，你还是应该看一下。其实，那个房间现在未被启用。那是个收发室，只是工作人员上班时才有用，和这次的活动没什么相干。不过，既然你想看，就去看看吧。它的确和这次的活动无关，这我可以打包票。”

“对于你打的包票，”福尔摩斯挖苦说，“我不敢轻易相信。”

哈戈警官掏出钥匙将门打开。

这间房子只有刚才那两间的一半大，正如哈戈警官说的，里面没有出口，只能从我们进来的地方出去。房间只有一扇推拉窗，最里面的那面墙也是整栋大楼的外墙，这面墙从上到下都是壁橱，为了安全起见，这些壁橱是固定在墙上的。所有的壁橱似乎都上了锁，大概是用同一把钥匙开的。

福尔摩斯对着这些壁橱看了好一会儿。

“可以了，”他说，“现在只剩下窗户了。”

“窗户？”哈戈警官仿佛觉得很意外。

“是啊。”福尔摩斯说，“警官先生，看来你很称职。这三间办公室十分安全，的确只有一个出口，而且门口有人严加把守。你当然知道，现在唯一的薄弱环节就是那几扇窗户了。你故意没有说出来，是在开玩笑呢还是想要考考我们呢？”

这话使哈戈警官很尴尬。这些窗户离地面很高，而且又都面向庭院。他显然从未想到过盗贼从这里进入的可能性。不过，现在承认他的疏漏又会使他颜面扫地。

“福尔摩斯先生，我想到过窗户的问题。”他忐忑地说。

“那是自然的。”福尔摩斯用安慰的口气说。

“不过，我认为这种可能性不大。”

“是吗？一旦你的警卫把入口守住，这几扇窗户就是盗贼唯一的通道了。”

“我也是这么想的。”

“这我知道。我之所以没有说盗贼从屋顶或地板进来的可能，那是因为我估计你在这方面已经采取措施了。”

“的确如此，”哈戈赶紧说，“我们在楼上和楼下的房间里都安排了警察。”

“很好！那么，我想，你不会拒绝帮我做个小小的试验，看看这些窗户是否安全。我们当中是否可以下去一个人，到院子里去做一个有关重量的实验？”

福尔摩斯从口袋里掏出一团线绳，绳子的一头有个钩子，上面拴着一只磅秤。

“可以是可以，福尔摩斯先生，不过……”哈戈显得有些犹豫。

“我知道，你的上司告诉你，不要相信任何人，包括我和华生医生在内。你不能让我们在这里单独活动，你也不能让我们自己下楼随意走动。你考虑得很对，做到了忠于职守，我决不想让你犯错误。所以，我想请你下楼做这个重量试验的时候，把我们反锁在这间房子里，如果可能的话，找个警察来守着我们。不过，我这个实验的确需要你帮忙，而且，除了我们三个人之外，我不想让外人知道。”

结果，正如福尔摩斯所预料的，哈戈无奈之下，只得把我们反锁在房间里，自己下楼去了。

他刚一离开，福尔摩斯就对我说：

“我们必须马上行动，华生。这个可怜的家伙比拉斯特雷德还不如。如果把这里交给这帮人，皇室的珠宝将会被偷得精光。我必须仔细检查一下这几个房间。请你把那扇窗户打开，把这个小磅秤用绳子吊下去。不过你要尽可能慢一点儿，这样可以拖他一段时间。”

我打开窗户，把那团绳子放了下去。我看不到福尔摩斯在干些什么，只知道他在前厅、存衣间和收发室里走来走去，并不时地停下脚步，其中有一两次，我听到轻微的金属摩擦声。不一会儿，他来到窗户跟前，站在我旁边，朝着三十英尺下面的哈戈警官喊叫，告诉他该怎么做。我不打算一一重复他说了些什么，因为有些话纯属无稽之谈。最后，他又朝下喊道：

“拿住那个磅秤！让它顺着墙摆动，看它能荡多远。如果盗贼从楼顶下来，他可能会从一侧荡到窗台上去，我们必须得考虑到这种可能性。”

“可是窗户是可以锁住的呀，福尔摩斯先生！”

“他可以用一把小铁钳把窗户撬开！”

“光天化日之下，在伦敦市的中心！这可能吗，福尔摩斯先生？”

“他可以拿一块抹布和一只水桶，把自己装扮成擦玻璃的工人。”

“在国王来访的时候擦玻璃？”

“他也可以晚上来呀。”

哈戈警探原来对福尔摩斯的侦破能力是如何想的，我不得而知，反正这件事无疑使他对我这位朋友的评价大打折扣。他上来之后，肯定会怀疑这场闹剧后面隐藏着某种不可告人的秘密，可是他既看不出任何破绽，又抓不到什么把柄。至于我自己，本来还因福尔摩斯前两次去维斯特敏斯特教堂和豪尔德爵士那里没有叫上我感到不满，但这一天在市议会的经历，使我觉得倒不如待在家里好。

5

众所周知，加冕典礼顺利举行，期间没有丢失一件珠宝。这让拉斯特雷德讲话更有底气了。他在我们这里大模大样地喝着威士忌，一副洋洋得意的神态，显然是在示意说，他们苏格兰场不需要天才的侦探也照样能行。

福尔摩斯对此仍然视而不见，实在烦了，也只是皱着眉头淡淡一笑罢了。

摩利亚迪上校仍然让我放心不下。我和福尔摩斯都知道他的罪恶野心，不过加冕大典已经结束，他并没有来凑这个热闹。福尔摩斯曾在一封拒绝参加这次加冕典礼的安保工作的信中写道：“对大典活动中珠宝安全的担心完全是庸人自扰。”

“你不可能知道会是这样的结果，”我说，“谁也没有这个把握。”

“你应该记得，在你称之为红宝石案的那件案子里，我是怎样对那个可怜的盗贼说的：‘我是歇洛克·福尔摩斯，别人不知道的事情我知道。’”

第二个星期，市长大人将为国王举行午宴。加冕典礼那天点缀着西区的那些彩旗现在又出现在了伦敦圣·保罗教堂周围商业街两侧的银行、保险公司和股票交易所的大楼上，连周围东区那些拥挤的房屋和码头上也都挂上了一排排五颜六色的彩旗。

歇洛克·福尔摩斯的举止令人难以捉摸。他话虽不多，却显出一副胸有成竹的样子。他早就把拉斯特雷德和麦克劳夫特兄长晾在了一边，甚至对我也有些疏远了。我怀疑在这件事情上他的判断是否有误，毕竟大家都是凡人，即使是福尔摩斯，在某个关键性的细节上也不可能做到万无一失。毕竟在过去的案例中，他也曾有过失误。

福尔摩斯是怎么判断出这起惊天盗案将发生在市长的午宴时而不是在加冕典礼时呢？摩利亚迪上校如果不想在众目睽睽之下公然行抢，那他只有在午宴进行当中下手，届时，宾客们的衣物都将被锁在存衣处里。

除非我们的对手带着一群工人，用丁字斧把那堵十二英尺厚的石墙凿穿，否则的话，唯一的办法只能是从那两扇锁得死死的并由警察和士兵严加把守的正门进入。从前厅通向存衣间的门也上了锁，房间的窗户下面三十英尺就是庭院。自从福尔摩斯上次将哈戈警探戏弄了一番之后，院中的警卫随时都在留意那几扇窗户，因此，若想破窗而入是绝不可能的。最里面那间小收发室也会被锁住，只有那几个壁橱没有上锁，但壁橱里面藏只小猫还可以，人是根本钻不进去的。

门口的守卫绝对忠实可靠。即便有人设法在午宴时躲进这几间屋子里，等大家回来取衣物去参加随后的活动时，自然会马上发现丢失了东西，而这时，那个盗贼肯定还在房间里。星夜女皇钻石丢失后，任何可疑的人都将受到严格的检查，因此，他根本不可能把赃物带出去。房间和橱柜将被仔细搜查，甚至连地板都会被掀个底朝天，即便是盗贼真把东西藏在屋里，他也无法再回来将它取走。

首先受到怀疑的应该是守在存衣处门口的两名可怜的警官。午餐后，只有他们才能进入里面的存衣间，把衣物拿出来交给它们的主人；此外，人们也许会怀疑那些王公贵族的侍从，他们要替各自的主子更衣。福尔摩斯看来已经把作案的细节都考虑到了，但是，他能想到的事别人也难免不会想到。

总之，这个存衣间恐怕大有名堂，然而我却无法破解这其中的奥妙。假如摩利亚迪上校看到了守在外面的警卫，他肯定会放弃他的计划——如果他的确有此计划的话。而这种结果并不是福尔摩斯所希望看到的，他希望的是借此机会和自己的对手进行最后的较量。不过，摩利亚迪上校是不会按照福尔摩斯的套路出牌的。

那天晚饭后，我一边看报纸，一边暗暗观察着坐在办公桌前的福尔摩斯。他打开一个麂皮口袋，从里面拿出一颗貌似星夜女皇钻石别针的物件。也许，他是想用这个廉价的假货代替那个在蓝宝石衬托下的巴西钻石，诱使摩利亚迪上校上钩。尽管摩利亚迪有可能头脑发热，上当受骗，但我对此却深表怀疑。一个赝品也许在盗贼作案时有用，但我实在看不出它对我们会有什么帮助。我打开晚报，心里暗想，福尔摩斯真不应该把这场生死决斗的赌注押在这件破玩意儿上。后来的事实证明，我当时的想法是错误的，但我当时却并不知道。

6

市长大人的好日子终于来到了。这一天正值夏末秋初，天刚亮，我和福尔摩斯就来到了议会大厦。豪尔德爵士和哈戈警探没有约束我们的行动，爵士先生是出于对我们信任，而哈戈显然是觉得并不需要我们。我和福尔摩斯都是西服革履，黑色的燕尾服、白领带、条纹西裤，头上还戴着丝绸礼帽。

四百位贵宾齐聚规模宏大的埃及厅，其中包括爱德华国王、亚历山德拉皇后、威尔士王子和公主、市长大人以及伦敦市的议员。他们的随员和大厅里无法容纳的官员们将在弗尼迪安厅和维尔克斯厅享用午宴。另外，议会厅还为再低一级的官员们提供了自助餐。

我们在楼上巡视了一圈之后，福尔摩斯说："你最好到豪尔德爵士的房间去，在那里，你可以从庭院对面直接看到存衣间的窗户，还有它左面的接待室和右面的收发室。豪尔德爵士的办公桌上有一架高倍望远镜，你可以用它来观察对面的窗户，不要放过任何可疑的线索。"

他想了一下，又说："无论你看到什么，都不要提前离开岗位。也许你会看到有人似乎是在作案，但其实却不然。"

"我要是能提前知道将会发生什么就好了。"我说。

"我估计，白金汉宫来的皇家仪仗在庭院散开，那些大小贵族们进去更衣，准备去赴午宴时，接待室里会拥挤不堪。接下来，人们将渐渐离开，赶到埃及厅去，这里的门将被锁住，外面由士兵把守，房间里会相当安静，这种情况将一直延续到大约一小时之后午宴结束时。这段时间，两名武装警卫和一名军官会守在唯一的入口处，另外还有两名警卫随时增援，再加上哈戈带着他的人守在院子里，这样一来，我估计连一只苍蝇都别想飞进去。"

"那你呢，福尔摩斯？"我问他。

他耸耸肩膀，说："我会静观事态的发展，把注意力集中在摩利亚迪上校身上。他和另一名随员将会作为多赛特伯爵的贴身侍从来到接待室，然后会被安排在埃及厅就座。豪尔德爵士安排我坐在他旁边，我们之间刚好隔着一个柱子。午餐结束后，你要赶到那两扇由卫兵把守着的门前。门钥匙由市长手下的人掌管着，他们会把钥匙交给负责守卫的军官，这名军官会将门打开，让那些贵族们进去。接着，那两名警卫会把存衣处的门打开，自己进去将衣物严格按照顺序交给贵族们带来的侍从。”

“那时你将在哪儿呢?”

“我也会到场。你的手枪带了吗？里面有子弹吧?”

“当然。不过，我仍然看不出摩利亚迪上校怎么可能拿到那枚星夜女皇宝石!”

“他正是想让你觉得没有这个可能。你明白自己应该怎么做了吗?”

“完全明白。”

“好极了！我们肯定会大功告成!”

然而，对此我却完全没有信心。我并不知道摩利亚迪上校长什么样子，只见过一些模糊的照片，上面有一名高大的男子从一个黑黑的院子里出来。而今天，作为多赛特伯爵的侍从，他将会穿一件上面带有金线的短制服，但是，屋子里面几乎人人都会穿这种衣服，所有的侍从外面都不会穿礼服。

根据我的估算，这座庭院中间的宽度约有八九十英尺。我的望远镜配有一对精准镜头，借助它，我可以将对面的窗户十分清晰地收入眼底，连窗户里面的那些罩在衣架上的布料都看得一清二楚。不过，眼下还没有什么可看的。我守在那里，直到中午12点，远处的圣·保罗教堂响起了浑厚的钟声，不一会儿，庭院里面哈戈警探手下的人低低的谈话声就被隆隆而来的车轮声所淹没了。

我暂时将镜头对准了下面的仪仗：爱德华国王和亚历山德拉王后坐在一辆敞篷的四轮马车上，国王威风凛凛，王后优雅端庄。随之而来的是威尔士王子和公主，王子身着皇家的蓝色礼服。朗斯塔夫勋爵紧随其后，在他的领口处，赫然别着那枚星夜女皇钻石别针——所有这一切麻烦的根源。我把镜头对准了别针上的钻石，只见这件稀世珍品在夏日阳光的照耀下熠熠生辉，它周围的十二颗蓝宝石交替相映，发出炫目的光彩。蓝宝石的颜色深浅各异，通常来说那些类似矢车菊的浅色最为珍贵，但在这枚别针上，那些深蓝色的宝石却更加绚丽夺目。正如豪尔德爵士所说的，作为一件做工精美的艺术品，这枚别针远远超过了那些宝石本身的价值。我看到身材高大的朗斯塔夫勋爵的后面有几位王子和公主、一些皇室成员、一位波斯国王以及众多大使和外交官。虽然来宾在人数上比不上加冕典礼那天，但个个衣冠华丽，令人目不暇接。

我又把镜头对准了对面的窗户，看见接待室那两扇紧锁的大门已经打开了。王室成员和他们的贵宾有专用的地点更衣，在这间被哈戈警探称之为接待室的屋子里，那些级别较低的贵族和他们的侍从正在仆人的帮助下脱去外衣，交给守在存衣间门口的警卫，再由这些警卫拿进去放在指定的衣架上。整个过程有条不紊，不存在任何可以为盗贼提供可乘之机的混乱和拥挤的场面。

最多不过十五分钟，宾客们全都离开了。此时，我对面的那三个房间正如福尔摩斯所预料的那样，归于平静。中间的存衣间完全变了模样，原本那四十几个人形衣架现在被各式金光闪闪的礼服所取代，其中有深红色的、海蓝色的、墨绿色的，每件礼服上都镶着非金即银的饰边，并挂满了光彩夺目的徽章。一顶顶黑色的礼帽，有的还缀着金色的饰带，齐刷刷地斜挂在衣架的顶端。然而，这些排列有序的礼服并没有引发我对那些身着华丽盛装的王公贵族们的联想，在我的脑海中出现的倒是一个个躺在解剖室里等待解剖的尸体。

我用望远镜观察着那三个房间，也不知道自己会看到些什么，这样足足过了半个小时。一次，我似乎看到存衣间里有东西动了一下，就像在上解剖课的时候一具尸体朝我眨了一下眼睛，把我吓了一跳。不过，接下来便没有动静了。我心想，即便是真有盗贼的话，他也不会把自己关在这间屋子里，因为房间唯一的出口有士兵把守，窗户下面的院子里还有警察。

我刚松了口气。突然，那里又动了一下！一个红色的东西在一排排挂满制服的衣架中瞬间一闪。可是，如果有人进了存衣间，他肯定会被看到，而且，他又怎么可能有出去的钥匙呢？也许，刚才我看到的是一种假象，或者，那只不过是一名警卫进来巡视。尽管福尔摩斯说过，存衣间这段时间不会有人进来，但是，谁又能知道这些警卫临时会接到什么样的指令呢？

我探着身子，以便能更清楚地看到存衣间的全貌。除了存衣间之外，我从望远镜里还可以看到左边接待室的四分之三以及右边收发室的四分之一。收发室只有几个无关紧要的抽屉在我的视线里，不过这个房间是锁着的。我试图在那些衣架当中找到威尔士王子的仪仗官朗斯塔夫勋爵的那件蓝色的礼服。透过前排衣服的缝隙，我可以看到后面部分颜色不同的礼服，最后两排衣服几乎完全被遮挡住了。我看到一件深蓝色制服的左肩和翻领，此类制服里面也许有十几件，但这一件制服的领口处没有任何饰物，它应该不是朗斯塔夫勋爵的那件，否则就是星夜女皇已被盗贼偷走了。

接下来的三十秒钟对我来说十分难熬。我犹豫不决，一方面担心宝物被盗，另一方面又怕自己因为一件本来就没有任何饰物的制服大惊小怪而闹出笑话来。我借助望远镜，细细观察那件制服肩膀上的金色穗带，但这却解决不了任何问题，因为所有的礼服和制服肩膀上都有类似的穗带，而且，就算这件制服的确是朗斯塔夫勋爵的，那枚钻石别针也可能为了安全起见被锁进了抽屉里。

我能看到那件制服上绣着金色饰带的立领的一部分。我再次仔细观察，发现在靠上一点儿的部位绣着三根金色的羽毛。羽毛下面有几个小字，据我判断，那应该是威尔士王子的座右铭里的一部分，而那三根羽毛正是王子仪仗官的标志！可是，在本该别着那颗耀眼的星夜女皇别针的部位却是空空如也。

这个发现令我大惊失色。

我急忙离开豪尔德爵士的房间，匆匆赶往存衣处的门口，那里由两名卫兵和一位军官看守。一路上，我心里仍在担心自己会因小题大做而沦为别人的笑柄。福尔摩斯经常爱说的一句话是做事要当机立断，但眼下我能做什么呢？卫兵是不会放我进去的，而且，他们很可能没有钥匙。再说，万一刚才我自以为看到的那个人不是摩利亚迪上校的话，这样无端的指控等于把我们自己暴露了。

我想，无论如何要把里面那人的身份搞清楚。当我快要走到卫兵跟前时，突然有了主意。尽管时间紧迫，不容我多想，但有一点不容置疑：如果摩利亚迪上校果真在存衣间里，那他绝不可能同时在弗尼迪安厅或其他地方享用午餐。拿定主意之后，我径直走到那位年轻军官面前，说：

“我必须立刻见到多赛特伯爵的侍从摩利亚迪上校。我想他应该在弗尼迪安厅。”

我想，他究竟在不在存衣间，用这个办法一试就知道了。

那位年轻军官看上去有些为难。

“如果摩利亚迪上校正在用餐的话，我们不能叫他出来。”他说。

“我是诺桑伯兰弗西利尔斯的军医主任约翰·华生医生。我必须马上见到上校，此事刻不容缓！”

事实上，我十五年前在阿富汗曾担任过军医主任，现在早已经不是了。我撒这样的谎也是出于无奈，至于是否管用，我并没抱多大希望，不过这次我的运气的确不错。作为一名医生，我很会察言观色。我从这位年轻军官的脸上看出，他显然相信了这是一件人命关天的大事。他没有继续盘问，而是快步走到走廊的一头，喊来一名年轻士兵，向他交待了几句。那名士兵接到命令后转身离开了。我跟在军官身后，看到走廊一侧的暗室里戳着三支长枪，看来他们对王室的保卫丝毫不敢懈怠。

我在楼梯口的走廊上走来走去，心里七上八下。过了一会儿，远处传来了脚步声，我的心顿时凉了半截。看来，在我刚才误以为星夜女皇被盗的那段时间里，摩利亚迪上校一直在弗尼迪安厅用餐呢。

我往后退了两步，看着他走上楼梯。根据那件深红色的制服和黑色的裤子判断，来者正是摩利亚迪。那顶挂在弗尼迪安厅外面的帽子现在又戴在了他的头上。不一会儿，他已经来到了二楼的走廊，但我还是看不到他的脸，因为他始终低着头。我鼓足了勇气迎上前去。

就在这时，他把头抬了起来。看到这张脸，我不禁大惊失色，没想到，站在我面前的竟是歇洛克·福尔摩斯！

7

“恭喜你呀，老伙计，”福尔摩斯挖苦地说，“你差点儿把事情搞砸了！幸亏我事先估计到你有可能不会按我的吩咐去做。”

“摩利亚迪上校在哪儿？你为什么穿上了这件制服？”

“这不是什么制服，不过是件普通的军装，是我专为这次的行动借来的。我想，摩利亚迪上校此刻正在盗取星夜女皇钻石呢，估计他现在已经得手了。”

“得手了？外面那扇门仍旧是锁着的，而且还有卫兵把守。接待室和存衣处之间的门也上了锁，只剩下存衣处和收发室之间的门没锁，就算有人在里面，肯定也别想出来。”

这时，我突然想起了什么。

“摩利亚迪是在那儿用餐吗？”我问福尔摩斯。

“这是毫无疑问的。存衣处锁上之后，他始终在我的视线之内。”

“那到底是怎么回事呀？”

福尔摩斯扑哧一笑。

“可怜的华生，我看你永远也当不了江洋大盗，更别说捉住他们了。我毫不怀疑，摩利亚迪上校前些时候进过这个存衣间和它两边的房间，也许是在大典仪式之前，那时没有人会留意这里。对此我很有把握，但我没有跟任何人提起过。至于星夜女皇和那些蓝宝石嘛，我想它们已经在去往巴黎的路上了。”

我不明白这怎么可能发生，更不明白福尔摩斯为何这样满不在乎。

“你干吗要穿这件军服呢？”我问他。

“尽管在弗尼迪安厅有个柱子挡在我和摩利亚迪中间，但我还是尽量不想暴露自己，而最好的办法就是和大家穿得一样。多亏豪尔德爵士给我找来了这件衣服。”

“那么，在午宴上的那个人又是谁呢?”

“在皮卡尔特上校的协助下，我认真查验了他给我的那几张照片，发现每张照片上都注明了拍摄的日期，而其中的一张上面的日子和摩利亚迪上校去拜访布鲁塞尔的珠宝商洛尔·格雷尼的日子是同一天。由此可见，照片上的人不可能是摩利亚迪，对此我早就抱有怀疑。后来，皮卡尔特上校推荐我去找了巴黎效率最高的机构法国军事情报局。他们查出，照片上的人是一个通晓多种外语的国际诈骗犯，名叫莱蒙尼尔上校。当然，干他这一行的肯定会有不少假名字，或许他有时自称摩利亚迪上校，这也亦未可知。而摩利亚迪上校有时也可能自称莱蒙尼尔上校，这都很难说。”

“那个莱蒙尼尔显然属于吃自助餐的那些身份较低的人员，在这些人当中，如果有谁中途退席，别人是不会留意的。”

“完全正确，华生！就外表来说，摩利亚迪上校自从那次所谓的贩卖白奴的丑闻之后，在过去的十七年里很少在英国露面，很少有人记得他的长相，更没什么人愿意做他的朋友。”

“可是不管怎么说，你还是没能阻止这起盗案。”

福尔摩斯往阳台的石栏上一靠，叹了口气，说：

“我已经说过多次了，我并不想阻止这起盗案。如果偷盗被阻止了，摩利亚迪上校顶多蹲上几年牢；只有偷盗成功了，我和他才能以自己的方式解决我俩之间的争端。”

福尔摩斯掏出一个皮夹，打开三个小纸包，里面是薄薄的小铁片，这些铁片是黑色的，易于弯曲，上面还有些浅色的粉末。

“那天，你把那个磅秤从窗口递给我们的朋友哈戈警探的时候，我趁机把存衣间、接待室和收发室细看了一遍，当时，这几个屋子中间的门没有上锁。这些是磁铁片，上面粘的是金属粉末。当薄薄的磁铁片被插进一个钥匙孔中时，会很容易地将金属粉末吸在上面。我把磁铁片分别插进了接待室到存衣间和存衣间到收发室的锁眼里，吸出了这些粉末，又用另一个磁铁片逐一插入了收发室里的橱柜的锁眼里，直到找出了锁眼里有粉末的橱柜。”

“这是什么粉末呢?”

“这是含碳量极低的钢材粉末，适于用来做锁头。这些粉末是有人在那三个锁眼里做手脚时留下的，我估计他当时用的是极细的金刚钻。粉末的颜色亮白，说明盗贼作案的时间不会太久，肯定是当这几个房间还是办公室的时候干的，那时候这里没有安排警卫。那间收发室直到今天也仍保持着原来的样子。”

福尔摩斯把那几个磁铁片放回皮夹里，然后接着说：

“这种撞锁的结构很特别。开普通的锁时，钥匙会将卡住门闩的锁簧开启，如果钥匙不对，锁簧就无法开启。而开这种撞锁时，只要钥匙的形状和里面的构造吻合了，整个锁都会一起转动，否则的话，连钥匙都可能拔不出来。盗贼想开启普通的锁时，他有可能一次尝试几把不同的钥匙，而开这种锁眼很小的撞锁时，他只有一次机会，因此，这样干几乎是行不通的。”

“你的意思是说，摩利亚迪上校事先就把开这些锁的钥匙配好了?”

“这是唯一的解释，否则锁眼里就不会留下那些金属粉末了。这些撞锁的里面有一组钢齿，只要把它们全都钻平，用任何一把钥匙都能将锁打开，但是那样一来，锁眼会过于松动，极易被别人发现。所以，最好的办法是先钻平两三个钢齿，剩下最后一两个用钥匙去开，这样，锁看起来仍然完好无损，钥匙捅进去十分顺滑，像滴了润滑油一样。”

“每一把锁肯定都是不一样的。”我说。

“完全与众不同的锁或钥匙少之又少。每一家制锁的厂商都只有为数不多的几种模式，但是，如果你想用你家的门钥匙打开别人家的门锁，成功的几率仅仅是几千分之一，因为你不可能知道用哪一把钥匙。所以，对盗贼来说，这种碰运气的方法是行不通的。不过，每当你钻平一个钢齿，你成功的几率就增大了几分，当你钻平了三个钢齿之后，剩下的那一个只用一根针头就可以拨动了。这时，用各种各样不同的钥匙都有可能打开这把锁，就连我们在贝克街公寓的钥匙也有可能把这里存衣间打开。”

说话间，身后楼梯上传来一阵嘈杂声，原来是官员们来取衣服了。市长大人的贴身侍从穿着黑色皮靴，打着花边领结，从我们面前走过，身后跟着身穿警服的哈戈警官和市警察局的警长。市长的侍从把钥匙交给负责守卫的警官，警官打开锁后，将那两扇橡木大门推开，接着，十几位来取衣物的宾客率先进入了接待厅，这其中就包括身材挺拔、仪表堂堂的豪尔德爵士和体态粗壮、头发花白的阿道夫斯·朗斯塔夫爵士。刚才那两名守卫在这里的士兵将里面存衣间的房门打开，毕恭毕敬地将衣服拿给各位来宾。

福尔摩斯让我跟随他们进去，他自己留在后面。

我站在接待厅一侧的窗边，看着那两名卫兵打开旁边那间屋子的房门，把一件件外衣依次递给各位贵族的侍从，再由他们帮各自的主人穿好衣服。

这时，接待厅里还有十五到二十位贵宾，等着他们的外衣被送出来。房间的一侧站着一位伯爵和他的两名侍从，侍从的深红色制服上镶着黑边。我正站在他们身后不远的地方，其中的一名侍从引起了我的注意。此人个子高高的，身材偏瘦，年纪虽不过五十，但皮肤干巴巴的，满是皱纹。不过，令我感兴趣的倒不是这些，而是他那略微凸起的红脑门、深深陷入的眼睛以及随着某种音乐的旋律缓缓摆动，仿佛正在思考着什么高深的问题的头部。这个动作对我来说并不陌生，我知道，在它的后面蕴藏着一种躁动的情绪，这正是已故的摩利亚迪教授的习惯动作。而那个凸起的脑门和那双深陷的眼睛也让我想起了已故的教授。我知道，此人最有可能是摩利亚迪上校。

莱蒙尼尔上校可以轻而易举地代替摩利亚迪上校来出席午宴，因为这两个人大家都不认识。这样一来，代替莱蒙尼尔享用自助餐的摩利亚迪就可以神不知鬼不觉地中途溜走。我转身去找福尔摩斯，发现他正和哈戈警探说着什么。警探先生的脸色绯红，小胡子似乎竖了起来，见我来了，一言不发地退到一边去了。

“这些警察实在是无能。”福尔摩斯私下对我说，“午宴结束前，莱蒙尼尔趁人不备从弗尼迪安厅溜走了。不过，现在我们还是继续守在这里，随时准备行动。你最好盯紧了豪尔德爵士。”

我看到豪尔德爵士正微笑着向我们走过来。他的个子比周围其他人都高出一两英寸。随着他渐渐走近，我们跟前的几个侍从退到了一边。同豪尔德一起过来的还有朗斯塔夫爵士。

这时，我发现摩利亚迪上校站在了观望人群的前排。我下意识地把手伸进西服口袋，握住了冰凉的枪柄。

接下来发生的事只有几秒钟，但却充满了戏剧性。

豪尔德爵士和朗斯塔夫爵士越走越近，我可以清楚地看到他们的头部、颈部、肩膀、前胸。我盯着朗斯塔夫爵士，像一个孩子平生第一次看到魔术表演，惊得目瞪口呆。在他的左襟上，一颗亮晶晶的钻石光彩夺目，周围环绕着一圈靛蓝色的宝石。毫无疑问，这件炫目的宝物正是福尔摩斯说的已经被盗走的那枚世上独一无二的星夜女皇别针。

我把目光转向了摩利亚迪上校那张消瘦而充血的面孔，以为他会拔出手枪，冲上去将朗斯塔夫爵士胸前的宝物抢过去。然而，上校的表情却让我始料不及，如果说，看到了星夜女皇，我的反应是极为震惊的话，摩利亚迪上校的表情却是极度的恐惧。他并没有上去抢夺宝物，而是转身逃跑了。

就在这时，歇洛克·福尔摩斯将借来的那顶黑色礼帽往地上一扔，故意将自己暴露于众目睽睽之下。仓皇逃跑中的摩利亚迪上校回过头来，目光中仍显得惶恐不堪，他显然知道我们的身份，也看到了旁边身穿警服的哈戈警探和警察局的那位警长。这时，我已把枪握在手里。我确信他身上也有枪，但奇怪的是他竟然没去掏枪，而是转过身去，推开前面的人群往楼下跑。

哈戈和那位警长在后面追赶。

“哈戈！”福尔摩斯此刻像一名指挥操练的军官。“让他跑吧！你们跟在后面就行了！”

接着，福尔摩斯从那些目瞪口呆的围观者中间挤进去，穿过接待厅和存衣间，来到里面的收发室，用豪尔德爵士事先给他的一把钥匙将一个橱柜打开。柜子里放着一个机器，机器装在一个包着铜边的铁盒子里，盒子盖得紧紧的，外面有一块玻璃板。盒子的一头有一个白色的把手，样子很像酒吧里压啤酒时按动的把手。透过盒子外面的玻璃，我看到机器的一端有一个三英寸长的喇叭口，另一端是一截空心管，机器中有几个黑色塑胶口袋，分别固定在管子里面。

尽管我从未见到过这种机器，但我还是能猜出它的用途。这是一个由压缩空气推动的传动装置，它可以通过伦敦四十英里的地下通邮系统，将市议会传达室想要拍出的电报或小型邮件发送到不同的邮局去。盒子一端的管子能够以每平方英寸十磅的压力将小口袋里的邮件送出，或以六磅的吸力将邮件吸入其中。一只这样的塑胶口袋可以容纳七十五封电报，它们被装在一个三英寸长的管子里，通过地下系统传送出去，大约两分钟可以行进一英里。如果星夜女皇钻石和那些蓝宝石被拆散开的话，有两个这样的塑胶袋就可以将它们全部装进去了。

这时，福尔摩斯正在认真查看写在橱柜门后的几处邮件发送地。

“我想，他是不可能把东西送到国会大厦、白金汉宫或苏格兰场去的。依我看，他的目的地一定是查林口车站，这才说得过去。我敢断定，他要搭乘下一班轮渡火车赶往巴黎！”

他在一张电报单上匆匆写了几行字，将它放进一只塑胶袋里，并写明了发送地址。我站在他身后，看到上面写的是“苏格兰场，拉斯特雷德警探”。所有这一切讲述起来虽然很复杂，但实际发生却不到一分钟的时间！

“我曾经怀疑过你的判断，”我一边往楼下跑，一边气喘吁吁地说，“可现在我不得不承认我的怀疑是没有根据的。你诱骗摩利亚迪上校的手段实在高明之极。我永远也忘不了当他看到朗斯塔夫爵士胸前的别针，知道自己偷的是假货时脸上的那副表情！”

福尔摩斯突然在楼梯口停住了脚步，转身对着我，说：

“你怎么还不明白呀？别在朗斯塔夫胸前的那玩意儿才是假货呢！摩利亚迪兄弟都是识货的，不过走廊里光线不好，他看不清楚，还以为那是他一小时前刚刚偷走的宝贝呢！这就像一名凶手突然看到了死者的冤魂，把他吓得够呛！后来，他又看到了我们两个和那些警察，就更顾不得什么真假了。当时你已经在拔枪了，他知道自己再不跑就完蛋了！”

我们来到院子里。福尔摩斯叫过来一名警察，让他找来了一辆马车。我们吩咐车夫跟在哈戈警探后面。车子颠簸着冲出市议会的院子之后，福尔摩斯的情绪恢复了平静。

“老伙计，能否把你的手枪借我用用？”他说。

我把那把左轮手枪递给他。

“我们去查林口车站吗？”我问他。

“让我们来分析一下案情。摩利亚迪设法留在了接待厅或存衣间，等人们走光之后，他很有可能躲在了收发室里。同时，莱蒙尼尔上校替他去出席了弗尼迪安厅的午宴。五分钟之后，摩利亚迪从他的藏身处出来，摘下了朗斯塔夫爵士外衣上的星夜女皇别针，将上面的钻石和蓝宝石取了下来，分别装进两个小袋子里，通过管道系统寄了出去。当各位贵族和官员们回来取衣服时，这名盗贼可以毫不费力地躲在门后，趁人不注意时再从窗帘后面出来，混在众人当中。这时，没有人知道宝物被窃，等到事发之后，人们也没有任何理由怀疑到他身上。”

“一旦发现宝物被盗，警方马上会搜查现场。”我说。

“那些衣服是一件一件往外拿的。等朗斯塔夫爵士发现钻石不见了时，有一半的人都已经走了，摩利亚迪上校也有足够的时间溜走。不过，他也许会选择留下来，星夜女皇又不在他身上，况且当时现场还有二三十个人呢。莱蒙尼尔上校将会先到查林口。不过别担心，我们是有意放他走的。”

“那接下来摩利亚迪上校要去哪里呢？”

“他肯定不会回家。他住的那个地方是暴徒和娼妓集中的地区，我敢断定，他的家现在已经人去楼空——而且房租也没有付！华生，我估计，他打算乘下一趟轮渡火车去福克斯顿和布罗尼。他只需到电报局去取两个不起眼的小包裹，然后扮成一个有钱的阔佬，当晚离开英国，就此逍遥法外。与此同时，哈戈和拉斯特雷德还在市议会大楼瞎忙活呢！"

我们的马车正飞快地朝坡下的路德门环岛驶去，把圣·彼得教堂甩在后面。

"可是现在对他来说，情况发生了变化。"福尔摩斯冷静地说，"他以为自己看到了他半小时前刚刚偷走并寄出去的宝石。这是不可能的事，除非是有人背叛了他。如果你是他的话，现在会怎样做呢？"

"我一定会马上赶到宝石应该寄到的地方去，看看是谁在搞鬼。"

"完全正确！"

为我们赶车的是一名穿制服的警察，这时，他看到前面的弗里特街和河滨马路之间支起了路障，那条路是为下午的皇室车队预备的。

"如果我们运气好的话，"福尔摩斯说，"这会给罪犯的逃脱造成麻烦。"

我们的车子向右一转，直奔布莱克弗雷斯大桥，沿着河边大道朝维斯特敏斯特教堂疾驶。在我们的左边，波光粼粼的水面上，大大小小的船只竞相追逐，大船上飘着彩旗，烟囱里冒着黑烟；在我们的右边，绿树丛中露出了坦普尔街上一栋栋律师们的公寓。我们的车子在狭窄的维利尔斯街再次转了个弯，迎面便是查林口车站，一栋脏兮兮的砖石建筑。

福尔摩斯最先从马车上跳下来，朝出站的站台奔去。我们在那里找到了哈戈警探，他仍穿着一身警服在站台口走来走去，不停地打量着排队进站的旅客。福尔摩斯示意让他过来。两人退到一个报刊亭后面，边说话边监视着不远的邮电局。

我走到他们跟前，听见福尔摩斯对哈戈说：“现在是2点20分。3点钟将有一班轮渡火车，它将把半小时前邮电局收到的邮件带走。我估计，邮包上的名字不是摩利亚迪，也许是莱蒙尼尔，或者是别的什么名字。”

说完之后，福尔摩斯留下我们两个，自己穿过繁忙的站台走进对面的邮电局。我看到他在柜台前和邮电局的经理争执起来。经理是一位中年男子，显然早已习惯了有人来这里寻衅闹事。他们两个说着说着，只见福尔摩斯对那个可怜的家伙嚷了起来。

经理先生不知回答了句什么，然后慢慢把双手举到了空中。我估计，一定是福尔摩斯把我那把左轮手枪掏了出来。当脾气上来的时候，他是完全有可能对一位阻碍他办案的邮电局经理开枪的。

幸亏这时哈戈警探的注意力在别处。他正看着外面马路上的那些刚刚结束了欢庆活动、拥挤着往回走的人群。我看到，邮电局的经理躲到了一边。福尔摩斯一只手拿着枪，另一只手翻动着一排排木格子里面等着被取走的邮件，将它们抓在手里，看过之后便往地上一丢。最后，他又朝那位吓得哆哆嗦嗦的经理嚷了一句什么，经理回答之后，他便推开门，大步朝我们走来。

“你做得太过分了吧，福尔摩斯！”我说。

“他说，所有等着送出去的邮包和电报都在那儿了。可是，没有一件和我们要找的规格一样！一定是已经被人取走了！”

“肯定不会是摩利亚迪，”我安慰他说，“在我们到这里之前，他不可能有时间到邮电局把东西取走。要说是莱蒙尼尔嘛，倒还有可能。”

哈戈警探刚才对福尔摩斯的话并没在意，他一直背朝着我们。

“这倒有点儿意思！”他低声说。

这时，我们头顶上的大钟已经快到2点半了。

我和福尔摩斯顺着哈戈的目光向对面看去。

“这就怪了。”哈戈说，“你们看那名男子，就是披着斗篷、花白头发、正下台阶往洗手间走的那位。那斗篷是罗伯特·海尔斯的佣人制服，也许他不过是个普通车夫。这倒没什么可奇怪的。可是，你们看，在他斗篷敞口的地方露着只有绅士才穿的丝绸白衬衣！他肯定不是想把自己装扮成绅士，不过，他手里却拎着一只詹尼·纽斯塔伯牌高级皮革旅行袋。这种旅行袋里面有不同的夹层，是专门放置衣服、刮脸用具和其他有钱人出门所需的各种物品的。”

“有一点可以肯定，”福尔摩斯断然说，“这家伙又矮又胖，绝对不是摩利亚迪上校。我和华生继续监视进站的旅客，你盯着这个可疑的家伙。”

头顶上的大钟的指针又走了一格，现在已经是2点半了。从我们站的地方可以看到轮渡火车的进站口。那些排队进站的旅客中没有一个长得像摩利亚迪上校。

“你们看！”哈戈警探又招呼我们，“那家伙出来了！还披着那件斗篷，露着里面的丝绸衬衫。可是，那个高级旅行袋却不见了！他好像在找出租车。看来，他不是车夫，而是想坐车的乘客！”

哈戈的目光又落到了另外两名坐在长凳上读报纸的男子身上。那两个人很不起眼，所以我一直没有注意到他们。此刻，我看到那两名男子站起身来，分别朝披斗篷的人刚才出来的方向走去。

福尔摩斯、哈戈和我的三双眼睛紧紧盯着洗手间外面被护栏围起来的楼梯。那下面有个小件行李寄存处，看来，哈戈刚才的疑问在这里找到了答案。我一直在等待一名身穿深红色制服的男子出现，但我的等待却落了空。最先行动的是福尔摩斯，他把目标锁定在一名身穿黑色西装的男子身上，此人头戴一顶丝质礼帽，手执一根银柄的黑檀木手杖。我仔细一看，才发现他的左手上提着一只詹尼·纽斯塔伯牌旅行袋。

虽然此人的身高和摩利亚迪上校差不多，但我还是无法确认。那顶丝质礼帽将他凸起的脑门遮挡了起来，一副宽边眼镜赋予他一种学究的气质，并且使那双深陷的眼睛不再引人注目。他的上唇留着浓黑的胡子，走起路来派头十足。

从行李寄存处上来之后，他突然一转身，朝查林口旅店的那扇旋转门走去。我们随后追了过去。我们赶到门口时，看见他进了一楼的电梯。旅店的服务生正在按动电梯的按钮。福尔摩斯大步流星，顺着楼梯追了上去。我守在楼下的电梯口。哈戈则乘第二部电梯上到顶层，打算从上面封死逃犯的去路。然而，令我万万没想到的是，第一部电梯刚到三楼突然开始往下走。那家伙想必还在里面。这样一来，我那两位同伴白白忙活了一场，而我却要独自面对这个恶魔。我急忙伸手去掏枪，却突然想到枪被福尔摩斯拿走了。

我只得准备赤手空拳与他格斗。此刻，我心里暗暗庆幸，自己多年前在橄榄球队练就的那套本领现在还没完全忘光。我正全神贯注等在楼梯口，却见那部电梯下到一楼后并没有停下，而是继续降了下去。看来我们都失算了！电梯现在降到了旅店的地下一层，出去之后刚好是维利尔斯街。这样一来，我们三个人一点儿办法都没有。不过，我还是觉得，这家伙并没有看到我们，他之所以来这么一手，不过是个防范措施，目的是要甩掉任何可能跟踪他的人。

现在只能到 3 点钟开往福尔克斯顿的轮渡火车的进站口去等他了。我转身往外跑。现在是 2 点 40 分，3 点钟的轮渡火车肯定已经准备出发了。

“赶紧离开这里！”从楼梯上跑下来的福尔摩斯挥着手朝我大喊。

进了车站之后，我说：“咱们去轮渡火车的站台等他吧！”

“不行！那样做正合了他的心意！”

“那怎么办呢?”

“从这里发出的每一趟火车过了桥之后不久都会先在滑铁卢站停车，然后再去别的地方。等我们离开这里后，他仍然能在五分钟到十分钟之内搭乘一辆郊区购物列车赶到滑铁卢站，从那儿再转乘轮渡火车或其他火车到福尔克斯顿或多佛去。到那时我们还在这儿干等着呢，即便是我们赶到滑铁卢站也晚了。所以，我们必须在这里抓到他。”

“所有的火车站都会有警察的。”我安慰他说。

“天哪！从滑铁卢站，他可以到伦敦或全国任何地方去！”

“我想，现在各处都会有警察把守了。”

福尔摩斯叹了口气。

“眼下，整个伦敦市大概只有六个人知道星夜女皇丢失的消息，其中的三个人就在这里。警察局的人现在大概还都在国王车队所经过的那些街道忙着呢。”

这时，哈戈也跟了上来。

前面就是查林口车站破旧的站台，站台边停着一辆脏兮兮的火车，这是一辆十分破旧的老爷车，速度不快，只在市郊运行，沿途经过新口、路易山姆、布莱克赫斯、伦敦东南等站。透过检票口，我看到站台上有一名男子，此人高高的个子，身材偏瘦，身穿一件咖啡色呢子大衣，手里拎着一只詹尼·纽斯塔伯牌旅行袋。

一件可以两面穿的大衣可以使一名逃犯轻而易举地改变装束！福尔摩斯大步流星地追了过去，我和哈戈警探紧跟其后。这时，哨音响起，进站的铁门已经关上。火车缓缓驶过汉格尔福德大桥，桥下浑浊的河水在阳光的照耀下闪着银光。哈戈朝车站的检票员喊叫着，让他把门打开。福尔摩斯早已翻过铁门，追了上去。而刚才的那名男子这时已经不见了了踪影。突然，我听见“啪”的一声，很像救生艇发出的信号弹的声音，根据声音判断，这只手枪要比我的那一只威力大。枪声显然是从那辆正缓缓行驶的火车上发出来的。

这时，我们已经来不及回去给滑铁卢车站的警察发电报了，因为火车会在电报到达之前经过那里。如果现在抓不到摩利亚迪，他将混在众多回家的旅客中间，在前面的任意一站下车，就此销声匿迹。今后将没有人会知道他究竟是在伦敦，还是在英国或世界的其他地方。

福尔摩斯已经从站台跳到了火车后面的铁轨上，借此来躲避车上枪手的子弹。火车加速之后，摩利亚迪上校又向他开了一两枪。在隆隆的轰鸣声中，枪声几乎听不到，但是，有一颗子弹差一点儿打中了哈戈警探。据我推算，摩利亚迪上校已经开了三枪，这样的话，他的枪膛里应该还剩下三发子弹，这意味着，在这场较量中他仍然占据着先机。

车头的引擎发出嘈杂的声响，拖着几节车厢，驶过河面上的铁桥。在耀眼的阳光下，我们左面的滑铁卢大桥上，车马云集，拥挤不堪；在我们的右面，维斯特敏斯特大桥上仍然飘扬着为皇家庆典而悬挂的红、白、蓝三色彩旗。我知道，此刻滑铁卢车站一定会拥挤不堪，想在那里找到摩利亚迪上校绝无可能。如果我们现在抓不到他，就再也不会有机会了。

这时，只听“当啷”一声，前方位于一个高台上的信号架从地下升了起来，上面的信号灯由绿色变成了红色。随着车轮发出的刺耳的摩擦声，火车缓缓地在大桥中央停了下来。我不知道这到底是因为火车需要等待滑铁卢车站腾出地方，还是信号灯管理员看到了我们三个人。

福尔摩斯一马当先，手里握着我那把左轮手枪。我和哈戈贴着车身向前移动，尽量不把自己暴露在对手的射线之内。

这时，我听见火车司机喊了一声：

“从铁轨上下来！”

这句话不是对我们喊的，而是冲火车前面的一个人。此人我们虽然看不到，但他跑在砾石上的脚步声却清晰可辨。

“他想逃跑！”哈戈叫道。

“他手里拿着那个装得满满的旅行袋，跑不了多远。”福尔摩斯冷静地说。

我们绕过后面的车厢，向前追了过去。我做好了准备，随时扑倒在地，以躲避摩利亚迪上校的子弹。然而，我却没有听到枪声或其他任何声音，四周一片沉寂，我们仿佛置身于一个荒无人烟的海滩或山间。没有一列火车开过来。我突然意识到，一定是有人看到了我们，于是通知所有过桥的车辆停止运行。接下来的一幕更让我诧异不已：那名身穿咖啡色西装的高个男子站在桥栏边，打开手中拿着的那个黑皮旅行袋，把里面的东西倒进河里。我隐约看到，肥皂、衣刷、剃刀、睡衣和一大捆衣服纷纷被抛进了桥下的河水中。

这或许是一种投降的表示，否则，就是逃犯想尽快甩掉沉重的包袱。紧接着，我看到他从口袋里掏出一把手枪，我赶紧躲到车厢后面。没想到他却转身对着我们前面的桥头开起火来了。

他为什么不向我们开枪呢？

我正暗自纳闷，却见他转过身来了。随着一声枪响，一颗子弹打在了距我头上两英尺的车厢门上，木屑横飞。这时，我也明白了刚才那第一枪是怎么回事。

在大桥的另一头，通向滑铁卢车站的地方，有十几个人正朝着我们慢慢逼近。他们全都弯着身子，随时准备扑倒在地上。这些人当中除了两人之外，其他都头戴帽盔，身穿蓝色粗哔叽制服，制服上的警徽清晰可辨，一看就是警察。在他们的前面，一名身着灰色便装的男子借着大桥护栏的掩护，小心翼翼地向前靠近。在他的前面，还有另一个身穿风衣、头戴圆顶礼帽的男子。从此人走路的样子看，肯定是拉斯特雷德警官。

我看不清这些人是否拿着枪。无论如何，摩利亚迪上校枪膛里已经没有足够的子弹了。如果他停下来换子弹，肯定将会束手就擒。这时，我看到摩利亚迪上校抬头看了看渐渐逼近的警察，突然将手中的那只黑色旅行袋也扔进了河水中。难道星夜女皇就这样从此消失了吗？这么一来，连他偷盗的证据都没有了！

福尔摩斯手里拿着我那只左轮枪，断了他的后路。据我估算，摩利亚迪上校的手枪里现在还剩下一发子弹，而福尔摩斯的六发子弹还都在。追捕者从两头慢慢逼近，将逃犯围了起来。接下来发生的一幕十分突然。摩利亚迪上校一下子跳上了桥边的铁护栏上，望着下游的滑铁卢桥。他的手中仍然握着那只枪，谁也说不准他要如何处置那最后的一发子弹。

拉斯特雷德和他手下的人停住了脚步。他们很想抓到摩利亚迪，但是，他们更想得到的是他口袋里的东西——那颗晶莹闪烁的巴西钻石和那些蓝宝石。

歇洛克·福尔摩斯不慌不忙地走上前去，铁路边的碎石在他脚下发出嘎嘎的声响。和摩利亚迪家族最后这名男子充满仇视的目光相比，福尔摩斯的表情显得十分淡定从容。他手里握着左轮手枪，枪口朝下，一步一步地走向摩利亚迪上校。眼前的这个人，是在纽盖特监狱想要置他于死地的那伙人中唯一的幸存者。

摩利亚迪上校一动不动，想必他是在寻找时机，好用最后的一发子弹射穿对手的身体。周围的人也都呆立不动。福尔摩斯一直期盼着一个机会，好一劳永逸地解决这场恩怨，现在，这个机会终于来到了。如果摩利亚迪的子弹没有命中目标的话，福尔摩斯肯定能将他一枪毙命，因为上校站在桥栏上，背对着蓝天，目标实在太明显了。

福尔摩斯离摩利亚迪三十英尺时，摩利亚迪抬起了手臂。福尔摩斯又向前走了一步，他的枪口仍然朝着地下。这时，摩利亚迪开枪了。我的心猛地抽紧了。福尔摩斯的身体摆动了一下，但不像是被击中的样子。他好像预判到了子弹的到来，主动躲闪了一下。接着，他又继续一步步向前逼近。

在摩利亚迪上校的脸上，我看到了一种极度恐惧的表情。

这是个炎热的下午，此刻，人们只能听到远处火车头锅炉嘶嘶的排气声和福尔摩斯有规律的脚步声。走到距目标十英尺时，福尔摩斯举起了手枪，扣动了扳机。摩利亚迪上校坠入了滔滔的河水中。

不知道福尔摩斯最后的这名宿敌究竟是中弹落水，还是有意带着星夜女皇同归于尽，以此来报复他的对手。人们至今没有找到，或者说没有确认摩利亚迪上校的尸体。事情发生后的几周内，在打捞上来的溺水者中有两三具尸体已经被过往船只的螺旋桨或其他漂浮物打得残缺不全，无法辨认，还有几具尸体被河水冲出河口，流进了大海。我估计其中就有摩利亚迪上校。

不过，事情并没有因摩利亚迪的死亡而结束。就在福尔摩斯面临终极决斗的时候，哈戈警探手下的两名警察逮捕了莱蒙尼尔上校。他当时还披着那件车夫的斗篷，正想从查林口站逃脱。莱蒙尼尔声称，他并没犯罪，顶多不过是在议会厅的午宴上和一位自己刚刚认识没几天的先生交换了一下座位而已。他没有拒捕，并称自己从未听说过星夜女皇钻石。然而，警方却在他的口袋里找到了两个小包，一个包里装着那颗世人皆知的钻石，另一包里则是那些蓝宝石。没有人知道他在最后交接旅行袋的时候如何将这些宝物从摩利亚迪上校那儿弄到自己的手里的。莱蒙尼尔坚称，这些东西是摩利亚迪上校临别时赠送给他的礼物，他以为这不过是些人造宝石，还打算拿去当小费赏给妓女们呢。

在那个难忘的夜晚，拉斯特雷德警探来到了我们贝克街的公寓。

“你看到了吧，福尔摩斯先生?”他讨好似的说，“我们总是在最需要的时候出现。难道不是吗?这一次，要不是我的正确判断，我们就不可能把大桥封锁起来。那样的话，先生们，不用我说你们也知道，摩利亚迪上校肯定会跑到对面的滑铁卢车站去，而一旦到了那里，他在几分钟之内就可以乘车到任何地方去。果真如此的话，后果就很难预料了。此时此刻，他也许正坐在巴黎的某个地方，欣赏着莱蒙尼尔所说的那些人造宝石呢。”

福尔摩斯随便支应了他两句，没和他较真。

拉斯特雷德往前凑了凑，说：

“二位还记得吧？前些日子，你们路过那个公园时看到一个男子被一名骑兵把脑袋削了下来。你们猜怎么着？”

“我猜不出，拉斯特雷德，想必是你有线索了。难道是你查出了那名凶手的身份？”

拉斯特雷德警探呷了一口威士忌，把身体又往前凑了凑，说：

“没有，福尔摩斯先生。可是，我查出了那位被砍下脑袋的男子的身份，尽管在他口袋里找不到一点儿线索。显然他是不想被人认出来。”

“这倒很有意思，”福尔摩斯闭上眼睛说，“愿闻其详。”

“他叫艾尔克。一名前皇家海军的下级军官在参观一个病理实验室的时候无意中认出了他，当时他的头颅被泡在一个装满防腐剂的瓶子里。据档案记载，这个艾尔克曾经在海外参加过几次颇为血腥的战役，并作为军中的刽子手绞死过不少士兵和平民。你觉得这能说明什么呢？”

“拉斯特雷德，那些被他绞死的人是不可能回来报仇的，这一点我可以肯定。至于其他的嘛，恐怕我帮不了你什么忙。”

拉斯特雷德面露不悦之色，显然，他觉得我们有意隐瞒了什么。

“我曾经把不少罪犯送上绞架，”他大言不惭地说，“不过，还从来没有和刽子手打过交道呢！”

“是啊，”福尔摩斯的脸上毫无表情，“我也没有，不管他有没有脑袋。”

合同登记号：图字 01－2010－6994

绞刑架下的福尔摩斯
THE EXECUTION OF SHERLOCK HOLMES

图书在版编目（CIP）数据

绞刑架下的福尔摩斯／（英）唐纳德·托马斯著；张赤坚译．—北京：群众出版社，2012.9

（福尔摩斯归来探案集）

ISBN 978－7－5014－5025－1

Ⅰ.①绞…　Ⅱ.①托…②张…　Ⅲ.①长篇小说—英国—现代

Ⅳ.①I561.45

中国版本图书馆 CIP 数据核字（2012）第 201748 号

绞刑架下的福尔摩斯

（英）唐纳德·托马斯　著　　张赤坚　译

出版发行：群众出版社

地　　址：北京市西城区木樨地南里

邮政编码：100038

经　　销：新华书店

印　　刷：北京通天印刷有限责任公司

版　　次：2012 年 11 月第 1 版

印　　次：2012 年 11 月第 1 次

印　　张：8.375

开　　本：880 毫米×1230 毫米　1/32

字　　数：220 千字

印　　数：6000 册

书　　号：ISBN 978－7－5014－5025－1

定　　价：28.00 元

网　　址：www.qzcbs.com

电子邮箱：qzcbs@163.com

营销中心电话：010－83903254

读者服务部电话（门市）：010－83903257

警官读者俱乐部电话（网购、邮购）：010－83903253

文艺分社电话：010－83903973

本社图书出现印装质量问题，由本社负责退换